中國語言文字研究輯刊

十 六 編

許 學 仁 主編

第 2 冊

《說文解字》與經典文獻
常用字詞比較研究（下）

王 世 豪 著

花木蘭文化事業有限公司

國家圖書館出版品預行編目資料

《說文解字》與經典文獻常用字詞比較研究（下）／王世豪
著 -- 初版 -- 新北市：花木蘭文化事業有限公司，2019〔民
108〕
目 4+220 面；21×29.7 公分
（中國語言文字研究輯刊 十六編；第 2 冊）
ISBN 978-986-485-692-3（精裝）
1. 說文解字 2. 研究考訂
802.08   108001138

ISBN-978-986-485-692-3

中國語言文字研究輯刊
十六編　　第 二 冊　　　　　ISBN：978-986-485-692-3

《說文解字》與經典文獻常用字詞比較研究（下）

作　　者　王世豪
主　　編　許學仁
總 編 輯　杜潔祥
副總編輯　楊嘉樂
編　　輯　許郁翎、王　筑　美術編輯　陳逸婷
出　　版　花木蘭文化事業有限公司
發 行 人　高小娟
聯絡地址　235 新北市中和區中安街七二號十三樓
　　　　　電話：02-2923-1455 ／傳眞：02-2923-1452
網　　址　http://www.huamulan.tw 信箱 hml810518@gmail.com
印　　刷　普羅文化出版廣告事業
初　　版　2019 年 3 月
全書字數　303694 字
定　　價　十六編 10 冊（精裝）　台幣 28,000 元

《說文解字》與經典文獻常用字詞比較研究（下）

王世豪 著

目次

第四章 《說文解字》與漢代經典文獻常用字詞比較析論

本章旨在討論《說文解字》與漢代經典文獻常用字詞的內涵性質之異同。首先就辭典訓詁和經典注釋的字詞型態進行分析，討論黃侃所說「獨立之訓詁」與「隸屬之訓詁」的差別。再者則比較獨立之訓詁的代表——《說文解字》與隸屬之訓詁的代表——《爾雅》在常用字詞訓解上的承襲與演變。最後以漢代經注、史傳引用先秦經典文獻之訓釋常用字詞以及經典常用虛詞之性質，與《說文解字》常用字詞進行共時的比較，探索漢代常用通行詞彙之使用面貌。

第一節 《說文解字》與漢代經典文獻訓釋常用字詞比較

《說文解字》的編纂，據前章引許沖之論：

> 慎博問通人，考之於逵，作《說文解字》。六藝群書之詁，皆訓其意，而天地鬼神，山川艸木，鳥獸蟲蟲，雜物奇怪，王制禮儀，世間人事，莫不畢載。（卷十五）

可知其解釋的字詞本身含納的語義範疇包含了「六藝群書之詁」，這些詁訓語料的內容則涵蓋了「天地鬼神」、「山川艸木」、「鳥獸昆蟲」、「雜物奇怪」、「王制禮儀」、「世間人事」。實際上就是當時華夏民族對於其感知的世界、生活的社會的認知與描述，是前人透過語言的定義和文字的紀錄而建構起文明早期

歷史的面貌。一開始這些材料見諸於各式的紀錄之中，逐漸地形成「六經」文獻初始的雛形，後繼者透過整理或解釋，讓這批生活與社會歷史的材料成為語言發展演變的紀錄。故欲研究經典文獻的內容，所採取的方法首先是透過經典注釋的活動展開的；而研究《說文解字》所訓解的常用字詞，所面對和重點觀察的也是必須貫通這些內容材料與注釋語料。

宋永培在〈《詩經》、群經的貫通研究與詩義考釋〉文中提到：「《詩》的成書年代上起西周初年，下至春秋中期（從陰法魯說），與之同時的有《周易》的〈卦辭〉、〈爻辭〉（作于西周初年，從楊伯峻說），還有今文《尚書》中關於西周的幾篇，以及到周代由商的後裔宋國人寫定的幾篇，另有〈甘誓〉也是到周代重新寫定的（從劉起釪說）。《周禮》成書，最晚不在東周惠王後（從洪誠說），即在春秋初年，亦與《詩》同時。這些經文在史實的表述，及語言詞彙的運用上與《詩》存在著或隱或顯的相通之處。」〔註1〕這種或隱或顯得相通之處，要如何勘破而通達？宋氏認為應該「循著這種相通的要點與綫索來有理有據地貫通《詩》與群經，可以為深入研究《詩》的內容、語言形式和時代意義找到更多的證據。」〔註2〕其要點何在？線索為何？自古以來的學者人，皆必須經過考察文本與後人注解詮釋的語料，經由訓詁模式的分析與爬梳其語義場域而得到答案。

經典文獻之間的觀念和語言是互相影響的，孔子曰：「不學詩，無以言。」〔註3〕《左傳・襄公二十八年》載盧蒲癸所說：「賦詩斷章，余取所求焉。」〔註4〕從《詩經》是當時的主流交際語言為證，就可以了解到這種情況。宋氏提到：「從春秋時期起，《詩》已在社會的政治與文化生活中發揮典常的指導作用，其作用滲透於《左傳》、《論語》、《孟子》等經書中，從這些經書的語言詞彙及其表述的事物、史實、情感、觀念，很容易察知《詩經》的影響。」〔註5〕也因為這種狀況，在原本描述記錄社會生活的通用語言中，產生了一批常用字詞，這批常用字詞隨著個人的引述和詮釋而有所不同。這些差異實際

〔註1〕 宋永培：《說文與訓詁研究論集》，頁372。

〔註2〕 同前註，頁372。

〔註3〕 〔清〕阮元：《論語注疏》。

〔註4〕 〔清〕阮元：《十三經注疏・春秋左傳注疏》。

〔註5〕 宋永培：《說文與訓詁研究論集》，頁372。

上就體現在經典注解和詮釋的過程中，反映在這些詮解語料的構形與語義的變化上。爲了要因應各種語言環境的差異，各個經師解經並不相同，故同一批常用字詞呈現出來的有引申、假借、通假、訛誤、竄亂等現象。許慎編輯《說文解字》（以下簡稱《說文》）的動機乃針對於漢代經師釋經的用字混亂現象而起。其意在釐清表述語言的文字其語義的層次，並建立解釋的模式。

　　本文透過對當時經典訓詁語料與《說文解字》釋義之比較，歸結出漢代蓬勃的詞義訓詁活動中，實具有兩個層面的內涵。其一，爲經典詮釋的立場，由經師依據當時觀念、制度，對該字進行訓詁，此偏向於語境義的詮釋；其二，爲詞典編輯的角度，必須追求符合漢字形音義兼備的標準，對該字採語源式的解釋，此則偏向於理性義的訓解。藉由《說文解字》釋義及經典文獻訓詁的比較，探求漢代語言之核心與非核心義之面貌，做爲研究漢語基本常用義與文化詞義交涉情形之參考，進而建立漢語詞義之共時與歷時性質演變的研究模式。〔註6〕

　　梅廣指出「詮釋」一詞在西方的詮釋學中即所謂「hermeneutics」上的意義。其旨在尋求意義的理論和方法。學術的歷史背景發軔於歐洲中世紀以後不同宗派對《聖經》文義和故事情節的解釋。其對於意義的基本假設是意義爲多層面的結構，一句話不能光從字面上去理解它。〔註7〕不過此論題的設立必須回歸到中國語言學的發生背景。梅廣說：「對照西方的發展，詮釋學在中國也找到生根發育的腴美土壤，雖然中國沒有歐洲那種特殊的宗教背景。這是因爲中國的文化傳統中思想哲學離不開經典，經典離不開詮釋，特別是儒學。儒學本身就是一個經典詮釋傳統。這個詮釋傳統也特別強調意義的多重性。朱熹說：『聖人言語一重又一重，須深入去看。』」〔註8〕傳統的「小學」附屬於「經學」之中，根源於經籍訓詁而來，也就是說中國傳統語言學的生成背景與經典詮釋本同屬一脈，從經典學研究的立場而言，詮釋的思維與方法則開展出了哲學和語言學兩個系統的意識與研究方法，也就是清人習言的「宋學」、「漢學」之分。宋學

〔註6〕　本節參考酌引拙著〈詞典編輯與經典詮釋語言比較研究——以《說文解字》與經學文獻用字訓義爲論〉，《中正漢學研究》，2012 年 6 月，第一期。

〔註7〕　參梅廣：〈語言科學與經典詮釋〉，《文獻及語言知識和經典詮釋的關係》（臺北：國立臺灣大學出版中心，2004），頁 53～54。

〔註8〕　同前註，頁 54。

的意識思維在經典詮釋上雖屬另一種類型，但實際上也根本於語言分析。例如朱熹的〈讀書法〉提到：「學者觀書，先須讀得正文，記得注解，成誦精熟。注中訓釋文義事物名義，發明經指穿紐處，一一認得。」〔註9〕梅廣認爲從朱熹的說法看來，其對文篇本身的態度之嚴謹是無可挑剔的，不應該去批評其經學不重視字義訓詁。他說：「事實上，他（朱熹）的經解吸收了漢以後歷代經師訓解的精華，對於當時的工具學問如文字、音韻、校勘學等，只要有助於經典詞句的解釋，他都不排斥。」〔註10〕只是在朱熹自身意識型態的框架下對於經典產生了和語言科學不同路數的詮釋，也因此後人對於「宋學」、「漢學」的認知容易將它們視爲「義理詮釋」與「字義訓詁」壁壘分明的兩個範疇。

其實中國詞典學的產生從《爾雅》開始到《說文解字》，實際上都是爲詮釋經典服務的。〈說文敘〉中提到的「始作《易》、八卦，以垂憲象」、「周禮八歲入小學」、「至孔氏書『六經』，左丘明述《春秋傳》，皆以古文」、「諸生競說字解經誼」等，〔註11〕皆呈現出《說文》的撰述背景與經學的關係。除此之外，許慎對於解釋字義尚具有一套語言文字發展的觀念。〈說文敘〉中提到：「蓋文字者，經藝之本，王政之始，前人所以垂後，後人所以識古。」〔註12〕這種結合了當代主流的文獻語言與一般語言在文字形、音、義的內涵而進行整理編輯的觀念，也呈現出詞典編輯與經典詮釋之間的交集。

中國語言學家如許慎，本身即爲經學家，在同源一脈的學術背景之下，對於經籍訓詁的態度雖然有今古文之分，但是就《說文》解釋字義所引述的內容看來，如引《詩經》材料，雖主古文，宗毛傳，但也不廢三家詩之解釋等情形，可以明白許慎編輯《說文》已經從經典詮釋的訓詁釋義擴大到詞典編輯的語言分析，且納入了方言、古今詞義的記錄與解釋。由此可看出其對解釋字義材料的使用，也顯示出詞典反映語言使用實況的編輯需求，而不僅是服務專門學術的著作了。

本文基於對中國詞典學與經學在產生的歷史關聯與發展的好奇，試圖透過

〔註9〕 參〔南宋〕朱熹：《朱子語類》（臺北：臺灣商務印書館，1969 年），卷十，頁 257。

〔註10〕 參〔美〕梅廣：〈語言科學與經典詮釋〉，《文獻及語言知識和經典詮釋的關係》（臺北：國立臺灣大學出版中心，2004 年），頁 69～70。

〔註11〕 〔東漢〕許慎，〔北宋〕徐鉉：《說文解字》，卷十五，頁 314～316。

〔註12〕 同前註。

中國傳統語言學在詞典編輯與經典詮釋中的具體展現，以及觀察其在彼此之間的交集與差異，欲探求當中的演變形態與因素。觀察的面向有：「詞典與經典的訓詁方法以及詮釋模式」；「詞典與經典在訓詁釋義時的語言觀念」；「詞典與經典的語義分析的層次及反映在文字使用、語義詮釋的形態比較」。

　　上述研究主要以東漢許慎所編輯的《説文解字》及先秦兩漢經典的歷代注釋材料爲考察範圍，透過二者在使用相同或相近的文字符號下進行的語言分析（包括文字應用、語義詮釋）之比較，並參酌清代學者對於《説文解字》體例的詮解，討論中國傳統語言學於詞典編輯與經典詮釋的發展脈絡。

一、《説文解字》與經典訓釋方法之異同

（一）詞典編輯的訓詁方法

　　曾榮汾指出：「書寫一篇文章，無論文義多麼複雜，語言節奏多麼變化，基本上都是一個字一個字堆累起來的，也就是一個一個形體串起來的。〈説文敘〉説：『書者，如也。』書所以稱爲『書』，就是『如其言而書』，也就是説『書』就是利用一堆形符來表述語言而成。」〔註13〕可以理解到中國詞典編輯的訓詁方法，就是在此觀點之下，對每一個表述語言的形符進行訓詁與詮解。漢字創造出來的形體結構，起始都是對於事物的意義、語言的實況直觀的描摹，所以能「如其言而書」。但是文字詞義經過歷史的演變，其包覆的形體意義與內涵意義是豐富且多元的。曾榮汾説：「一個詞，在長久的語言使用歷史中，可能在許多情境中，有了變化，這些變化被記錄在文獻中。詞典編輯者就這些文獻，逐一地排比歸類，理出該詞的本義、引申、假借或訛用義，也就是要建立該詞的『詞義流變體系』，藉以歸納出該詞在文獻中的『義類』。」〔註14〕此外筆者認爲在漢字以形表義的性質內涵中，還得建構「文字古今形義演變系統」才有助於釐清文字到底是如何承載漢語的意義。〔註15〕在這些基本前提下，詞典編輯

〔註13〕曾榮汾：〈略論漢字藉形定義的特色〉，《第十六屆中國文字學國際學術研討會論文集》（高雄：高雄師範大學國文系，2005 年），頁 46。

〔註14〕曾榮汾：〈詞典訓詁論〉，《第八屆中國訓詁學術研討會論文集》（新竹：玄奘大學，2007 年），頁 2。

〔註15〕此系統著眼於文字「形構」與「意義」的演變。前者以高明《古文字類編》爲例，結合出土古文字，建構形體變化的表格；後者以沈兼士〈右文説在訓詁學上之沿

的訓詁方法大抵可以歸納出四種類型：

1、以字形為本的訓詁方法

漢字「藉形定義」的性質在許慎編輯《說文解字》對文字進行訓詁時便採取了「依文字形體結構而訓解其字義」的基本原則。例如：

> 慣：憂皃。从心員聲。（心部，卷十）

段注：

> 許造此書，依形立解，斷非此形彼義，牛頭馬脯，以自為矛盾者。

又《說文解字》：

> 憂：愁也。从心頁。心形於顏面，故从頁。

段注：

> 此會意。如息从心自，由心達於鼻思。〔註16〕

此處說明了許慎訓解字義，基本上是貼著文字的形體結構來解釋。這種方法也顯示在《說文》「析本字為訓」的體例上，例如：

> 叛：半（反）也。〔註17〕（半部，卷二）

段注：

> 反：覆也。反者叛之全，叛者反之半。以半反釋叛，如以是少釋尟。

此外還有「於形得義」的例子如：

> 食：一（亼）米也。从皀亼聲。或説亼皀也。（食部，卷五）

段注：

> 皀者穀之馨香也。其字从亼皀，故其義曰亼米。此於形得義之例。

也有以形體結構的重覆，表現出該字多或大等意義，如：

革及其推闡〉中提到取《說文解字》以降之字韻書，依聲繫字，重新調整文字，以聲義為綱，分析字義的演變與語義的時代差異，為漢語的形位與義位之演變建立系譜。參高明：《古文字類編》（臺北：大通書局，1986 年）。沈兼士：〈右文說在訓詁學上之沿革及其推闡〉，《沈兼士學術論文集》（北京：中華書局，1986 年）。

〔註16〕〔東漢〕許慎、〔清〕段玉裁：《說文解字注》（臺北：萬卷樓圖書股份有限公司，2004 年，影印經韻樓藏版），卷十，頁 517～518。

〔註17〕大徐本作「半也」，段注本訂作「半反」，故括號標注於後。

　　品：眾庶也。从三口。（品部，卷二）

　　雥：羣鳥也。从三隹。（雥部，卷四）

　　磊：眾石也（皃）。从三石。（石部，卷九）

　　驫：眾馬也。从三馬。（馬部，卷十）

　　轟：（轟轟）羣車聲也。从三車。（車部，卷十四）

可以發現許慎在解釋複體構形字時，常有「眾」、「羣」之義。這種以形爲義、形在義中的訓解方式，是藉由對形體結構的分析，而使人理解文字本身的構成意義，是《說文解字》在訓詁上的基本原則。

2、以當代常用語文解釋古語及罕用字詞

　　許慎在說解中有以「因是常用語義而以本形爲訓」的體例，如：

　　紡：網（紡）絲也。（糸部，卷十三）

段注：

　　今定爲紡絲也三字句，乃今人常語耳。凡不必以他字爲訓者，其例
　　如此。

又《說文解字》：

　　屺：屺山也。

段注：

　　許書之例，以說解釋文字，若屺篆爲文字，屺山也爲説解。

「紡絲」、「屺山」皆爲許慎當時漢代的常用字義，且已使用複詞的結構，故在訓解字義時便直接以常用語表示文字之意義。還有「依今字訓解古字」這種使用當時語義訓釋古代語義的方法，例如：

　　突：深也。（穴部，卷七）

段注：

　　此以今字釋古字也。突涘古今字，篆作突涘，隸變作罙深。

　　由於漢字本身形體存在著歷史演變的情形，所以在詞典編輯時，必須使用當代通行的文字構形，才有助於訓解意義。因爲語義的演變表現在文字上有古今異體字、本字轉爲引申或假借義時另造新字，以及通假時使用的替代文字（異

文）與錯訛字的情形。這也是中國詞典編輯時，不能只是就詞義內涵的演變討論，而必須考慮詞義演變時文字形體結構的使用狀況。

3、依當代通行的音讀而訓解其字音

此乃根據當代標準音來訓解字音，所以有讀若、讀如、讀與某同等例，茲舉例說明於下：

皇：大也。从自（王）。……自讀若鼻。（王部，卷一）

段注：

言皇字所从之自，讀若鼻，其音同也。

又：

珛：石之似玉者，……讀與私同。

段注：

凡言讀與某同者，亦即讀若某也。

訓解字音的文字，通常使用音同或音近的常用字來訓解，例如：

窴：塞也。……讀若〈虞書〉曰窴三苗之窴。（宀部，卷七）

段注：

《說文》者，說字之書，凡云讀若，例不用本字。

「讀若某」、「讀與某同」所用之「某」字，都是當時通行音讀的用字，其詞彙性質為讀音與本字相同的常用字詞。

由於漢字以形音義聚合而成，彼此關係必須視為一體，在注音的訓解也常呈現出文字形體的演變和意義的關聯性。就形體演變的角度而言，在以當時通行音讀作為訓解字音的情況下，訓解字詞有用同音的古今字為訓，以後起之字也是用當時常用之「鼻」訓解古字「自」，呈現出音同、義同但形異之別。

此外在訓解字音的情況下，也出現了存在意義關聯的「亦聲」字，如：

吏：治人者也。从一、从史、史亦聲。（一部，卷一）

段注：

凡言亦聲者，會意兼形聲也。

段說之「會意兼形聲」實際上應視為形聲字，李國英《說文類釋》提到：「攷凡

帶聲符之字，即爲形聲，是以形聲可包會意，而會意不能兼晐形聲，此會意形聲之經界也。」〔註18〕此例其實呈現出用來注音的「史」字與被注的「吏」字間具有音義的關聯性，《說文解字》「池」字段注：「夫形聲之字多含會意。」在「晤」字下說：「同聲之義必相近。」都說明了漢字「聲同義近」、「聲同義同」的音義關聯性。可以理解到訓解音讀之常用字詞之類型，在讀若的情形下存在著古今字的關係，如「自」、「鼻」，也有純粹的用字假借關係，如「厷」、「私」，還有具音義關係之「吏」、「史」。

4、全面式的文獻語料之援引

《說文解字》作爲一部詞典，其出發點在於解釋當時的經典文獻，但其訓詁的立場又有別於一般的經典詮釋、注解，而是對於漢代語言實況進行語言、文字的整理與詮解。曾榮汾指出《說文解字》：「雖然是爲解經而編，但漢代重視解經，所以經學語言應當是當代最重要的書面語言，能讀經，自可通經、史、子、集，所以許氏就『經字』析形解義所獲致的結果，當具宏觀的影響力。從這個觀點來看，《說文解字》一書所反映的語言環境又不只局限在經學而已。」〔註19〕可以知道它反映的是更爲全面性的語言面貌。站在詞典編輯的訓詁方法上來看，其援引的語言資料便不純粹只限於一般書面語言的材料，且可以從「訓義」與「用字」兩方面看出許慎編輯的取材，了解其整理文字以及語言的方法。

首先在「訓義」上的語料性質包含了書面語、俗語、方言、一曰等類型。書面語最主要就是《說文解字》引用的經典文獻以及當時學者的訓詁語料（引經、引通人），段玉裁曾說：「凡引經傳，有證字義者，有證字形者，有證字音者。」說明了許慎援引經典文獻語料的訓詁目的，這種兼採眾說的方法，例如：

> 社：地主也，从示土。《春秋傳》曰：「共工之子句龍爲社神。《周禮》
> 二十五家爲社，各樹其土所宜木。」（示部，卷一）

段注：

> 許既从今《孝經》說矣。又引古左氏說者，此與心字云土藏也象形，

〔註18〕李國英：《說文類釋》（臺北：書銘出版事業有限公司，1987年），頁224。
〔註19〕曾榮汾：〈說文解字編輯觀念析述〉，《先秦兩漢學術》，2005年，第3期，頁3。

博士說以為火藏一例，兼存異說也。

在稱引上的訓詁有「先本義，後假借」的方法，例如：

> 顥：白皃。从景頁。《楚詞》曰：「天白顥顥。」南山四顥，顥、白
> 首人也。（頁部，卷八）

段注：

> 見〈大招〉，王逸曰：「顥顥、光貌。」……土部堋下引《左傳》「朝
> 而堋」在前。引〈虞書〉「堋淫于家」在後。可證偁古之例。

此例顯示出許慎在編輯中，對於義項說解順序的訓詁方法事先說明字頭之本義，再說明其他義項，如假借義等。在「一曰」的體例中，也顯現出這種訓詁模式，例如：

> 楚：叢木，一名荊也。（林部，卷六）

段注：

> 一名當作一曰，許書之一曰，有謂別一義者，有謂別一名者。

此處的一曰、一名，在字義訓詁主要是另一個義項的收錄，而收入的原因，可能是當時漢代常見或書面語言可見的義項。這種處理義項的方法，是依據文字本義推衍詞義所產生的各種演變型態進行訓解。

其次在「用字」上，則使用了常用正字、俗字的訓詁方法，並編輯收錄古文字形體，一來以常用文字解罕用；二來明字體之古今演變，若遇異體，擇善而從。例如：

> 糞：棄除也。从廾推𠂹，糞、采也。官溥說，佀米而非米者矢字。
>
> （𠂹部，卷四）

段注：

> 此偁官說釋篆上體佀米，非米，乃矢字。故廾推𠂹除之也。矢、艸
> 部作菡，云糞也。謂糞除之物為糞，謂菡為矢，自許已然矣。諸書
> 多假矢，如〈廉藺傳〉：「頃之，三遺矢。」是也。許書說解中多隨
> 俗用字。

「糞」字上部之「米」乃一形符不成文的結構，義為排泄之物。而在艸部的「菡」才是糞便的本字，後假借作「矢」字。此條說明了許慎當時以俗用的

假借字「矢」，作爲解釋「糞」字上部「米」之形義解釋。其餘如用「賣」之俗「瀆」，「ナ」之俗「左」，皆以常用的假借字釋本字。此類又如：

> 僊：長生僊去，从人𦥯、𦥯亦聲。（人部，卷八）

段注：

> 按上文偓佺、仙人也。字作仙，蓋後人改之。《釋名》曰：「老而不
> 死曰仙，仙，遷也，遷入山也。故其制字人旁作山也。」成國字體，
> 與許不同，用此知漢末字體不一，許擇善而從也。

由上述《說文》之各種體例與字例，可以看出詞典編輯的訓詁方法，就用字與訓義而言，注重文字的結構內涵以及當代常用形體和語言意義，也較全面式的含括各類語料，針對字義的性質進行義項的排比。

（二）經典詮釋的訓詁方法

經典詮釋的訓詁方法，從表面上雖然與詞典訓詁的方法相近，但是基本立場則有所差異，這反映在字詞的訓解上大抵可分爲三種類型：

1、以學者或經典本身的觀念思想爲主的訓詁方法

依文獻觀念與內涵而訓解字義的方法，在漢代的經典詮釋是一個很重要的學術現象。大者有所謂今文與古文之別，小者有師學、家學之分。這些思想觀念作爲解經的前提，詮釋的結果必然受到影響。就經典意義本身的內涵進行詮解，當然也呈現出這種觀念方法的應用。例如東漢鄭玄注解《詩經》，以〈詩序〉之說爲本。〈詩序〉言〈關雎〉云：

> 〈關雎〉，后妃之德也，風之始也，所以風天下而正夫婦也。〔註20〕

故鄭玄注解《詩經‧周南‧關雎》：「君子好逑」曰：

> 怨耦曰仇。言后妃之德和諧，則幽閒貞專之善女，能爲君子和好眾
> 妾之怨者，言皆化后妃之德，不嫉妒。

可以看出此處乃本著〈詩序〉的觀點而詮釋。

2、使用的字義解釋存在著假借、異文的情形

此種依文獻用字而訓解其字音的方法，實際上就是利用假借字訓解字義，

〔註20〕 〔清〕阮元：《十三經注疏‧毛詩注疏》（臺北：藝文印書館，2001，影印清嘉慶二十年江西南昌府學刊本），卷一，頁12。

例如：

> 騭、假、格、陟、躋、登，陞也。（釋詁，卷一）〔註21〕

> 陟彼崔嵬，我馬虺隤。（《詩經・國風・周南・卷耳》）

毛傳：

> 陟，升也。

「陟」字《說文解字》：「陟，登也。」段玉裁說：「陞者升之俗字，升者登之假借。《禮・喪服》注曰：『今文禮皆登為升。』俗誤已行久矣。據鄭說則古文《禮》皆作登也。許此作登不作升者，許書說解不用假借字也。漢人用同音字代本字既乃不知有本字所謂本有其字依聲託事者然也。」從上述材料的訓釋用詞情況可以了解到「升」之後起本字為「陞」，假借字為「登」，而「陟」和「升」、「陞」皆為假借關係，《爾雅》、〈毛傳〉以假借字「陞」、「升」訓解「陟」，由此可以了解到經典詮釋的字義解釋，本身也存在著用字上的隨意性。

　　另外這種情形也有擴大之情形，像是因音近而訓解其轉化之音義的例子，如：

> 以肆獻祼享先王。（《周禮・春官・大宗伯・玉人》）

鄭注：

> 祼之言灌，灌以鬱鬯。〔註22〕

《說文解字》「祼」作：

> 祼：灌祭也。从示，果聲。（示部，卷一）

段玉裁說：「〈大宗伯・玉人〉字作果，或作淉。注兩言祼之言灌。凡云之言者，皆通其音義以為詁訓。」又如：

> 淰：濁也。（水部，卷十一）

段注：

> 義與澱、淤、滓相類。〈禮運〉曰：「龍以為畜，故魚鮪不淰。」注：

〔註21〕〔清〕阮元：《十三經注疏・爾雅注疏》（臺北：藝文印書館，2001，影印清嘉慶二十年江西南昌府學刊本），卷二，頁26。

〔註22〕〔清〕阮元：《十三經注疏・周禮注疏》（臺北：藝文印書館，2001，影印清嘉慶二十年江西南昌府學刊本），卷十八，頁273。

「淰之言閃也。」凡云之言者，皆假其音以得其義。蓋淰其本義，
閃其引申假借之義。

此處說明經典的詮釋者，在訓詁字義時常使用一種「之言」的方法，只要音近
便採取通假的方法解釋其字義。

3、依語境或語用實況而訓解字義

經典詮釋者訓解字義的方法，也常依據經文的語境和語言的實際狀況以今
釋古、以淺釋深。例如：

東里多才。(《列子‧仲尼》)

張湛注：

有治能而參國政者。〔註23〕

此乃張湛針對《列子》該句的語境作出的注解。「才」字作為一個多義詞，有「才
能」、「有才能的人」的義項，但是「有治能而參國政者」卻無法成立，此乃依
據〈仲尼〉篇中談治國之事的語言環境而作出的詮釋。又如：

車至門，扶。(《戰國策‧宋衛策》)

高誘注：

扶，謂下車。〔註24〕

顯然可以看出將「扶」字解釋為下車，乃依據上句「車至門」的語境而來。這
是經典詮釋在訓解字義的應用方法之一。

二、《說文解字》與經典訓釋觀念之異同

此處首先討論詞典編輯的觀念，以《說文解字》為主，進而探討詞典編
輯學中的訓詁釋義觀。次就經典詮釋的範疇，討論語言學在經典詮釋的內涵
以及傳統的字義訓詁在經典詮釋的訓解觀念。此中尚且牽涉到一個屬於漢字
結構的語言特點，也就是以形為本的釋字態度。這種觀念態度實際上是詞典

〔註23〕〔東周〕列禦寇、〔晉〕張湛：《列子》(臺北：藝文印書館，1971 年，影印宋本)，
卷 4，頁 58。

〔註24〕〔東漢〕高誘：《戰國策高氏注》(臺北：世界書局，1967 年，影印剡川姚氏刻本)，
卷 32，頁 662。

本體論的基本取向，羅思明提到：「東漢語言學家許慎提倡的『字本位』、『從形析義』的字典建構思想就是典型的語言本體論影響下的詞典本體論研究取向思想。」〔註25〕所以在觀念的比較研究上，還必須考慮到中國傳統字樣學的內涵。所謂「字樣」則必須存在「文字整理的事實」，才能「建立用字的標準」，後者則必須結合當代語言使用的現況，使文字符號能負擔語言的內涵，目的就是要建構形音義聚合、兼備的文字系統。

從前一節看來，詞典（《說文解字》）編輯和經典詮釋上的用字訓義，在方法上有其交集相近之處，但是觀念上還是存在著差異。蘇寶榮指出：「一般認為，語文詞典所收錄詞的義項，是該詞常用的、穩定的意義，人們稱之為語言義；而詞在特定語境（包括特定交際背景和特定上下文）中臨時的、靈活的意義，人們稱之為語用義（即前人所謂的「隨文釋義」之「義」），是不宜收入辭書的。但是，詞典編纂的實踐同這一理論認識是存在著矛盾的。」〔註26〕因為詞典訓詁的基礎根本於經典詮釋語料，而從《說文》援引的文獻語料來看，不只是解釋字詞語言義的詞典，也包含了解釋經句、方言、俗語等專科詞典的性質。只是在編輯觀念中有其詞典訓詁的立場，必須建立義項的系統性，此便有別於經典詮釋的片面性語料的分析了。

蘇寶榮更提到：「在語文詞典的編纂中，既要防止把語境靈活義與詞的基本的、常用的意義相混淆，保持詞典釋義的系統性；又要幫助人們解決古籍閱讀和言語交際中的實際障礙，注重詞典的實用性，詞語釋義應當注意到語言釋義和語用釋義這樣兩個層次。這裡所說的語言釋義，是指解說詞離開其特定語境而人們可以理解的、常用的、穩定的意義；語用釋義，是指解說詞離開其特定語境（交際背景和上下文）難以理解的、臨時的、靈活的意義。」〔註27〕以此觀點，較之詞典編輯時的訓詁和經典詮釋的態度，綜合前述的訓詁方法，可以發現有觀念上的異同，茲討論於下：

此部分以《說文》的體例為觀察重點，比較經典詮釋的注解觀念。大抵可

〔註25〕羅思明：《詞典學新論》（合肥：安徽教育出版社，2008 年），頁 58。

〔註26〕蘇寶榮：〈詞典的語言釋義和語用釋義〉，《詞彙學與辭書學研究》（北京：商務印書館，2008 年），頁 290。

〔註27〕同前註，頁 293。

分說幾項異同：〔註28〕

（一）異

1、原則之異：注書依文立義，解字本形本義

此例如：

> 鬈：髮好也。从髮卷聲。《詩》曰：其人美且鬈。（髟部，卷九）

段注：

> 〈齊風·盧令〉曰：「其人美且鬈。」《傳》曰：「鬈、好皃。」《傳》
> 不言髮者，《傳》用其引伸之義，許用其本義也。本義謂髮好，引伸
> 爲凡好之偁。凡說字必用其本義，凡說經必因文求義，則於字或取
> 本義，或取引伸假借，有不可得而必者矣。」

　　這裡說明了詞典訓詁的態度在觀念上與經典隨文釋義的詮釋態度有其差別，但就《說文解字》而言實際上並不是絕對的，曾榮汾認爲這種觀點在《說文解字》本身並無絕對之標準，他舉例「份，文質備也。」說明：「許氏書內多有未如段氏之堅持者，……因此說解必用本形本義，此點究爲段氏之見，或許氏本有，頗值斟酌。也許看法應該如此：許氏在釋形解義卻有推究『本形本義』之用心，此乃許氏編書之目的，但是解說用字部分是否全用字之本義，則可能非許氏之不爲，而是許氏所不能爲。」〔註29〕由於漢語的文字形體繁夥，意義派生運用多樣，眞正要循最原始的語源本義，以字原演變的線索解釋，實際上受限於材料時代，是無法達成此理想的。不過就詞典編輯的訓詁觀念上看來，跟經典的傳注立場還是有所差別的。

2、說義之異：注經主說大意，字書主說字形

此例如：

> 蓏：在木曰果，在艸曰蓏。从艸胍。（艸部，卷一）

段注：

> 《齊民要術》引《說文》：「在木曰果，在艸曰蓏。」以別於許慎注

〔註28〕參陳新雄、曾榮汾：《文字學》（臺北：五南圖書出版股份有限公司，2010 年），頁
161～164。

〔註29〕參曾榮汾：〈說文解字編輯觀念析逑〉，《先秦兩漢學術》，頁 17。

《淮南》云:「在樹曰果,在地曰蓏。」然則賈氏所據未誤,後人用許《淮南注》、臣瓚《漢書注》改之。惟在艸曰蓏,故蓏字从艸。凡爲傳注者,主說大義,造字者,主說字形。

從段氏之說可以發現,許慎本身詮釋經典與編輯詞典時,訓解便有不同。其注解《淮南子》時,以意義相近的「樹」解釋,但是回歸到文字本身,則使用了「木」的解釋,因爲「木」的語義含括較「樹」來的全面,且「艸」、「木」兩種意義性質相對,解釋字義才能顧及內涵意義的精確度。

3、注音之異

汪耀楠提到:「文籍的注音不是詞典的注音。詞典的注音是把字放在與這個字有關的字韻書及其他文獻語言材料中,從整體上加以考察,然後對這個字的音讀的歷史源流演變進行全面的審定。文籍注音,則是指出某句某字的某一單一的音讀。」〔註30〕比較兩者實際的注釋內容,可以發現由於詞典(《說文解字》)編輯是以本形本音本義爲領頭,所以用字訓義是「以假借字或古今字注解本字之音」例如:

祿:數祭也。……讀若春麥爲桑之桑。(示部,卷一)

此處許慎用不見於字頭从木之「桑」作爲从示之「祿」的讀若訓釋詞,〔註31〕這種注音方式,段玉裁注曰:

凡言讀若者,皆擬其音也。凡言傳注者,皆易其字也。注經必兼茲二者,故有讀爲有讀若,讀爲亦言讀曰,讀若亦言讀如。字書但言其本字本音,故有讀若無讀爲也。

《說文解字》之讀若據陸宗達、王寧的《訓詁方法論》所說:「不只表示直音,還表示(1)標明通行的後出字,如自,讀若鼻。(2)標明通行的異體字,如喜,讀若沓。(3)標明通行的假借字,如敊,讀若杜。(4)標明互相通用的同源字,

〔註30〕汪耀楠:《注釋學綱要》(北京:語文出版社,1997年),頁172。
〔註31〕此處段玉裁注:「爲桑之桑字从木,各本譌从示不可解。《廣雅》桑,春也。楚芮反。《說文》無桑字,卽臼部春去麥皮曰臿也。江氏聲云:《說文》解說內或用方言俗字,篆文則仍不載。」提到《說文解字》說解使用俗字之情形,其討論將於第五章第二節「3、常用字位形構之同異」之例討論。

如雀，讀與爵同。」〔註32〕此處是詞典注音的讀若訓釋用詞皆具通行常用之性質，不過詞典注音與經典注音使用的字詞還是有別的，詞典的注音訓解多使用「讀若」、「讀如」的方法，而在經典詮釋中的注音方法，則多用「讀爲」、「讀曰」。其性質主要是「以本字注解經書中的音同音近假借字」和「以本字訂正經書中的音同音近錯謁字」兩種，例如：

> 淇則有岸，隰則有泮。（《詩經·衛風·氓》）

鄭箋：

> 泮讀爲畔。

上例說明「泮」是假借字，作「邊」義的「畔」是本字，所以「畔」是鄭玄解釋「泮」的音讀和詞義。又如：

> 壹戎衣而有天下。鄭注：衣，讀如殷。聲之誤也。齊人言殷聲如衣。
>
> （《禮記·中庸》）

> 至於賭購承含，皆有正焉。鄭注：承讀爲贈，聲之誤也。（《禮記·
>
> 文王世子》）

這裡說明了經典詮釋中，利用本字對經句中假借或訛誤的字，進行注音校讀的方式。

4、用詞之異：注經與解字各有體例，用詞不同

這裡主要是說明詞典和經典在訓詁時，所使用的術語有所差別，例如：

> 槈：車轂中空也。从木叜聲。讀若藪。（木部，卷六）

段注：

> 大鄭云讀爲藪者，易槈爲藪也，注經之法也。許云讀如藪者擬其音
>
> 也，字書之體也。

段玉裁說：「注經必兼茲二者，故有讀爲有讀若，讀爲亦言讀曰，讀若亦言讀如。字書但言其本字本音，故有讀若無讀爲也。」又如：

> 禓：道上祭。（示部，卷一）

段注：

> 按〈郊特牲〉:「鄉人裼,孔子朝服立於阼。」即《論語》「鄉人難,
> 朝服而立於阼階」也。注:「裼或爲獻,或爲儺。凡云或爲者,彼此
> 音讀有相通之理。」

「或爲」一詞,爲解經所常用,字書無之也。〔註33〕可知術語的運用,在經典
詮釋上是隨語料本身而使用,但是詞典編輯站在訓解本字的立場,當然不可能
顛倒過來,這樣便無法確立以本形本義爲主的訓詁原則。

(二)同

詞典編輯與經典詮釋在方法上還是有其重疊之處,例如:

> 舄:䧿也。象形。(烏部,卷四)

段注:

> 謂舄即䧿字,此以今字釋古字之例……《周禮》注曰勖讀爲勛,皆
> 以今字釋古字。

這顯示出《說文解字》的編輯有其特殊的經學背景,且訓詁的原則都是以已知
釋未知,在注書與解字之例雖異,方法卻有相通之處。

從詞典編輯的訓詁觀念而言,曾榮汾說:「每個詞在詞典中,都要建立獨自
的形音義系統,而無論古今,使用者在索解時,都是就當下來需求。因此詞典
訓詁工作作的是活語言的解說。」〔註34〕許愼編輯《說文解字》的用意在於使
「前人所以垂後,後人所以識古。」抓住本形本義的訓詁原則,反映文字語言
的概括性、穩定性、恆常性,並且建立源流系譜。

經典詮釋與詞典訓詁在處理注釋語義材料上,差別在於經典詮釋乃針對於
文本內容而進行詮解,基本觀念在於透過訓詁詞義理解經典的內容;詞典訓詁
則「須從全面的原始語料去聚合詞義,進而依詞典性質進行建構體系的功夫,
正是詞典訓詁的特色。」〔註35〕二者雖然在對語言的解說立場上,看似使用了
差不多的方法,可是從本質上詞典編輯還須兼顧到語言文字本身,其在歷史發
展中文字形體結構語義內涵的演變情形,並且就此建立獨立的語言訓詁系統。

〔註33〕參陳新雄、曾榮汾:《文字學》,頁162。

〔註34〕曾榮汾:〈詞典訓詁論〉,頁55。

〔註35〕同前註,頁2。

　　從《說文解字》的訓詁材料中，含有方言、俗語以及古今和正異的文字形體來看，便可以發現詞典編輯裡訓詁的語言雅俗兼備，呈現的文字古今與正異並列。在文獻的參用，直接聚合詞義的解說方式，也是解說活語言的性質呈現。曾榮汾指出：「詞典的編輯體例只有一個目的，就是要把訓詁內容完整且有效的呈現出來。」〔註36〕在這個目的下，與純粹的經典詮釋便存在觀念上的距離。

　　從經典詮釋的訓詁觀念而言，由於經師進行詞義訓詁活動時，目的在於將經書裡不易理解的詞彙說清楚講明白。汪耀南說到：「排除語言的障礙，是注釋的第一要義。……傳注者必須首先考慮，能不能使所選擇的注釋對象正好是讀者閱讀時的語言障礙。」〔註37〕因此傳注者必須循著該經典內容的意義、以及不同學說觀點的學術背景，配合當時語言使用的現狀，就該字詞、文句進行詮解，此乃「隨文釋義」的方法。這種方法和態度，與詞典的編輯是不能一概而論的。汪耀楠認為：「現代辭書編寫者常以『隨文釋義』譏刺古人的某些傳注，正是古人在一定的語境中研求詞義，幫助讀者閱讀古書的可貴之處。」〔註38〕因為經典詮釋時，面對的是個別的、局部的語料，在訓解時必須依該材料的對象、時代、文化制度等差別，進行說明才行。

　　透過前述兩部分的分析，再回歸到《說文解字》的體例所呈現的編輯觀念中，可以了解到彼此的觀念之交集與差異。就用字訓義的基本立場來看，曾榮汾說：「訓詁的目的在於用已知釋未知。所謂的未知，如果從經典訓詁來看，往往是訓詁家觀察所得，也就是摘詞釋義，指的是訓詁家以為他人所不懂的部分，並非全面。但是詞典訓詁不是如此，理論上，它彙聚了語言中所有的詞，無論難易，一概解說，所以它所從事的是全面性的訓詁工作。無論人文、自然，一律解釋。最早的詞典可能只出於一人之手，因此博學若許慎，也要說：『於其所不知，蓋闕如也。』但是，就是許慎已釋部分，也可從生物類別，看出他無從全面詳釋的困窘。」〔註39〕總的來說《說文》與傳注者對經典詮釋的態度差異：前者重視語言與文字使用的精確性，旨在建立一個聚合形音義的分析系統；後

〔註36〕同前註，頁 11。

〔註37〕汪耀楠：《注釋學綱要》，頁 134～135。

〔註38〕同前註，頁 138。

〔註39〕曾榮汾：〈詞典訓詁論〉，頁 20。

者則意在解決文本中字詞和文句的理解障礙。

此外經典詮釋特別注重思想內容的分析。因為本著各自的學術立場，像是今文學家與古文學家之間，彼此有微言大義和章句訓詁解釋方法的不同，由此衍生出對用字訓義的差別。當時號稱「五經無雙」的許慎，他的經學背景（古文學者）也使《說文解字》釋義呈現出一定的詮釋立場。不過就其內容上看來，便可以發現許慎不僅是一個經典的傳注者，也是一個詞典編輯者，從其引經的內容中便可得其端倪，例如：

1、「引《詩經》，宗毛傳，但也不廢三家詩」例〔註40〕

　　旝：旌旗也。……《詩》曰：「其旝如林。」（㫃部，卷七）〔註41〕

段注：

　　〈大雅·大明〉文，今《毛詩》作會，……然則毛作會，三家作旝，
　　許偁毛而不廢三家也。

2、「引《尚書》，雖主古文，亦不廢今文」例

　　枿：木生條也。〈商書〉曰：「若顛木之有枿枿。」

段注：

　　古文言有由枿，則作枿者，伏生、歐陽、夏侯之書也。許於《書》
　　偁孔氏，而不廢伏生也。

3、「引《禮》，古今並重，以其是而釋」例

　　鉉：（所以）舉鼎也。……《易》謂之鉉，《禮》謂之鼏。（金部，卷
　　　　十四）

段注：

　　據鄭則《禮》今文為鉉矣。許何以鉉專系《易》也。許於《禮經》
　　之字，古文是者，則從古文，今文是者，則從今文。

〔註40〕參陳新雄、曾榮汾：《文字學》，「第九節《說文》於經傳從違之條例」，頁126～
　　　129。

〔註41〕此例釋文大徐本只作「建大木，置石其上，發以機，以追敵也。」依段注本補「旌
　　　旗也。」

4、「引《春秋》，宗左氏而不廢公羊」例

　　唬：高聲也。一曰大嘑也。……《春秋公羊傳》曰：「魯昭公唬然而哭。」（唬部，卷三）

段注：

　　言《公羊》者，以別於凡偁左氏徑云《春秋傳》也。序言其偁《春秋左氏》蓋主左氏而不廢公羊也。

　　上述所舉四例，《詩經》三家，《尚書》伏生、歐陽、夏侯，《禮》鄭玄，《春秋》公羊，都是漢代經典詮釋今文的學者，許慎基於古文學者的立場，也援引今文說以為訓解，便可以看出許慎編輯《說文解字》不只是詮釋經典的用意，其目的在探究語言文字之「本質」，此乃詞典學者在處理用字訓義的基本觀念。

三、《說文解字》與經典訓釋用字訓義性質比較

　　此處撰述之重點，在分析《說文解字》與經典訓詁釋義材料的用字形式與訓義的性質。討論詞典和經典在解釋語言的意義結構，與文篇的內部結構時所使用的文字符號以及意義性質。作為記錄語言並系統化的詞典，針對語言符號的特性是否偏向於理性意義；而對於以文本詮釋為主體的經典，針對語義與文字符號的展現，是否依原始文本及詮釋者的語言環境及意識形態進行詮解？我們可以從以下的特性比較得知：

（一）詞典訓詁的用字與訓義的特性

　　《說文解字》本身的編纂體例來看，可從其「說解之條例」探得其特點以及內涵性質。〔註42〕

1、特　　點

　　詞典的義項（即詞彙義）是概括的，具有普遍意義的和隨文釋義的注釋是很不相同。首先要本於據形釋義的基本立場，且在解釋術語上則要統一。並「在詞典釋義中，相關條目，相關義項的釋義要注意平衡和統一。」〔註43〕

〔註42〕參呂景先：《說文段注指例》（臺北：正中書局，1998年）。

〔註43〕汪耀楠：《注釋學綱要》，頁168。

也就是說必須從詞義上進行整體的分析，然後透過統一的術語訓解其共同與差異性，我們可以從《說文》的「命名之條例」〔註44〕看出詞典訓詁的特性。

（1）概括與對比的訓詁

A.「統言不分，析言有別」

　　珧：蜃甲也。所以飾物也。（玉部，卷一）

段注：

　　〈釋器〉曰：「以蜃者謂之珧。」按《爾雅》：「蜃小者珧。」〈東山
　　經〉：「嶧臯之水多蜃珧。」傳曰：「蜃、蚌屬；珧、玉珧，亦蚌屬。」
　　然則蜃珧二物也，許云一物者，據《爾雅》言之。凡統言不分，析
　　言有別。

B.「對文則異，散文則通」

　　瞍：無目也。（目部，卷四）

段注：

　　無目與無牟子無別，無牟子者，黑白不分，無目者，其中空洞無
　　物。……凡若此等，皆對文則別，散文則通。

　　以上使用同類相近的字詞進行訓解，但是彼此之間若處於對比狀態，則便細分其義，而不會使用概括的義項解釋，具有區分義類與義項的功能。

（2）詞彙用字的釋名

A.「物之為名，可單可絫」

單稱釋名者如：

　　蕩：艸也。枝枝相值，葉葉相當。（艸部，卷一）

絫稱釋名者如：

　　蕢，嬰蕢也。（艸部，卷一）

「蕩」下段注云：

　　按《說文》凡艸名篆文之下皆複舉某字曰：某艸也。……《玉篇》蕩
　　下引《說文》謂卽蓫蕩、馬尾、蔏陸也。蘈同蕩。攷《本艸經》曰：

〔註44〕參陳新雄、曾榮汾：《文字學》，頁154～157。

商陸一名蔼，根一名夜呼。陶隱居曰：其花名蔼。是則絫呼曰蓫蔼，

單呼曰蔼；或謂其花蔼；或謂其莖葉蔼也。

可明許愼釋名可單可絫之例。

　　B.「物之取名，異名同實」

　　蓳：堇艸也。一曰拜商蓳。（艸部，卷一）

段注：

凡物有異名同實者，〈釋艸〉曰：「芨、堇艸。」陸德明謂即《本艸》

之蒴蓳。

　　C.「二字爲名，不可刪一」

　　苦：大苦、苓也。（艸部，卷一）

段注：

〈毛傳〉、《爾雅》皆云：「卷耳、苓耳。」《說文》苓篆下必當云：

「苓耳、卷耳也。」……凡合二字爲名者，不可刪其一字，以同於

他物。

　　D.「兩字爲名，不可因一字之同，謂爲一物」

　　鴞：鴟鴞、寧鴂也。（鳥部，卷四）

段注：

鴟、當作雖，雖、雃也。鴟鴞則爲寧鴂，雃舊則爲舊雷，不得舉

一雖字，謂爲同物。又不得因鴞與梟音近，謂爲一物，又不得因雖

鴞與鴟雃音近，謂爲一物也。雃舊不可單言雖，鴟鴞不可單言鴞。

凡物以兩字爲名者，不可因一字與他物同，謂爲一物。

　　這裡的訓詁特點在於對象物的訓解詞彙，有嚴謹的劃分。首先是以義釋其
形，顯示出形義密合的訓詁特色；再者對於詞彙的意義內涵，則反映在訓詁的
用語上，不能因兩個詞彙有共同的字詞，便混淆彼此，應依各物之義而分之。
此處呈現出了詞典訓詁詞義的精確性特點。

2、性　質

　　由上述的特點可以了解到，詞典編輯中，針對用字訓義的特點，其內涵性
質是就文字的本形，推求其本義。例如：

顥：大頭也。（頁部，卷八）

段注：

本義如此。故從頁。今則本義廢矣。……〈釋詁〉曰：「顥，思也。」

《方言》曰：「顥，欲思也。」

有了本義才能根據這個概括的理性意義，配合訓詁的術語建立一套義項分析的模式，才能理解「顥」字在經典中如〈釋詁〉曰：「顥，思也。」《方言》曰：「顥，欲思也。」乃自「頭」之本義引申而來。

（二）經典詮釋用字與訓義的特性

1、特　點

（1）隨文釋義的局部與特殊性

在經典的詮釋上，也就是經師注解經文的這個部分，對於注釋的用字訓義，也有其特點。汪耀楠提到：「注釋學對詞義的研究卻更多地注意局部和特殊性，並通過對上下文的分析來判斷這個詞在這一特定語境中的具體含意和用法。」〔註45〕例如「更」字，在《說文解字》的本義作「改」解釋，如：

過也，人皆見之；更也，人皆仰之。（《論語‧子張》）

孔曰：

更，改也。〔註46〕

此處依循本義而注釋。不過「更」在經典的注釋中，又有「代」的義項，如：

據數之不能終其物，悉數之乃留，更僕未可終也。（《禮記‧儒行》）

鄭玄注：

更之者，爲久將倦使之相代。

還有「更換」、「變易」、「抵償」的意思，如：

更爵洗，升酌散以降。（《儀禮‧大射》）

鄭玄注：

更，易也。〔註47〕

〔註45〕汪耀楠：《注釋學綱要》，頁140。

〔註46〕〔清〕阮元：《十三經注疏‧論語注疏》，卷十九，頁173。

《周禮》：

> 馬死，則句之內更，句之外入馬耳，以其物更，其外否。（《周禮·
> 夏官·馬質》）

鄭司農云：

> 更，謂償也。

這種依據經文本身取一部分義而注釋，其功能在於使讀者能準確的明白篇中的
文義，顯示出隨文釋義的局部性。

（2）詞性與修辭的活用性

在經典詮釋中，有一個特色就是注意到詞性的活用所導致的詞義改變乃至
於音讀的改變。〔註48〕例如：

> 衣，依也。上曰衣，下曰裳，象覆二人之形。（衣部，卷八）

> 綠兮衣兮，綠衣黃裳。（《詩經·邶風·綠衣》）

毛傳：

> 上曰衣，下曰裳。

> 衣敝縕袍，與衣狐貉者立，而不恥者，其由也與！（《論語·子罕》）

鄭玄云：

> 衣，有著之異名也。

從《說文解字》和《詩經》、《論語》的比較來看，《毛傳》的注解「衣」是
名詞，《論語》疏解的「衣」則轉為動詞，使用了轉品的修辭。此外傳注者也注
意到修辭所產生的詞義變化。〔註49〕例如：

> 凶年饑歲，士糟粕不厭，而君之犬馬有餘穀。（《新序·雜事》）
>
> 〔註50〕

〔註47〕　〔清〕阮元：《十三經注疏·儀禮注疏》（臺北：藝文印書館，2001 年，影印清嘉
　　　　慶二十年江西南昌府學刊本），卷 17，頁 196。

〔註48〕　汪耀楠提到：「詞的活用是古漢語的常見現象。詞性的改變有時造成詞義乃至讀音
　　　　的改變。這種現象應當加以注釋。」參《注釋學綱要》，頁 140。

〔註49〕　汪耀楠：《注釋學綱要》，頁 142。

〔註50〕　〔西漢〕劉向、〔清〕石光瑛：《新序校釋》（北京：中華書局，2009 年），卷二，

> 然則君之所讀者，古人之糟魄已夫。(《莊子・天道》) 〔註51〕

前一例的「糟粕」之義爲酒渣，不好的食物，後者「糟魄」(糟粕)則是比喻之義，含有形容的性質，顯示出隨文釋義的特殊性。

(3) 專有名詞解釋的分散性

此處說的乃是經典中許多專有名詞的注解。因爲經籍中的名物之稱名有其隨意性，用字也有許多假借的情形。汪耀楠指出注釋名物應當注意「一物多名」、「一名多指」、「古今有無」、「方才出現」這四種情況，〔註52〕例如「一物多名」在《爾雅》裡，郭璞便有「釋古今之異言、通方俗之殊語」的認知。〔註53〕也就是說經典的名物注解含蓋了時間與空間兩個因素。這方面詞典的編輯採取的是一種匯集的處理方法，可是經典詮釋則只能就文本的範圍，進行分散的、單一的有效解釋。如：

> 建大常，十有二旒，以祀。(《周禮・春官・巾車》)

鄭玄注：

> 大常，九旗之畫日月者，正幅爲縿，旒則屬焉。

又如：

> 天子乘龍，載大旆。(《儀禮・覲儀》)

鄭注：

> 大旆，大常也。王建大常，縿首畫日月，其下及旒，交畫升龍、降龍。

鄭玄此處對日月圖案的解釋，便是以當時漢人對天子使用的旗幟的認識，以及自身對該物在制度上使用的情形，對先秦的「大常」進行了解釋，這是對名物古今意義的詮解。

2、性 質

由前面各項特點發現，在經典的詮釋上，由於語境的改變，解釋也有所改

頁 211～212。

〔註51〕〔清〕王先謙：《莊子集解》(臺北：三民書局，1963 年)，卷四，頁 80。

〔註52〕汪耀楠：《注釋學綱要》，頁 150。

〔註53〕〔清〕阮元：《十三經注疏・爾雅注疏》，卷一，頁 6。

變，例如經典傳注者對於「臣」的解釋，如《儀禮・士喪禮》：

　　乃赴于君。（《儀禮・士喪禮》）

鄭玄注：

　　臣，君之股肱耳目。

又如：

　　臣則左之。（《禮記・少儀》）

鄭玄注：

　　臣謂囚俘。

　　可見同爲「臣」，但因文義不同，而解釋有別，所以經典詮釋在用字訓義上的性質屢見串講文義、依語境意義而解釋，用字訓義上引申假借的情形。

　　分析彼此用字與訓義的性質與功能，文章注釋與詞典有別，「詞典見到的是匯集起來的材料，而文籍的名物則是分散的。」〔註54〕經典詮釋的注釋語料，是詞典訓詁的基礎；詞典字義訓詁的方法，是經典詮釋的根本，二者的功能互爲表裡，相輔相成。段玉裁提到：

　　治《說文》而後《爾雅》及傳注明，《說文》、《爾雅》及傳注明而後

　　謂之通小學，而後可通經之大義。

這種本於小學而通經義的功能性觀點，盧文弨在〈爾雅漢注序〉中也說到：

　　不識古訓，則不能通六藝之文而求其義。〔註55〕

《說文解字》編輯收錄語料之範圍：「六藝群書之詁，而天地鬼神、山川艸木、鳥獸昆蟲、雜物奇怪、王制禮儀，世間人事……」（〈上《說文解字》表〉）。許慎自己也表明其編輯內容「萬物咸睹，靡不兼載」所以其不只涵蓋了「六藝群書之詁」，也針對實際的名物（「天地鬼神、山川艸木、鳥獸昆蟲、雜物奇怪、王制禮儀」）以及通行的語言文化實況（「世間人事」）所顯示的意義，進行義項的分析與文字和詞義系統的建構。詞典義項的系譜之建立，則必須依本形本音本義，分析詞義、語音、形構的轉變。將其應用在經典詮釋的文

───────────────

〔註54〕汪耀楠：《注釋學綱要》，頁152。

〔註55〕〔清〕盧文弨：《抱經堂文集》（北京：中華書局，1990年，影印《四部叢刊》本），
　　　　卷六，頁83。

字辨析、語義源流之了解、注解者語言環境之探索、語言時代之研究，實可以建立了一套檢驗、判斷的標準，此乃《說文解字》整理文字、訓詁詞義實際功能的體現。

四、《說文解字》與經典訓釋的語言形態分析

承上所論，茲前述分析的材料，進一步考究其語言形態之類型與條件，並探究其語言詮釋上之內涵與局限。

（一）語言形態上之類型與條件

1、詞義聯繫與轉化類型

（1）「用字古今演變及行廢」〔註56〕

　　但：裼也。（人部，卷八）

段注：

> 衣部曰：「裼者、但也。」二篆爲轉注，古但裼字如此，袒則訓衣縫解，今之綻裂字也。今之經典凡但裼字皆改爲袒裼矣。……今人但謂語辭，而尟知其本義，因以袒爲其本義之字，古今字之不同類如此。

此例說明了文字的使用，在替代語義上受到了歷史因素的影響，在詞義轉化習用的過程中，「但」轉化爲虛詞，其本義「裼」則被本義爲「衣縫解」的「袒」字給取代了。

（2）「字義之引申轉移」

　　家：居（尻）也。（宀部，卷七）

段注：

> 竊謂此篆本義乃豕之尻也，引申假借以爲人之尻，字義轉移多如此。……久而忘其字之本義，使引伸之義得冒據之。

此例則說明了受到引申義替代本義的影響，承載詞義所使用的文字也有所改變。

（3）「形義相互演變」

　　監：臨下也。（臥部，卷八）

〔註56〕參陳新雄、曾榮汾：《文字學》，頁158。

段注：

　　〈小雅〉毛傳：「監、視也。」許書；「瞫、視也：監、臨下也。」
　　古字少而義晐，今字多而義別。監與鑒互相假。

以上的例子都牽涉到詞義的轉變所呈現出文字使用的實況，其中的轉化條件包含了詞義擴大、縮小與轉移以及古今意義的演變，茲說明如下：

2、詞義聯繫與轉化條件

（1）詞義擴大、縮小與轉移的關聯條件

A.「引申義」

　　齍：黍稷在器（所）以祀者。（皿部，卷五）

段注：

　　按《周禮》一書，或兼言齍盛，或單言齍，單言盛，皆言祭祀之事，
　　他事絕不言齍盛，故許皆云已祀者。……凡文字故訓引伸，每多如
　　釋，說經與說字不相妨也。

「齍」本其「祭祀之事」的意義內涵，而產生引申的變化，說明了字義引申時詞義的本源。

B.「假借義」

此例如：

　　竦：臨也。（立部，卷十）

段注：

　　臨者、監也。經典莅字或作涖，注家皆曰臨也。《道德經》《釋文》
　　云：「古無莅字，《說文》作竦。」按莅行而竦廢矣。凡有正字而爲
　　假借字所敚者類此。

C.「歧義」

此例如：

　　醒：病酒也。一曰醉而覺也。（酉部，卷十四）

段注：

　　〈節南山〉正義引《說文》無一曰二字，蓋有者爲是。許無醒字，
　　醉中有所覺悟，即是醒也。故解足以兼之。《字林》始有醒字，云酒

解也。見《眾經音義》。蓋義之歧出，字之日增多類此。

上例說明了當詞義內涵具有時代差異時，或者義項多而承載之文字符號少時，所呈現的用字訓義之變化，其條件在於彼此的音義必須有近似性，才足以承載。

（2）古今意義的關聯條件

例如「𠂇」、「左」字：

　　𠂇：左手也。象形。（左部，卷五）

　　左：手相左助也。从𠂇工。（左部，卷五）

徐鉉注曰：

　　今俗別作佐。〔註57〕

段注：

　　左者，今之佐字。

《說文解字》沒有「佐」字，但從經典的用例來看，《說文解字群經正字》：

　　今經典多作「佐」。如周禮天官·序官：「以佐王均邦國。」左傳公
　　二十七年傳：「乃使郤縠將中軍，郤溱佐之。」國語周語：「四岳佐
　　之」。……釋文往往繫云「佐本或作左」，不知左實正字也。〔註58〕

可以發現「左」字取代了原本的「𠂇」，承接了「左手」的義位，而作為「左助」之義，在經典文獻中則產生了「佐」這個字。此例則說明了古今意義的關聯，必須有其文字形體的資憑，才具備演變的條件。

（二）語言詮釋上之內涵與局限

1、詮釋意義的內涵與限制

經典詮釋時，由於面對的是零碎的材料，所以常以「隨文釋義」的方式進行詮解，不過汪耀楠指出：「隨文釋義到有其局限性，但是如果能注意隨文解釋之義的產生基礎，把產生這個具體意義的詞義先指出來，這個局限性就能得到

〔註57〕〔東漢〕許慎，〔北宋〕徐鉉：《說文解字》，卷五，頁99。

〔註58〕〔清〕邵瑛：《說文解字群經正字》（上海，上海古籍出版社，2002年，影印清嘉
　　　　慶二十一年桂隱書屋刻本），卷九，頁10。

補救。」〔註59〕也就是說此處的字義訓詁受限於語境、意境（經義）、時代、方法本身幾項因素。

（1）受語境之限制

例如：

> 秋，齊侯伐晉夷儀。……齊侯賞犁彌，犁彌辭曰：有先登者，臣從之，晳幘而衣狸製。（《左傳·定公九年》）

杜預注：

> 晳，白也。幘，齒上下相值。製，裘也。〔註60〕

又如：

> 及濮，雨，不涉。子思曰：「大國在敝邑之宇下，是以告急，今師不行，恐無及也。」成子衣製杖戈，立於阪上，馬不出者，助之鞭之。（《左傳·哀公二十七年》）

杜預注：

> 製，雨衣也。

清朝梁玉繩《瞥記》指出：

> 定九年：「衣狸製。」《注》：「裘也。」哀廿七：「成子衣製。」《注》：「雨衣也。」二《注》異解，孔《疏》皆訓作「裘」。蓋製是裁造之意，原無定訓，言「狸」，故以爲「裘」，言「雨」，故以爲「雨衣」，若如孔《疏》，則成子救鄭在八月前，豈衣裘時乎？〔註61〕

於此可知「製」字的解釋受到文意內容的限制，產生不同的解釋。

（2）受經義制約

例如：

> 夏五月，鄭伯克段於鄢。（《春秋·隱公元年》）

> 段不弟，故不言弟。如二君，故曰克。稱鄭伯，譏失教也，謂之鄭志。不言出奔，難之也。（《左傳·隱公元年》）

〔註59〕汪耀楠：《注釋學綱要》，頁 162。

〔註60〕〔清〕阮元：《十三經注疏·春秋左傳注疏》，卷五十五，頁 967～968。

〔註61〕〔清〕梁玉繩：《瞥記》（臺北：文海出版社，1983），卷二，頁 8。

克之者何？殺之也。殺之則曷謂之克？大鄭伯之惡也。曷爲大鄭伯之惡？母欲立之，已殺之，如勿與而已矣。（《春秋公羊傳·隱公元年》）〔註62〕

克者何？能也。何能也？能殺也。何以不言殺？見段之有徒眾也。（《春秋穀梁傳·隱公元年》）〔註63〕

此處則體現出中國史家以字褒貶的用字訓義觀念。

（3）受語言時代局限

例如：

晉侯以齊侯晏，中行穆子相。投壺，晉侯先。穆子曰：「有酒如淮，有肉如坻，寡君中此，爲諸侯師。」中之。（《左傳·昭公十二年》）

杜預注：

淮，水名。坻，山名。

《經典釋文》：

淮，舊如字，四瀆水也。學者皆以淮、坻之韻不切，云：淮當作濰，濰，齊地水名，下稱澠，亦是齊國水也。案：澠是齊水，齊侯稱之，苟吳既非齊人，不應遠舉濰水。古韻緩，作淮足得，無勞改也。

正義：

杜以淮爲水名，當謂四瀆之淮也。劉炫以爲淮、坻非韻，淮當爲濰。又以坻爲水中之地，以規杜氏。今知不然者，以古之爲韻，不甚要切，故《詩》云：「汎彼柏舟，在彼中河。髧比兩髦，實爲我儀。」又云：「爲絺爲綌，服之無斁。」儀、河、斁、綌尚得爲韻，淮、坻相韻，何故不可？此若齊侯之語，容可與齊地濰水，此是穆子在晉，何意舉齊地水乎？

清人臧琳在《經義雜記》中論曰：

案：《說文》淮從水，隹聲，濰從水，維聲，維從系，隹聲，則淮、

〔註62〕〔清〕阮元：《十三經注疏·春秋公羊傳注疏》，卷一，頁13。

〔註63〕〔清〕阮元：《十三經注疏·春秋穀梁傳注疏》（臺北：藝文印書館，2001年，影印清嘉慶二十年江西南昌府學刊本），卷一，頁10。

濰同聲，皆與坻韻。劉氏以淮非韻而欲改濰，誤也。陸、孔不從劉

說，是矣。但陸以爲古韻緩，孔以爲古韻不甚要切，是皆未知古音。

〔註64〕

此處注經者分析「有酒如淮」究竟是淮水或是濰（澠）水，陷入了古韻的疑霧
中，顯示出在古音學未興之時，注家解經受到了語言時代的局限。

（4）受字義訓詁本身之局限

例如：

考槃在澗，碩人之寬。（《詩經・衛風・考槃》）

毛傳：

考，成。槃，樂也。山夾水曰澗。

鄭玄箋云：

碩，大也。有窮處成樂在於此澗者，形貌大人而寬然有虛乏之色。

朱熹《詩集傳》：

考，成也。槃，盤桓之意。言成其隱處之室也。陳氏曰：考，扣也。
槃，器名，蓋扣之以節歌，如鼓盆拊缶之爲樂也。二說未知孰是。

〔註65〕

據毛、鄭、朱對於「槃」的解釋共有三說，所謂「詩無達詁」，單純依據字義訓
詁也存在著在義理上的限制。清代學者方東樹便對於漢學者「小學以通經」的
詮經立場提出了批判，他在《漢學商兌》指出：

夫謂義理即存乎訓詁，是也，然訓詁多有不得眞者，非義理何以審
之？竊謂古今相傳，里巷話言、官牘文書，亦孰不由訓詁而能通其
義者，豈況說經不可廢也？此不待張皇，若夫古今先師相傳，音有
楚夏，文有脫誤，出有先後，傳本各有專祖，不明乎此，而強執異
本、異文，以訓詁齊之，其可乎？又古人一字異訓，言各有當，漢
學家說經，不顧當處上下文義，第執一以通之，乖違悖戾，而曰義

〔註64〕 〔清〕臧琳：《經義雜記》（臺北：維新書局，1968 年，影印拜經堂本），卷十二，頁 12。

〔註65〕 〔南宋〕朱熹：《詩集傳》（臺北：藝文印書館，1974 年），卷三，頁 143。

理本于訓詁，其可信乎？〔註66〕

方東樹的觀點，雖不盡然能反駁漢學家訓詁以通經的主張，〔註67〕但是在經典詮釋的範疇，有時過於拘泥於字義解釋，其實並無法完全解決經書中義理的問題，所以說純粹偏執於訓詁也有其局限。〔註68〕

2、專科詞義的內涵與限制：名物、制度

字義訓詁與名物制度在經典詮釋上乃兩種不同的工具知識。〔註69〕若只從字義訓詁之法則失之偏頗。古人考據「名物訓詁」，此實為兩種範疇。一為名物制度，二為字義訓詁，持此兩端以解經方能從文化與語言的雙面向來詮釋經典。此處也可從反向思考之。在專科詞義的解釋中，由於專門性增強，術語增加，純粹以常用語言的認知進行字義的解釋，則很可能會忽略了經典中所呈現的名物與制度的時代變化及差異。所以在詞典編輯遭逢經典的詮釋時，在訓解上就必須顧及這一層工具知識。葉國良指出近世學者在詮釋經典之義理內容時，往往忽視這個問題，主要原因有三，〔註70〕本文針對其中關於語言研究的因素，

〔註66〕〔清〕方東樹：《漢學商兌》（臺北：廣文書局，1963年），卷中之下，頁1。

〔註67〕此處胡楚生於〈方東樹「漢學商兌」書后——試論「訓詁明而義理明」之問題〉指出方東樹批判漢學家「訓詁多有不得真者」、「強執異本、異文，以訓詁齊之」、「說經，不顧當處上下文義，第執一以通之」的論點，並不能完全排除字義訓詁在經典詮釋的必要性，反之如果能嚴守訓詁的基本原則，更能「權衡上下文義，審定訓釋之是非。」詳參氏著：《清代學術史研究》（臺北：臺灣學生書局，1988年），頁252。

〔註68〕張寶三在〈字義訓詁與經典詮釋之關係〉指出：「『訓詁明而古經明』、『小學明而經學明』誠為一理想之目標，然欲完全達成此一目標，實則不易。回顧中國經典詮釋之歷史，訓詁失真者，屢屢有之，蓋受時代訓詁知識、方法等之限制也。」詳參葉國良編：《文獻及語言知識和經典詮釋的關係》（臺北：國立臺灣大學出版中心，2004年），頁152。

〔註69〕葉國良編：〈從名物制度之學看經典詮釋〉，《文獻及語言知識和經典詮釋的關係》，頁160。

〔註70〕葉國良指出近世忽視名物制度之學的原因，首要是百餘年來民族的文化自信心喪失，對舊有文化、制度、文物妄自鄙棄，使得名物制度淪為考古或文物學者的專門之學。其次是西方學術分類法的傳入，學者不熟悉傳統學術之淵源與架構，而聲韻訓詁之學漸趨於西方語言學研究，鮮少用心於經傳的詁解。最後則是文史科系分科理念與課程架構設計的問題，使得學術訓練上，面對資料時存在著因能力

將當前理解經典時容易忽略名物制度的情形，使詮釋經義時產生了文化背景認識不足的局限之例，述論如下：

（1）在制度上的局限

面對經典的詮釋，除了講究訓詁字義外，還必須了解該內容的歷史時代與制度背景，否則就容易過於直觀的理解字義，而誤解經義。例如《左傳・僖公三十三年》：

> 及滑，鄭商人弦高將市於周，遇之，以乘韋先牛十二犒師。（《左傳・僖公三十三年》）

此條的「先」字之義，杜預解釋作：「乘，四韋。先韋，乃入牛。古者將獻遺於人，必有以先之。」[註71] 而楊伯峻在《左傳注》則依杜說云：「先者，古代致送禮物，均先以輕物爲引，而後致送重物，襄十九年《傳》『賄荀偃束錦加璧乘馬，先吳壽夢之鼎』，《老子》『雖有拱璧，以先乘馬』，皆可證也。」[註72] 可知楊氏也將「先」字作時間意義解釋。不過這裡的「先」字尚含有「中介」的意思。葉國良指出：「依據古代的禮儀，有身分教養的兩個人，若有事相商，是不會唐突直接見面的，而必須先透過第三者傳達，這便是『介』或『使者』的由來。」這種中介的制度，在《漢書・酈陸朱劉叔孫傳》：「莫爲我先。」顏師古注：「先，謂紹介也。」[註73]《禮記・檀弓》：「昔者夫子失魯司寇，將之荊，蓋先之以子夏。」（卷8，頁145）此處「莫我爲先」、「先之以子夏」的「先」由於含有古代禮制的意義，所以不能僅以時間詞解釋，還應該納入制度面的詮釋，否則便失去了文化層次的認識了。

（2）在名物上的局限

《論語・陽貨》說讀《詩》應「多識於鳥獸草木之名。」戴震也提到：

> 不知古今地名沿革，則〈禹貢〉、〈職方〉失其處所。不知「少廣」、「旁要」，則《考工》之器不能因文而推其制。不知鳥獸蟲魚草木之

不足的誤解。詳參葉國良編：〈從名物制度之學看經典詮釋〉，《文獻及語言知識和經典詮釋的關係》，同前註，頁166～167。

[註71]〔清〕阮元：《十三經注疏・春秋穀梁傳注疏》，卷十七，頁289。

[註72] 楊伯峻：《左傳注》（高雄：復文圖書出版社，1991年），頁945。

[註73]〔東漢〕班固、〔唐〕顏師古：《漢書》（臺北：藝文印書館，1955年）。

　　狀類名號，則比、興之意乖。〔註74〕

　　所以陸機作《毛詩草木鳥獸蟲魚疏》，鄭玄、阮諶等人作「禮圖」都是爲了要正確的詮釋與理解這些經典中的名物，在字義訓詁之外，作圖輔以證之。

　　上述說明了不管是詞典或經典，其在訓解字義中，語言的形態變化。同時也討論到字義訓詁以及經典詮釋所存在的局限性。這個局限性其實隨著詞典編輯學的發展，以及經典詮釋學層次的演進，對於其中語言形態的面向，都可以採取多元的、互補的詮解模式，互見其義，相對比較，讓語料的整理不只是平面的共時、歷時分析，而是透過文字形構以及詞義內容的主軸，搭配觀念、思想、詮釋方法、歷史制度等因素，對文字意義和語言意義進行系統化的研究。

　　由上述三個面向之研究，涵概了詞典訓詁與經典詮釋在語言觀念之異同分析，並且從技術面討論了彼此在訓詁釋義方法的取材、模式。最後則透過文字符號與語義類型的類型、性質、功能內涵的觀察，對於本屬同源一脈之詞典訓詁與經典詮釋在語言學的發展，提出具實際語料分析爲資憑的看法與後續可以開展之研究意見。

　　從比較上得知：《說文解字》作爲詞典學的立場，在編輯語言文字、解釋詞義上與經典詮釋中的注解有其近似之處。其原因在於：

1、編輯動機在於解經，立場與經典詮釋的學者一致。

2、訓詁的類型與經典詮釋的學者所使用的方法大抵相同。

　　不過《說文解字》作爲詞典訓詁的角度，其編輯觀念仍舊有別於經典詮釋，理由在於其把握到「整理文字」的基本觀念，此乃詞典學的出發點。所謂整理文字就是整理語言，也因爲這種角度使得解經注疏與詞典編纂產生分流。由文字整理出發，則「字樣」的辨析則成爲中國詞典學最關注的重點。字樣的辨析並非只是文字形體的分析，而是整體語言使用標準的建立。曾榮汾指出由於漢字以形表義的特點，所以中國詞典的字樣包含了：正字、異體字、字級、辨似、俗字等內涵。〔註75〕在經典詮釋層面而言，它是形體的異文、語言的通假；以詞典訓詁而言，顯示出文字的形位和詞彙的義位之對應問題。

────────────

〔註74〕〔清〕戴震：〈與是仲明論學書〉，《戴震集》（上海：上海商務印書館，1929 年），卷九，頁 30。

〔註75〕曾榮汾：〈字樣學的語言觀〉，《第二十屆中國文字學國際學術研討會論文集》（高雄：中山大學中文系，2009 年 5 月），頁 4～6。

　　梅廣認爲語言科學提供的意義結構是文篇詮釋－包括經典詮釋－的基礎。語言科學提供的意義結構主要有兩種：一是日常語言的意義結構，二是文篇的內部結構，也就是它的意義脈絡。語文學者從事經典研究，提供這兩種意義結構，即爲經典的意義復原工作。此乃經典詮釋的基礎，經典詮釋者在此基礎上進行高層次的加工——「解讀」。語言科學與經典解讀二者相輔相成，是文化的再造與儒學研究必須走的方向。〔註76〕《說文解字》的編輯，剛好在語言科學和經典解讀上產生了交集，其中呈現的百科全書的性質，作爲詞典編輯的立場這是當然之原則，實際上也是名物制度在經典詮釋上的功能體現，故必須留意其中引用的材料的內涵，才有助於經典詮釋中詞語歷史環境的還原和語義解釋的準確度。

　　本文的研究成果在於從詞典訓詁學和經典詮釋學兩個角度，分析了漢語的語言意義變化。其變化的形態——用字訓義，事實上是反映了在解釋語義時的背景條件。古人針對這種現象本來就有著各個面向的分析，但是就語言文字學的角度，很容易概括爲文字本義、引申、假借或是經籍異文、通假訓詁的術語，而忽略了文字的使用與語義的解釋變化。其受到的時空條件的影響很大，在各個語義解釋及文字使用的背後，還牽涉到該語詞的物理性質與功能內涵，且結合了文化制度的運用。本文的研究便是站在詞典學的出發點，從具有濃厚解經意味的《說文解字》著手，觀察其文字語義內容，融合其編輯的語料來源與當時經典詮釋的注語，進行用字訓義背後的語言現象和系統的分析。

　　透過上述分析的觀念與模式，接下來得以《說文解字》的編輯觀念爲基本立場，進一步的詳細比對、整理先秦兩漢經典的語詞注釋和文字形態。然後結合現代詞典學對語言系統的分析方法，結合中國歷史文化制度的內涵，試著對語料進行時間的斷代和空間的形態分類。

　　時間的斷代可由文字的使用中，結構形體的變化及語義背景制度的轉變，作基本的畫分；空間的形態分類，則可藉著該文字書寫的載體所呈現的形態，以及語義的環境差異所作出的解釋，進行理性意義和語境意義的分析。也就是說要更細緻的討論在每個時代的字書詞典、經典注釋書中的語料，何者爲常用意義？何者爲罕用意義？而常用、罕用意義分別是本義或是引申義、假借義，

〔註76〕參梅廣：〈語言科學與經典詮釋〉，《文獻及語言知識和經典詮釋的關係》，頁55。

誰根源於何而來？憑著本節之論，從而建立起詞典眾多義項的順序，並朝著文字和語義系統的建構前進。橫的來說，可對斷代詞典的編輯產生分析依據；縱的來說，則可以對通代詞典、專科詞典的編輯作出本源與旁支的畫分標準。

第二節　《說文解字》與《爾雅》「釋詁、釋言、釋訓」訓釋常用詞之比較

一、《爾雅》：〈釋詁〉、〈釋言〉、〈釋訓〉訓釋常用字詞的性質

戴震〈爾雅文字考序〉：「劉歆、班固論尚書古文經曰：古文讀應《爾雅》，解古今語而可知。」〔註77〕在許慎的《說文解字》之前，在先秦至漢代初期，能夠較為全面的涵蓋經典文獻中的字詞並對其進行整理與解釋的，肇始於《爾雅》。殷孟倫提到：「從社會發展的史實觀察，先秦時代的思想意識和物質生活的具體情況，概括反映在《爾雅》裡的，並非過於簡略，不切實際，書中所記錄的詞語，恰是當時社會現實所經常需用的，除了《爾雅》，在它的同一時代，還沒有第二部詞書可據，這就是《爾雅》難能可貴之處，因而要溝通古今，也非依靠它不可。」〔註78〕

本文考論的常用字詞，雖本於《說文解字》，但是常用字詞的研究應該溯源自《爾雅》。因為《爾雅》的篇目：〈釋天〉、〈釋地〉、〈釋丘〉、〈釋山〉、〈釋水〉、〈釋草〉、〈釋木〉、〈釋蟲〉、〈釋魚〉、〈釋鳥〉、〈釋獸〉、〈釋畜〉、〈釋親〉、〈釋宮〉、〈釋器〉、〈釋樂〉，其內容與《說文解字》含納「天地鬼神」、「山川艸木」、「鳥獸昆蟲」等世間萬物、人事制度，反映的是描述自然世界與人為世界各類專科的字詞，而〈釋詁〉、〈釋言〉、〈釋訓〉則匯集了當時歷史（古今異言）和區域（方殊俗語）字詞，不管是專科或通用字詞，皆以當時編輯者常用的字詞進行解釋。

《漢書・藝文志》曰：「《爾雅》三卷二十篇」附孝經家後。張晏注曰：「爾，近也；雅，正也。」劉熙《釋名》則解釋曰：「爾雅，爾，呢也；雅，義也；

〔註77〕〔清〕戴震：《戴東原先生全集》（臺北：大化書局，1978年）。

〔註78〕殷孟倫：〈從《爾雅》看古漢語詞彙研究——批判繼承中國語言學優良傳統的一個實例〉，《子雲鄉人類稿》（濟南：齊魯書社，1985年），頁68。

義，正也。五方之言不同，皆以近正爲主也。」從文字訓詁的角度來看待《爾雅》之編纂，其成書便是以當代的「近」與常用、通用字詞的「正」對文獻語料進行語義詮釋。黃侃也曾提到：「是則《爾雅》之作，本爲齊一殊語，歸於統緒。」〔註79〕這裡的「齊一殊語」就訓詁詞義的立場即是「以通語釋方言」、「以今語釋古語」、「以常語釋罕語」這種原則來解釋語言的。

　　古代的詞典編纂通常都是爲了文獻語言的解釋而產生。例如西元前五世紀古希臘的「詞彙表」（Glossaire）主要就是爲了訓解詩歌和荷馬文章中艱澀的詞語而編纂。同樣地在西元前三世紀的中國也出現了解釋經典文獻的詞語彙編——《爾雅》。鄭玄《駁五經異義》云：「《爾雅》所以釋六藝之旨。」〔註80〕黃侃也說：「漢世經師，學無今古，其訓釋經文，無不用《雅》。」〔註81〕在其後的《說文解字》也是一部具有詮解文獻語言意識的字典，許慎本身即爲「經師」，其《說文解字》的字詞解釋也是根據「六經（六藝）」而來。莊子在〈天運〉中說到：「六經，先王之陳迹也。」此處「先王之陳迹」其實也表示著古代的經典文獻內容，就是反映著先民生活的一種歷史紀錄。作爲解釋這種生活紀錄的《爾雅》與《說文解字》之編輯大抵也本於這些材料，既然取材對象相近，則解釋這些對象的字詞意義便存在著比較的價值。

　　學者曾總述對常用字詞性質界定提到：「我們將常用詞定義爲：在一定時期和範圍內，意義普通，使用廣泛，具有穩定和活耀的生命力，能夠體現特定語言中詞彙系統的使用特點及整體面貌的詞。」並認爲常用詞所體現的性質主要有：

（1）使用頻率較高

常用詞往往都具有較高的使用頻率。

（2）組合能力強

包括以語素的身份構詞的能力和以詞的身份組成詞組的能力，尤其是後者，突出體現了常用詞的特點。

（3）字面普通

〔註79〕黃侃：〈爾雅說略〉，《黃侃論學雜著》，（臺北：臺灣中華書局，1969 年），頁 361。

〔註80〕〔東漢〕鄭玄，〔清〕皮錫瑞：《駁五經異義疏證》（臺北：文海出版社，1967 年）。

〔註81〕黃侃：〈爾雅說略〉，《黃侃論學雜著》，頁 365。

常用詞字義普通的性質不但和訓詁中的疑難詞相對，更決定著常用詞因此而有廣闊的使用範圍和較高的使用頻率。

（4）意義穩定，義域寬廣

廣義性是指一個常用詞經常是一個語義範疇中具有明顯區別特徵的典型成員，意義也比較穩固且概括性較強，使用程度和活躍性也往往高於其他成員。〔註82〕《爾雅》與《說文解字》的訓釋字詞本身便包含了上述四點的性質。

《爾雅》的前三篇——〈釋詁〉、〈釋言〉、〈釋訓〉，其性質是以戰國末年到漢代人們常用的詞語來解釋經典文獻中的「古通語」、「古方言」和「疊音詞」。〔註83〕

〈釋詁〉——古通語（含古方言）

〈釋言〉——古方言（含古通語）

〈釋訓〉——疊音詞（含單音詞、短語）

它不僅僅是文獻字詞的解釋工具書，因爲經典文獻原本即爲先民生活的紀錄，所以《爾雅》涵蓋面向其實就是先秦文獻字詞的總輯。殷孟倫提到：「它又總結了曾經行用過的古漢語的詞語，加以類聚群分，勒成專書，這便爲古漢語詞彙的研究勾畫出了一個大的輪廓。惟其如此，這就使《爾雅》由主要以服務於古代文獻的閱讀爲目的的著作，進而成爲獨立研究詞彙這一學科的開端的著作，而且成爲最早一部研究古漢語詞彙規模初具的一部著作。」〔註84〕又說：「《爾雅》一書所收集的詞語，共有二千零九十一個條目，包括通用詞和專用名詞兩大部分，詞數總數是四千三百多。其中通用詞語的條目則是六百二十三個，詞數共有二千多，約佔全書總詞數的一半。……實具有了通用語詞典和百科名詞

〔註82〕徐正考、于飛：〈漢語的基本詞和常用詞〉，《詞彙學理論與應用（四）》（北京：商務印書館，2008年），頁51。

〔註83〕〔清〕郝懿行《爾雅義疏》認爲：「詁之言古也，博取古人之言而以今語釋之也；言之爲言衍也，約取常行之字，而以異義釋之也。」又說：「然則云訓者，多形容寫貌之詞，故重文疊字累載于篇。」參《爾雅義疏》（臺北：藝文印書館，1966年），頁68。〔清〕朱駿聲《說文通訓定聲》認爲：「〈釋詁〉者，釋古言也；〈釋言〉者，釋方言也；〈釋訓〉者，釋雙聲疊韻連語及單辭、重辭與發聲助詞之辭也。」參《說文通訓定聲‧豫部第九》。

〔註84〕殷孟倫：〈從《爾雅》看古漢語詞彙研究——批判繼承中國語言學優良傳統的一個實例〉，頁62。

辭典的規模。」〔註85〕通用詞語的條目占了全書的一半,其他專科詞語也是運用常用詞語進行解釋的。郭璞在注《爾雅》的〈敘〉言云:

> 夫《爾雅》者,所以通訓詁之指歸,敘詩人之興詠,總絕代之離詞,
> 辨同實而殊號者也。誠九流之津涉,六藝之鈐鍵,學覽者之潭奧,
> 摛翰者之華苑也。若乃可以博物不惑,多識於鳥獸草木之名,莫近
> 於《爾雅》。〔註86〕

所以《爾雅》的內容包含「六藝」,但是字詞的運用範圍則大於「六藝」。它不只是詮釋經學文獻的經學語言,也是析解古代生活紀錄的通用語言。殷孟倫說:「《爾雅》的編制,在日常生活方面詞語的注意,更可顯示出這部書有由為古代文獻服務擴展到為一般日常生活服務的趨向。因此,我們把《爾雅》單純看作是一部經籍詞典,也不完全適合。」〔註87〕又說:「由此說來,所謂『雅學』的一類書,不能說只是陳陳相因,了無新意,而這些書正是遵守了『隨時』之義,隨著時代的前進,及時地記錄了新的詞語。」〔註88〕正因為它的字詞語義涵蓋範疇是廣大的、普及的;其歷史根源又是悠久的,可資憑據的;運用的語言則是常用的、當代的,故研究《說文解字》和經典文獻常用字詞的起始,必然是要從《爾雅》開始。

　　在不斷地解釋的過程中,這些上古的日常生活使用的字詞被後來的經師們運用自己那個時代(戰國至西漢)的常用語彙所解釋。到了東漢《說文解字》編纂時,許慎其實也面臨到類似的情況,只是由於編輯體例的差異,後人們往往將這兩部書的訓詁性質分而視之。不過就詞義演變與詞彙發展的研究視角而言,這兩部書訓解文獻語言的訓釋詞其實存在著相承關係與變化情形。所承者就是常用的字位,〔註89〕所變的也是這些常用字的詞義之轉換。

　　針對常用字詞的研究主題,可以發現〈釋詁〉、〈釋言〉、〈釋訓〉的內容是

〔註85〕同前註。

〔註86〕〔晉〕郭璞、〔清〕阮元:《十三經注疏・爾雅注疏》。

〔註87〕殷孟倫:〈從《爾雅》看古漢語詞彙研究——批判繼承中國語言學優良傳統的一個實例〉,頁67。

〔註88〕同前註。

〔註89〕字位或字素(英語:grapheme)這個術語,是由語音學裡的「音位」(音素)類推到文字學的。在拼音文字系統當中,「字位」是最小的,數量最少的區別性單位。

古代常用字詞的總匯，而到了戰國與秦漢年間，這些常用詞已經發生變化，所以經師們再用當時的常用語詞對它們進行訓詁解釋。這些訓釋常用字詞成為本文比較考察《說文解字》訓釋常用字詞最佳的對象。殷孟倫提到：「《爾雅》後出的《方言》、《說文解字》、《釋名》等，都可以說是受到《爾雅》的啟導而別開途徑的著作，因而這些書的編制體式，並不囿於《爾雅》的形式，而是繼承《爾雅》的編制者的治學精神。」〔註90〕這種承繼關係，一方面是辭書編纂體例史的研究重點，一方面也是常用字詞構形與詞義演變史的觀察重心。殷氏提到：「我們對於《爾雅》在漢語詞彙研究史上的地位，不難得到一個明確的認識。……基本詞彙和一般詞彙，在《爾雅》裡已經有了顯明的區分界線。就今天的詞彙研究的水平說，我們知道，詞彙不是一些詞的簡單的堆積，而是相互聯繫的、完整的、詞的體系。這種詞的體系是語言長期發展的歷史產物，是由客觀存在於語言之中的詞層構成的。《爾雅》對詞語類分的方法和它所分的十九篇，確已為現代人研究詞彙開了分類之端，是毫無疑問的。……如以它的前三篇──〈釋詁〉、〈釋言〉、〈釋訓〉來加以考核，更可發見基本詞彙和一般詞彙已經有了顯明的分劃。……以〈釋詁〉為例，全篇191個條目，每個條目都用一個詞來解釋這一條內所類聚的各個詞，這個有資格作為解釋的詞，它具備了什麼條件呢？那就是它的詞義必然先為人們所了解、所習用，然後才能憑藉它的內在含義來了解其他的詞，因而採取以已知推未知的方式對其他各詞去進行了解。」〔註91〕他初步揭示了《爾雅》前三篇在詞彙研究中的價值，也提出了分析過程中，語料具有「為人們所了解、所習用」的常用性質。

本文打算就《爾雅》中的〈釋詁〉、〈釋言〉、〈釋訓〉和《說文解字》的訓釋詞為考察對象，先探析前者以當世常語訓解古通語所呈現的樣貌與型態，找出一批在先秦即為常用字詞，而後世經師訓詁詞義時也將其作為一般常用字詞來解釋《爾雅》中的古通語，進而探查它們在《說文解字》訓釋詞裡扮演著何種字位與義位，〔註92〕做為漢代字詞典訓釋常用字詞研究與文字、詞彙

〔註90〕殷孟倫：〈從《爾雅》看古漢語詞彙研究──批判繼承中國語言學優良傳統的一個實例〉，頁68。

〔註91〕同前註，頁70。

〔註92〕高名凱認為，義位指一個語素或一個詞的全部語義單位的結構，即任何語素任何詞都有一個義位，其中各個「表抽象思維的語義成素」，他稱之為「義素」，一般而言，一

演變的一個觀察面向，對文字學與詞彙學的研究進行結合式的分析與討論。

二、《爾雅》:〈釋詁〉、〈釋言〉、〈釋訓〉訓釋常用字詞的訓釋類型

在《爾雅》前三篇〈釋詁〉、〈釋言〉、〈釋訓〉由於主要是解釋古代文獻中普通常用字詞，這些字詞包含本義、引申義、假借義，就一個訓詁詞條有時必須涵括兩個以上的義項，所以訓釋字詞本身必須具有很強的概括性。吳振興認為:「概括性是詞，也是詞義的一個本質特徵。因此在釋義時，必須在眾多的具體語言材料中抽象出詞義的基本特徵，即一般意義。……詞典釋義時，就要分析具體語言環境中詞語的特定涵義，從而綜合出普遍意義，這種意義要能涵蓋詞語所涉及的同類型的所有語言材料。」〔註93〕也就是這樣的概括性，往往在訓釋詞裡，不僅呈現出豐富的詞義範疇、語義場，也可以從這些訓釋詞中析裡出常用的字與義，彼此之間在字位與義位的轉換，進而去考察這群字詞的詞義系統與構形演變。

《爾雅》首篇〈釋詁〉主要匯集解釋一般的古語詞以及通行常用語;次篇〈釋言〉則是匯釋文獻中所記載的各地方言詞語;第三篇〈釋訓〉則納集了具「雙聲疊韻」的疊音詞和聯緜詞。此三篇所集釋字詞共五百九十五條，被訓釋字詞共一千四百六十五個，〈釋詁〉有一百八十條，訓釋字詞九百零五個;〈釋言〉有二百九十條，訓釋字詞共三百五十一個;〈釋訓〉包括一百二十五條，訓釋字詞共二百個。字詞的性質包含名詞、代詞、動詞、形容詞、副詞、介詞、連詞、語氣詞、擬聲詞等。〔註94〕這三篇的編輯與訓釋體例上，類聚了同義詞、近義詞，並全面地利用常用字詞來進行解釋。

張揖在〈上廣雅表〉提到:「《爾雅》之為書也，文約而義固;其陳道也，精研而無誤。」〔註95〕其中的「文約」與「義固」，更可以從前述常用字詞的研

個能夠獨立運用的意義所形成的語義單位稱為義位元。義位一般是指詞的義位，它是詞義存在的基本形式，是語義系統中的基本單位。一個詞有一種意義，就有一個義位。有的詞有多種意義，其中能夠獨立運用的一種意義，就是一個義位。

〔註93〕吳振興:〈《爾雅》體現的辭書釋義原則〉，《文學教育》，2011 年，第 7 期。

〔註94〕詳參石田田:〈對爾雅編排體例的認識〉，《安徽廣播電視大學學報》，2011 年，第 2 期，頁 90。

〔註95〕〔魏〕張揖，〔清〕王念孫:《廣雅疏證》(北京:中華書局，1968 年)。

究領域裡，進一步探查詞彙本身從常用詞彙成爲核心詞彙的演變歷程。在這之前先解析本身即是某時代的通語（常用字詞），而後人再以當時的常用字詞訓解它的〈釋詁〉、〈釋言〉、〈釋訓〉，其字詞訓解形態、與被訓釋詞之關係以及其本身之詞彙性質，便成爲接下來與《說文解字》比較研究前的基礎。

（一）〈釋詁〉、〈釋言〉訓釋字詞之形式

這部份是以訓詁方法爲根據，藉由訓詁形式的分析探查〈釋詁〉和〈釋言〉中字詞的關係。由於〈釋詁〉、〈釋言〉的解釋字詞的概括性很強，解釋對象也屬於古代文獻中的一般詞語，所以訓詁的類型大抵只有「同訓」、「互訓」、「遞訓」、「異訓」、「反訓」五類，到了〈釋訓〉以及解釋名物的篇章由於是疊音詞和專門詞語的解釋，才有「義界」的使用。

1、同 訓

此類爲「A，C也」；「B，C也」或作「A、B，C也」之訓詁形式，如：

　　薦、摯，「臻」也。（釋詁，卷一）

此爲「薦」、「摯」同以「臻」訓之。

　　肅、延、誘、薦、餤、晉、寅、藎，「進」也。（釋詁，卷一）

　　羞、餞、迪、黍，「進」也。（釋詁，卷一）

此處「肅，延，誘，薦，餤，晉，寅，藎」與「羞，餞，迪，黍」分別同訓爲「進」。又如：

　　尹，正也。（釋言，卷二）

　　皇匡，正也。（釋言，卷二）

這裡「尹」、「皇匡」皆同訓「正」。

2、互 訓

此類爲「A，B也」；「B，A也」之訓詁模式，在《爾雅・釋詁》的訓解詞條中，如：

　　永、悠、迥、違、「遐」、邈、闊，「遠」也。（釋詁，卷一）

　　永、悠、迥、遠，「遐」也。（釋詁，卷一）

此處可以發現「遐」、「遠」在分別的兩個詞條，皆扮演著被訓詞與訓釋詞的角

色，並且互爲解釋。

3、遞　訓

此類爲「A，B也」；「B，C也」；「C，D也」之形式，如：

> 治、「肆」、古，「故」也。肆、「故」，「今」也。（釋詁，卷一）
>
> 舒、業、「順」，「敍」也。舒、業、順、「敍」，「緒」也。（釋詁，卷
> 一）

兩個詞條可分析爲「肆，故也」；「故，今也」以及「順，敍也」；「敍，緒也」
的遞訓模式。又如：

> 流，覃也。覃，延也。（釋言，卷二）

也爲「A，B也」；「B，C也」之類型。

4、異　訓

此例如：

> 舒、業、順，敍也。（釋詁，卷一）
>
> 舒、業、順、敍，緒也。（釋詁，卷一）

「舒」、「業」、「順」，分別訓解做「敍」和「緒」。

> 敆、郃、盇、翕、仇、偶、妃、匹、會，合也。（釋詁，卷一）
>
> 妃、合、會，對也。（釋詁，卷一）

「妃」、「會」，分別訓解做「合」與「對」。

> 昣、底，致也。（釋言，卷二）
>
> 昣，殄也。（釋言，卷二）

此處「昣」分別訓解做「致」、「殄」。

> 幼、鞠，稚也。（釋言，卷二）
>
> 穀、鞠，生也。（釋言，卷二）

而「鞠」則分別訓解做「稚」和「生」

5、反　訓

> 治、肆、古，故也。肆故，今也。（釋詁，卷一）

郭璞注曰：「肆既爲故，又爲今，今亦爲故，故亦爲今，此義相反而兼通者。」此處「故」與「今」反訓。又：

> 徂、在，存也。（釋詁，卷一）

郭注曰：「以徂爲存，猶以亂爲治，以曩爲，以故爲今，此皆訓詁義有反覆旁通，美惡不嫌同名。」也有一字多訓的訓解形態，而反訓的，如：

> 「允」、孚、亶、展、諶、誠、亮、詢，信也。（釋詁，卷一）

> 「允」、慎、亶，誠也。（釋詁，卷一）

> 「允」、任、壬，佞也。（釋詁，卷一）

此處「允」被訓解做「信」、「誠」，語義和另一訓解「佞」相反。

（二）〈釋詁〉、〈釋言〉字詞訓解形態

郝懿行在《爾雅義疏》中認爲〈釋詁〉連動十餘文而爲一義。〔註96〕又說：「〈釋言〉即解字也。古以一字爲一言。此篇所釋皆單文起義，多不過二三言，與〈釋詁〉之篇連動十餘文而爲一義者殊焉。」可知〈釋言〉與〈釋詁〉之分篇在於被訓解的字詞數目多寡。〔註97〕

打破這些逐條分列的訓釋詞條，就被訓釋字詞與訓釋詞兩個結構視之，可以發現這些字詞裡，有一部份純爲被訓解之字詞，有部份則只爲訓解詞義的字詞，還有一部份不僅身爲被訓詞，同時也是訓釋詞，其類例如下：

1、純為被訓詞

做爲純粹被訓釋的字詞，還有兩種形態，有些字詞只在〈釋詁〉、〈釋言〉中某一詞條出現，只被訓爲某詞，有些則出現在不同詞條中，訓釋爲不同的字詞，兩篇之類例如：

（1）一字一訓（直訓）

這類型的被訓詞，只有一個訓釋詞來解釋它們的字義，如：

> 迓，迎也。（釋詁，卷一）

> 探、篡、俘，取也。（釋詁，卷一）

〔註96〕〔清〕郝懿行：《爾雅義疏》。

〔註97〕詳參管錫華：〈爾雅中「釋詁」、「釋言」、「釋訓」形式分篇說──爾雅研究之一〉，《安慶師範學院學報》，1987年，第3期，頁100。

· 278 ·

　　乂、亂、靖、神、弗、淈，治也。（釋詁，卷一）

上述三詞條中的被訓詞「迓」、「探」、「篹」、「俘」、「乂」、「弗」、「淈」，都只分別被訓解作「迎」、「取」、「治」。首條是最單純「A，B 也」的模式；第二條則是「A、B、C……，D 也」而也可以分別析解成「A，B 也」；第三條的情形則稍顯複雜，考察〈釋詁〉全篇之詞條發現「亂」、「靖」、「神」都重複出現於他條，而「乂」、「弗」、「淈」則只出現在此條，釋作「治」。

　　第二條顯示出「A、B、C」在某個義項上，都與「D」產生交集，故使用「D」作為概括。第三條則可以發現該被訓釋詞群具有兩個類別，一類重複出現於他條，釋作他詞，一類純見於此條之解釋，也可以分別看作「A，B 也」之模式。

　　在〈釋言〉則如郝懿行之觀察，多只有「A，B 也」和「A、B，C 也」兩類單純的訓解模式，如：

「A，B 也」模式

　佴，貳也。（釋言，卷二）

　賄，財也。（釋言，卷二）

「A、B，C 也」模式

　格、懷，來也。（釋言，卷二）

　愷、悌，發也。（釋言，卷二）

（2）一字多訓（異訓）

　　此類則出現在不同訓解詞條，分別有不同的訓釋詞，如「康」字，出現於三條：

　怡、懌、悦、欣、衎、喜、愉、豫、愷、「康」、妉、般，樂也。（釋詁，卷一）

　密、「康」，靜也。（釋詁，卷一）

　豫、寧、綏、「康」、柔，安也。（釋詁，卷一）

分別被解為「樂」、「靜」、「安」。又如：

　「允」、孚、「亶」、「展」、「諶」、誠、亮、詢，信也。（釋詁，卷一）

　「展」、「諶」。「允」、慎、「亶」，誠也。（釋詁，卷一）

再如「履」字、「穀」字各出現二條：

> 穀、「履」，祿也。（釋言，卷二）

> 「履」，禮也。（釋言，卷二）

> 「穀」、鞠，生也。（釋言，卷二）

> 「穀」、履，祿也。（釋言，卷二）

其中「允」、「亶」、「展」、「諶」、「亶」同時出現在不同詞條，分釋作「信」與「誠」；「穀」、「履」同時見於它條，分別以「祿」、「禮」和「祿」、「生」作解。黃侃將此種訓解分釋稱爲「一語兩釋，一物分言」，〔註98〕周何則稱爲「一字歧訓」。〔註99〕

由此初步可以發現一字歧訓的被訓詞，在先秦文獻語料中出現較高的頻率，涉及的詞義較爲豐富，就字位本身而言，在先秦古通語時，他們可能是常被使用的文字，而這些常用字在意義上則呈現超出本義以外引申義、假借義的義項，與諸多字詞產生不同詞義範疇的交集。圖示如下：

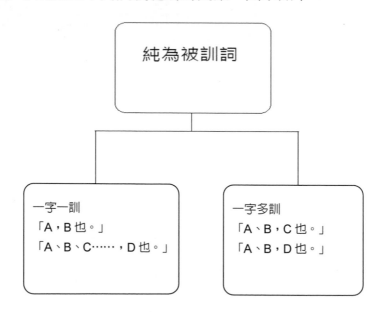

2、只爲訓釋詞

在〈釋詁〉和〈釋言〉中有一部分字只用來作訓解它詞的訓釋詞，其類型又可分兩種：

〔註98〕黃侃：《文字聲韻訓詁筆記》（臺北：木鐸出版社，1983 年）。

〔註99〕周何：《中國訓詁學》（臺北：三民書局，1997 年）。

（1）一訓一字（直訓）

此類的訓釋詞，只在某條做爲某字或某些字群的訓釋詞，如：

　供、峙、共，「具」也。（釋詁，卷一）

　歔、熙，「興」也。（釋詁，卷一）

　揮、盪、歇、涸，「竭」也。（釋詁，卷一）

　駟、遽，「傳」也。（釋言，卷二）

　蒙、荒，「奄」也。（釋言，卷二）

上述「具」、「興」、「竭」、「傳」、「奄」分別只做爲該條字群的訓釋詞，且不見於他詞條。從詞義分析的角度考察，可以發現在反映先秦經典的文獻語料裡，其產生的詞義範疇，有其因該條文獻內容所形成的特殊語境，作爲概括他們的訓釋詞，也是於某個義項與這些詞義產生交集，而成爲語義場的交會點。例如第三條的「揮」，《禮記‧曲禮》：「飲玉爵者弗揮。」陸德明《釋文》引何承天曰：「振去餘酒曰揮。」〔註100〕又《左傳‧僖公二十三年》：「秦伯納女五人，懷嬴與焉，奉匜沃盥，既而揮之。」孔穎達正義曰：「懷嬴奉匜盛水爲公子澆水，令公子洗手，既而以濕手揮之，使水渧汙其衣。」這兩條語料的「揮」字詞義，揮除餘酒、餘水，與「竭」義近。

　　「盪」字在《周禮‧考工記》：「清其灰而盪（盪）之，而揮之。」在「揮」與「盪（盪）」語義場裡，都具有動作與甩除某物質（酒、水、灰）的要素，而產生了詞義的交集，從此條便可理解到經師們在彙整文獻語料時，爲何要將「盪」與「揮」同置一條了。

（2）一訓多字（同訓）

　　此類則是同一個訓釋詞，雖然是同一字位，但是其詞義內容，詞彙義項卻因各自與某文獻語料字詞群產生關聯，所以成爲兩個被訓詞條以上的訓釋詞，如：

　遘、逢、遇、遻，「見」也。（釋詁，卷一）

　顯、昭、覲、釗、覿，「見」也。（釋詁，卷一）

　蠋，「明」也。（釋言，卷二）

〔註100〕〔唐〕陸德明：《經典釋文》（上海：上海古籍出版社，1985年）。

茅，「明」也。（釋言，卷二）

翌，「明」也。（釋言，卷二）

「見」字在「遘，逢，遇，遻」與「顯，昭，覯，釗，覿」分屬兩個語義場，前條含有兩個主體相遭逢而見的動態要素；後者則偏屬於單一主體的顯見（現），不過兩者的義項都與眼睛所見有關，所以在條列編排上前後相連。〈釋言〉的「明」字，則分屬「顯示」、「昭明」和「隔日」兩個語義場，而兩者義項則根源於「明」字「日月相推，而明生焉」（《易經・繫辭》）的意義。此類可以圖示如下：

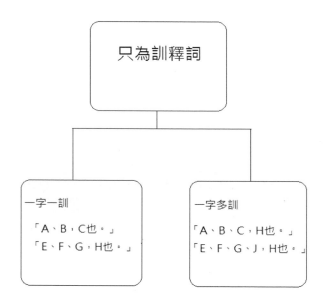

3、同為被訓與訓釋詞

此類的字詞本身是被訓詞，也為訓釋詞，顯示出在文獻裡以及在用作解釋文獻語料的用字上，其字位具有高頻常用的情形。也因為前者的常用字性質，這些字在義位上更呈現出多元的變化。筆者統計〈釋詁〉裡屬於此類情形的字詞共有 66 組，在〈釋言〉中則有 27 組，詳見下表 1、2：

表 1「爾雅釋詁同為被訓與訓釋字詞表」

常用字詞	訓釋「常用字詞」的字	一起被訓釋的字詞	「常用字詞」所訓釋的字詞
祖	始也	初、哉、首、基、肇、祖、元、胎、俶、落、權輿，始也。	祒、祪，祖也。
首	始也	初、哉、首、基、肇、祖、元、胎、俶、落、權、輿，始也。	元、良，首也。

道	直也	梏、梗、較、頲、庭、道，直也。	迪、繇、訓，道也。
業	大也	弘、廓、宏、溥、介、純、夏、幠、厖、墳、嘏、丕、奕、洪、誕、戎、駿、假、京、碩、濯、訏、宇、穹、壬、路、淫、甫、景、廢、壯、冢、簡、箌、昄、晊、將、業、席，大也。	烈、績，業也。
	敘也	舒、業、順，敘也。	
	緒也	舒、業、順、敘，緒也。	
	事也	績、緒、采、業、服、宜、貫、公，事也。	
尼	止也	訖、徽、妥、懷、安、按、替、戾、底、廢、尼、定、曷、遏，止也。	即，尼也。
	定也	尼，定也。	
安	止也。	訖、徽、妥、懷、安、按、替、戾、底、廢、尼、定、曷、遏，止也。	豫、寧、綏、康、柔，安也。
	坐也。	妥、安，坐也。	
	定也。	貉、嗼、安，定也。	
維	侯也。	伊、維、侯也。	伊、維也。
臻	至也。	迄、臻、極、到、赴、來、弔、艐、格、戾、懷、摧、詹，至也。	薦、摯，臻也。
	乃也。	郡、臻、仍、迺、侯、乃也。	
存	察也。	在、存、省、士，察也。	徂、在，存也。
使	從也。	俾、拼、抨、使，從也。	俾、拼、抨，使也。
亂	治也。	乂、亂、靖、神、弗、淈，治也。	縱、縮，亂也。
功	勝也。	犯、奢、果、毅、剋、捷、功、肩、堪，勝也。	績、勳，功也。
	成也。	功、績、質、登、平、明、考、就，成也。	
察	審也。	覆、察、副，審也。	在、存、省、士，察也。
歷	傅也。	歷、傅也。	歷，傅也。
	相也。	艾、歷、覛、胥，相也。	
嘉	善也。	儀、若、祥、淑、鮮、省、臧、嘉、令、類、綝、彀、攻、穀、介、徽，善也。	衛、蹶、假，嘉也。
	美也。	暀暀、皇皇、藐藐、穆穆、休、嘉、珍、褘、懿、鑠，美也。	

弛	易也。	弛，易也。	矤，弛也。
定	止也。	訖、徽、妥、懷、安、按、替、戾、底、廢、尼、定、曷、遏，止也。	尼，定也。
			貉、嗼、安，定也。
寡	罕也。	希、寡、鮮，罕也。	鮮，寡也。
間	代也。	鴻、昏、於、顯、間，代也。	孔、魄、哉、延、虛、無、之、言，間也。
愼	誠也。	展、諶。允、愼、亶，誠也。	
愼貉	静也。	忥、謐、溢、蟄、愼貉、謐、顗、顝、密、寧，静也。	惎、神、溢，愼也。
巳	此也。	茲、斯、咨、皆、巳，此也。	卒、猷、假、輟，巳也。
相	導也。	詔、亮、左、右、相，導也。	艾、歷、覝、胥，相也。
	勴也。	詔、相、導、左、右、助，勴也。	
	視也。	監、瞻、臨、蒞、頫，相，視也。	
遇	逻也。	遘、逢、遇，逻也。	遘、逢，遇也。
	見也。	遘、逢、遇、逻，見也。	
逻	見也。	遘、逢、遇、逻，見也。	遘、逢、遇、逻也。
治	今也。	治、肆、古，故也；肆、故，今也。	乂、亂、靖、神、弗、淈，治也。
故	今也。	肆、故，今也。	治、肆、古，故也。
言	我也。	卬、吾、台、予、朕、身、甫、余、言，我也。	話、猷、載、行、訛，言也。
	間也。	孔、魄、哉、延、虛、無、之、言，間也。	
止	待也。	頠、俟、替、戾、底、止、徯，待也。	訖、徽、妥、懷、安、按、替、戾、底、廢、尼、定、曷、遏，止也。
法	常也。	典、彝、法、則、刑、範、矩、庸、恆、律、憂、職、秩，常也。	柯、憲、刑、範、辟、律、矩、則，法也。
落	始也。	初、哉、首、基、肇、祖、元、胎、俶、落、權輿，始也。	隕、磒、湮、下降、墜、摽、蘦，落也。
徂落	死也。	崩、薨、無祿、卒、徂落、殪，死也。	
多	眾也。	黎、庶、烝、多、醜、師、旅，眾也。洋、觀。	哀、眾、那，多也。
眾	多也。	哀、眾、那，多也。	黎、庶、烝、多、醜、師、旅，眾也。洋、觀。

速	疾也。	肅、齊、遄、速、亟、屢、數、迅，疾也。	寁、駿、肅、亟、遄，速也。
數	疾也。	肅、齊、遄、速、亟、屢、數、迅，疾也。	麻、稀、算，數也。
敘	緒也。	舒、業、順、敘，緒也。	舒、業、順，敘也。
喜	樂也。	怡、懌、悅、欣、衎、喜、愉、豫、愷、康、妉、般，樂也。	鬱陶、繇，喜也。
動	作也。	浡、肩、搖、動、蠢、迪、俶、厲，作也。	娠、蠢、震、戁、妯、騷、感、訛、蹶，動也。
勞	病也。	痡、瘏、虺、頹、玄、黃、劬、勞、咎、悴、瘽、瘉、鰥、戮、瘒、癙、癵、痒、疧、疵、閔、逐、疚、痱、瘥、痱、癉、瘵、瘼、癠，病也。	倫、勩、邛、敕、勤、愉、庸、癉，勞也。
	勤也。	勞、來、強、事、謂、翿、篤，勤也。	
勤	勞也。	倫、勩、邛、敕、勤、愉、庸、癉，勞也。	勞、來、強、事、謂、翿、篤，勤也。
虛	間也。	孔、魄、哉、延、虛、無、之、言，間也。	壑、阬阬、滕、徵、隍、漮，虛也。
憂	思也。	悠、傷、憂，思也。	恙、寫、悝、盱、繇、慘、恤、罹，憂也。
循	自也。	遹、遵、率、循、由、從，自也。	遹、遵、率，循也。
從	自也。	遹、遵、率、循、由、從，自也。	俾、拼、抨、使，從也。
	重也。	從、申、神、加、弼、崇，重也。	
右	導也。	詔、亮、左、右、相，導也。	亮、介、尚，右也。
	勴也。	詔、相、導、左、右、助，勴也。	
	亮也。	左、右，亮也。	
導	勴也。	詔、相、導、左、右、助，勴也。	詔、亮、左、右、相，導也。
亮	信也。	允、孚、亶、展、諶、誠、亮、詢，信也。	左、右，亮也。
	導也。	詔、亮、左、右、相，導也。	
	右也。	亮、介、尚，右也。	
誠	信也。	允、孚、亶、展、諶、誠、亮、詢，信也。	展、諶。允、愼、亶，誠也。
于	曰也。	粵、于、爰，曰也。	爰、粵，于也。
	於也。	爰、粵、于、那、都、繇，於也。	
	代也。	鴻、昏、於、顯、間，代也。	

匹	合也。	故、郃、盍、翕、仇、偶、妃、匹、會，合也。	仇、儷、敵、妃、知、儀，匹也。
合	對也。	妃、合、會，對也。	故、郃、盍、翕、仇、偶、妃、匹、會，合也。
續	繼也。	紹、胤、嗣、續、纂、緌、績、武、係，繼也。	賡、揚，續也。
遠	遐也。	永、悠、迥、遠，遐也。	永、悠、迥、違、遐、邈、闊，遠也。
遐	遠也。	永、悠、迥、違、遐、邈、闊，遠也。	永、悠、迥、遠，遐也。
緒	事也。	績、緒、采、業、服、宜、貫、公，事也。	舒、業、順、敘，緒也。
服	事也。	績、緒、采、業、服、宜、貫、公，事也。	悅、懌、愉、釋、賓、協，服也。
宋	官也。	宋、寮，官也。	尸，宋也。
予	賜也。	貿、貢、錫、畀、予、貺，賜也。	台、朕、賚、畀、卜、陽，予也。
予	我也。	卬、吾、台、予、朕、身、甫、余、言，我也。	
事	勤也。	勞、來、強、事、謂、劇、篲，勤也。	績、緒、采、業、服、宜、貫、公，事也。
強	勤也。	勞、來、強、事、謂、劇、篲，勤也。	驚、務、昏、暋，強也。
身	我也。	卬、吾、台、予、朕、身、甫、余、言，我也。	朕、余、躬，身也。
勝	克也。	勝、肩、戡、劉、殺，克也。	犯、奢、果、毅、剋、捷、功、肩、堪，勝也。
正	長也。	育、孟、耆、艾、正、伯，長也。	董、督，正也。
殺	克也。	勝、肩、戡、劉、殺，克也。	劉、獮、斬、刺，殺也。
捷	勝也。	犯、奢、果、毅、剋、捷、功、肩、堪，勝也。	際、接、燅，捷也。
墜	落也。	隕、磒、湮、下降、墜、摽、蘦，落也。	沬、渾、隕，墜也。
於	代也。	鴻、昏、於、顯、間，代也。	爰、粵、于、那、都、繇，於也。

表2 「爾雅釋言同為被訓與訓釋字詞表」

常用字詞	訓釋「常用字詞」的字	一起被訓釋的字詞	「常用字詞」所訓釋的字詞
1 齊	中也。	殷，齊，中也。	劑，翦，齊也。
	壯也。	疾，齊，壯也。	將，齊也。
2 還	返也	還，復，返也。	般，還也。
3 復	返也。	還，復，返也。	狃，復也。
4 畛	致也。	畛，厎，致也。	障，畛也。
	殄也。	畛，殄也。	
5 若	順也。	若，惠，順也。	猷，若也。
6 幼	稚也。	幼，鞠，稚也。	冥，幼也。
7 齊	中也。	殷，齊，中也。	劑，翦，齊也。
	壯也。	疾，齊，壯也。	將，齊也。
8 隱	占也。	隱，占也。	扉，陋，隱也。
			薆，隱也。
9 遏	逮也。	遏，遾，逮也。	戍，遏也。
10 逮	遾也。	逮，遾也。	遏，遾，逮也。
11 撫	撫也。	撫，敉，撫也。	撫，敉，撫也。
12 覃	延也。	覃，延也。	流，覃也。
13 茹	度也。	茹，虞，度也。	啜，茹也。
14 試	用也。	試，式，用也。	探，試也。
15 蓋	裂也。	蓋，割，裂也。	弇，蓋也。
16 徵	召也。	徵，召也。	速，徵也。
17 慄	感也。	慄，感也。	淩，慄也。
18 明	朗也。	明，朗也。	皭，明也。
			茅，明也。
			翌，明也。
19 冥	幼也。	冥，幼也。	晦，冥也。
20 肆	力也。	肆，力也。	疧，肆也。
21 幽	深也。	瀋，幽，深也。	瘞，幽也。
22 苛	妎也。	苛，妎也。	康，苛也。
23 賦	量也。	賦，量也。	班，賦也。
24 揆	度也。	揆，度也。	葵，揆也。
25 熾	盛也。	熾，盛也。	煽，熾也。

26	訊	言也。	訊，言也。	振，訊也。
27	䕮	翳也。	䕮，翳也。	翿，䕮也。
28	皇	正也。	皇，匡，正也。	華，皇也。

表 1 中之「墜」字，它不僅身爲「落」的被訓詞「隕、磒、湮、下降、墜、摽、蘦，落也。」也是「汱」、「渾」、「隕」三字的訓釋詞。表 2 中之「齊」字，則爲「劑，翦」和「將」之訓釋詞，也被訓爲「中也」、「壯也」。

這些常見於文獻典籍中的字詞，其詞義的轉變或恆常未變，透露出先秦至漢代文獻詞義與一般詞義發展的脈絡，從這其中可以考察文獻的常用字詞與漢語核心詞彙之範疇，也能在辭典釋義的研究上，釐清「文辭」和「語詞」之間的性質異同。

（三）〈釋訓〉字詞訓解類型與形式

〈釋訓〉之字詞訓解，有別於〈釋詁〉和〈釋言〉，孔穎達在《詩經·關雎》疏引〈爾雅序〉云：

> 訓者，道也。道物之貌以告人也。《釋言》則《釋詁》之別。故《爾雅序》篇云：《釋詁》、《釋言》，通古今之字，古與今異言也。《釋訓》言形貌也。然則詁訓者，通古今之異詞，辨物之形貌，則解釋之義，盡歸於此。〔註101〕

郝懿行《爾雅義疏》則進一步解釋〈釋訓〉的訓解形態曰：

> 然則《釋訓》云者，多形容寫貌之詞，故重文疊字累載於篇。〔註102〕

〈釋訓〉中主要匯集了古文獻語言中的「疊音詞」。郭璞稱其爲「重文」、「重語」，方以智在《通雅》稱作「重言」。〔註103〕這些重言詞的來源，主要來自經典文獻中蘊含較多常用民俗口語的《詩經》「國風」，例如：

> 關關雎鳩，在河之洲。（《詩經·周南·關雎》）
>
> 采采卷耳、不盈頃筐。（《詩經·周南·卷耳》）
>
> 坎坎伐檀兮、寘之河之干兮、河水清且漣猗。（《詩經·魏風·伐檀》）

〔註101〕〔清〕阮元等：《十三經注疏·毛詩注疏》。

〔註102〕〔清〕郝懿行：《十三經注疏·爾雅注疏》。

〔註103〕〔明〕方以智：《方以智全書》（上海：上海古籍出版社，1988 年）。

　　氓之蚩蚩、抱布貿絲。(《詩經・衛風・氓》)

之「關關」、「采采」、「坎坎」、「蚩蚩」，描寫了聲音、物象的形態。朱駿聲在《說文通訓定聲》解釋《詩經》的「重言」曰：

　　有重言形況字，如朱朱，狀夫雞鳴；關關用爲鳥聲。〔註104〕

這種「形況」之字，就是唐代孔穎達和清代郝懿行提到「重言」的「辨物之形貌」、「形容寫貌」的功能。王力認爲「重言」是「漢語中最形象化的部分」。〔註105〕孫繼萬在其所編的《漢語疊字詞詞典》中將重言的作用歸納爲「營造環境」、「描繪形態」、「模擬聲響」、「傳播情思」、「美化韻律」等五個方面。〔註106〕崔錫章在《中醫要籍重言研究——閱讀中醫古籍必懂的詞彙》則提到：「它們的出現使文章的語言變得生動活潑、形象鮮明，再加之短小凝煉、讀起來朗朗上口，往往有畫龍點睛的效果，因此成爲文學作品中普遍的語言表達方式之一。」〔註107〕這種描繪形貌的詞彙，也常常出現在《楚辭》和先秦諸子的文獻中，所以「重言」本身在先秦時期也是常用字詞的一種。

　　〈釋訓〉其內容性質與〈釋詁〉、〈釋言〉之差異，固然「狀寫形貌」的「重言詞」占一部分，但實際上仍舊只是訓釋形式上的差異。管錫華認爲：「〈釋訓〉雖有相當一部分是釋形貌的詞條，但這種說法例外超過了 1／2。我們對全篇詞條進行了分析統計，共有 124 個，言形貌者僅 62 個。」〔註108〕其被訓解的字詞類型有「重言二詞」，如：「肅肅翼翼」；「重言多詞」，如「殷殷、惸惸、切切、傳傳、欽欽、京京、忡忡、惙惙、恔恔、弈弈」；「重言一詞」，如「夒夒」。另外還有「雙音詞」、「一個單音詞」、「多個單音詞」、「詞組」、「成語」、「被釋單音詞省略」、「被釋疊音詞詞組省略」等十類。〔註109〕

〔註104〕〔清〕朱駿聲：《說文通訓定聲》。

〔註105〕王力：《漢語史稿》(北京：中華書局，1980 年)。

〔註106〕詳參孫繼萬：《漢語疊字詞詞典》(北京：中國大百科全書出版社，2003 年)。

〔註107〕崔錫章：《中醫要籍重言研究——閱讀中醫古籍必懂的詞彙》(北京：學苑出版社，2008 年)。

〔註108〕管錫華：〈爾雅中「釋詁」、「釋言」、「釋訓」形式分篇說——爾雅研究之一〉，頁101。

〔註109〕詳參管錫華：〈爾雅中「釋詁」、「釋言」、「釋訓」形式分篇說——爾雅研究之一〉之表例，頁101。

就訓釋字詞的類型而言，可析爲幾種：

1、單音詞爲訓

此例如：

郝郝，耕也。（釋訓，卷三）

繹繹，生也。（釋訓，卷三）

穟穟，苗也。（釋訓，卷三）

栗栗，眾也。（釋訓，卷三）

上述「耕」、「生」、「苗」、「眾」，皆爲單音詞之訓釋詞。

2、多音詞爲訓

此例如：

朔，北方也。（釋訓，卷三）

饎，酒食也。（釋訓，卷三）

如切如磋，道學也。（釋訓，卷三）

如琢如磨，自脩也。（釋訓，卷三）

此類之「北方」、「酒食」、「道學」、「自脩」都爲多音詞之訓釋詞。

3、詞組和句子爲訓

此例如：

其虛其徐，威儀容止也。（釋訓，卷三）

有客宿宿，言再宿也。（釋訓，卷三）

道盛德至善，民之不能忘也。（釋訓，卷三）

懽懽愮愮，憂無告也。（釋訓，卷三）

此類訓釋詞以詞組如「威儀容止」或句子像「民之不能忘也」爲訓。

4、省略被訓釋詞之訓

此例如：

幬謂之帳。（釋訓，卷三）

美女爲媛。（釋訓，卷三）

　　美士爲彥。（釋訓，卷三）

　　鬼之爲言歸也。（釋訓，卷三）

這一類省略了被訓釋詞，直接以「謂之某」或「之爲某」，直接訓釋要解釋的字詞。

　　分析〈釋訓〉的訓釋字詞類型，可以發現「義界」的訓詁形式，也爲常用的訓釋字詞，從義界的訓釋語料，可以進一步看出常用的單音詞如何構詞、組句，考察漢語常用字詞從單詞演變複合詞過程的發展脈絡與線索。

（四）訓釋字詞之關係與性質

　　在〈釋詁〉、〈釋言〉、〈釋訓〉三篇的訓詁類型與形式，可以看出訓釋常用字詞本身具有概括性與區別性。茲分述如下：

1、概括性

此例如：

　　紕，飾也。（釋言，卷二）

郭璞注：「謂緣飾。」意思是衣物邊緣的裝飾，一如我們所說的「鑲邊」。首先可以知道「紕」在經典文獻中出現過：

　　素絲紕之。（《詩經・鄘・干旄》）

鄭玄箋曰：「紕，旌旗之旒縿。」又：

　　縞冠素紕，既祥之冠也。（《禮記・玉藻》）

鄭玄注曰：「紕，邊緣也。」又：

　　紕以爵，韋六寸，不至下五寸。（《禮記・雜記下》）

鄭注曰：「在旁曰紕。」比較鄭玄的解釋用詞和《爾雅》的注解，可以發現鄭玄的箋注是循著該文獻句意內容的語言環境進行解釋，所以在《詩經》解釋作旌旗正幅邊緣的鑲飾，而在《禮記・玉藻》則作「邊緣」解。到了〈雜記〉則又以其引申義「旁」作解。這些字詞解釋可以說都是鄭玄那時代的人能理解的訓釋語，但是因爲各自不同文句本身相異的內容語境，所以不能概括互換。

　　〈釋言〉解作：「飾也。」的「飾」表示的基本概念，不論鑲在素絲抑或是冠、爵，都能概括顯示「邊緣飾物」的意義。「飾」字本身在經典文獻中即爲常用字詞，如：

《賁》者，飾也。致飾然後亨則盡矣，故受之以《剝》。（《易經·序》）

喪，縫棺飾焉，衣翣柳之材，掌凡內之縫事。（《周禮·天官·冢宰》）

典瑞：掌玉瑞、玉器之藏，辨其名物與其用事，設其服飾。（《周禮·春官·宗伯》）

下大夫相見以鴈，飾之以布。（《儀禮·士相見禮》）

商祝飾柩，一池，紐前赬後緇，齊三採，無貝，設披。（《儀禮·既夕禮》）

且其常用義位已從原本的「馭」、「鑲邊」擴大引申爲「裝飾」、「服飾」。這種概括性釋義態度，是合乎詞典釋義必須掌握客觀、普遍的原則。

2、區別性

吳振興提到：「《爾雅》前三篇解釋通用詞語，著重其同，但也注意到同中之異。」例如

張仲孝友，善父母爲孝，善兄弟爲友。（釋訓，卷三）

此條使用義界的方式爲訓，義爲態度皆爲善，但對象有別。又舉：

有客宿宿，言再宿也。（釋訓，卷三）

有客信信，言四宿也。（釋訓，卷三）

此處「再宿」與「四宿」，分別說明了相同的動作和不同的時間。

前所歸納之一字多訓例，也展現出《爾雅》訓釋常用字詞的區別性，如〈釋詁〉的「艾」字：

艾，長也。（釋詁，卷一）

艾，歷也。（釋詁，卷一）

艾，養也。（釋詁，卷一）

艾，相也。（釋詁，卷一）

又如〈釋言〉的「宣」字：

宣、徇，遍也。（釋言，卷二）

宣，緩也。（釋言，卷二）

都呈現出常用字詞一字多義的情況。這些不斷被解釋的字位，呈現出其意義性質上的區別性。這些區別性則顯露出像「艾」、「宣」等字，在古文獻裡是常用的字位，透過引申、假借的過程，分別代表著不同的意義。

3、模糊性

在訓詁詞義的過程中，由於常用字詞具有諸多變化之義位，但是因為用字通假的關係，並非每一義即得造一字，所以字位相對地較少，所以在常用字詞的訓詁分析中，必須要釐清常用義位和字位之間的關係。不過由於文字本身的形體侷限，訓解詞義時常常產生了模糊性，這點是《爾雅》前三篇訓解通用詞語時存在的現象。

蔣紹愚在〈從「反訓」看古漢語詞彙的研究〉提到，反訓詞之間並非詞的問題，而是字的問題。〔註 110〕也就是說同一個常用字位中納含了不同的義位，不能看字與字之間某一義是相反的，某一義相近，就將其視為相反又兼通之義。就前述「治、肆、古，故也，肆、故，今也。」為例，王引之便反對郭璞「義相反而兼通」的看法，其云：

> 「治、肆、古，故。」「治」讀若「始」。「始、古」為久故之「故」，「肆」為語詞之「故」。「肆、故，今也。」則皆為語詞。郭謂今與故義相反而兼通非也。（《經義述聞》，卷二十六）

從王引之之論可以發現，「故」這個字位實際上包含了兩個義位，第一個是形容詞久故之「故」，第二個是連詞「故」。「今」字，也包含了兩個義位，第一個是現今的「今」，第二個是連詞，和「故」的第二個義位意思略近於今天的「所以」義。由此可知「故」與「今」的第一個義位是反義的，可以視之為反訓，但是第二個義位則為同義，應視為互訓。「今」作為「所以」義，在《尚書‧甘誓》：

> 天用剿絕其命，今予惟恭行天之罰。天用剿絕其命，今予惟恭行天之罰。（《尚書‧甘誓》）

> 夏德若茲，今朕必往。（《尚書‧甘誓》）

據此可推知「今」字的連詞義位，自《尚書》至《爾雅》以來，在文獻語言中

〔註110〕詳參蔣紹愚：〈從「反訓」看古漢語詞彙的研究〉，《語文導報》，1985 年，第 7、8 期，頁 66。

都是個常用義位，可用以跟另一常用字詞「故」的連詞義位互訓。

4、組合性

黃侃提到：「《詩經》中連言之字，《爾雅》〈釋言〉、〈釋訓〉，即以爲釋。」
〔註111〕此處的「連言」，指的是文獻語言中在特定語境下有語義關係的上下文，
例如：

> 肇敏戎公、用錫爾祉。（《詩經・大雅・江漢》）

「肇」和「敏」二字，即爲「連言」。這些上下文在〈釋言〉、〈釋訓〉中，被輯
成「連言爲訓」之例。如：

> 對越在天，駿奔走在廟。（《詩經・周頌・清廟》）

〈釋言〉解爲：

> 奔，走也。（釋言，卷二）

「奔」與「走」詞義相同而連文，其實此類訓釋詞和被訓詞，在《詩經》的時
代已被連言，在《爾雅》的解釋中，已可以明瞭其意義關係。到了漢代其二字
連言成爲複合詞之例，如《淮南子》：

> 遁逃奔走，不使其難，不可謂勇。（《淮南子・氾論》）

又如《史記》：

> 再奏之，大風至而雨隨之，飛廊瓦，左右皆奔走。（《史記・樂書》）

《説文解字》：

> 奔，走也。从夭，賁省聲。與走同意，俱从夭。（夭部，卷）

許愼直接言明了二字同意。《爾雅》纂輯了這些詞例，以近義或同義之常用字詞
而析之，使得後來「奔走」作爲詞素成爲一同義複詞，有了考究脈絡可循。

連言爲訓的例子，有些在文獻語言中尚各自爲詞，但是由於近義或同義關
係，使得它們後來成爲複詞的詞素，舉近義詞之例如下：

> 就其淺矣、泳之游之。（《詩經・邶風・谷風》）
>
> 式號式呼、俾晝作夜。（《詩經・大雅・蕩》）

句中之「泳」、「游」和「號」、「呼」，〈釋言〉分別解作：

〔註111〕黃侃：《黃侃國學講義錄》。

泳，游也。（釋言，卷二）

號，呼也。（釋言，卷二）

「泳」《說文解字》曰：「潛行水中也。」「游」則爲浮水之義，二義相近，〈釋言〉以常用字詞「游」訓解「泳」，在後來的文獻中，也出現了「游泳」的複合詞，如：

晏子對曰：「臣聞君子如美，淵澤容之，眾人歸之，如魚有依，極其游泳之樂。」（《晏子春秋・內篇》）

已見因近義而複合之徵。再如「號」《說文解字》曰：「號，呼也。」「呼，外息也。」義近而連言，其解實承〈釋言〉：「號，呼也」之訓。常用字詞作爲訓釋詞，常以該被訓釋字詞的另一常用同義或近義之字詞而解釋。

此外如：

濟濟辟王。左右奉璋。奉璋峨峨。髦士攸宜。（《詩經・大雅・棫樸》）

絲衣其紑、載弁俅俅。自堂徂基、自羊徂牛。（《詩經・周頌・絲衣》）

之「峨峨」，〈釋訓〉解曰：

峨峨，祭也。（釋訓，卷三）

俅俅，服也。（釋訓，卷三）

《毛傳》：「峨峨，盛壯也。」孔穎達疏曰：「在首載其爵色之麻弁，其貌俅俅而恭順。」此處解釋說明「峨峨」和「俅俅」這個動作的形貌，是一個聯緜詞。文獻語言中這種連言爲訓之訓解字詞例，實際上可以看出東漢以後複合詞組合發展的端倪，而訓解文獻語言的《爾雅》則讓人從中發現到這些連言之例，本身即具有常用訓釋字詞的性質，所以拿來解釋單詞，到後來組合構詞，都存在著某種程度的詞義關係（近義、同義、聯緜詞）。

從上述的類型與關係考察，大抵可以推估被訓詞中「一字多義」者，應爲古文獻語料的常用字詞（古常用字詞）；訓釋詞中「一字多訓」者，則可能是解釋文獻語料的經師們常用的字詞（今常用字詞）；本身既爲被訓詞也爲訓釋詞者，在文獻本身即爲高頻常用字詞（古今常用字詞），表示如下：

被訓詞中「一字多義」者	古文獻語料的常用字詞（古常用字詞）
訓釋詞中「一字多訓」者	解釋文獻語料的經師們常用的字詞（今常用字詞）

　　而前述所歸納之既爲被訓詞也爲訓釋詞者，其字詞性質在文獻本身即爲高頻常用字詞（古今常用字詞），只是其詞義是否到了後世作爲訓釋詞時也爲常用義？還是經過了引申、假借的因素，做了字位上與義位上的轉換與替代？則是下章與《說文解字》進行比較時的考察重點。

三、《爾雅》：〈釋詁〉、〈釋言〉、〈釋訓〉訓釋常用字詞在《說文解字》訓釋時之使用形態

　　此處欲將上述〈釋詁〉、〈釋言〉、〈釋訓〉中的古常用字詞、今常用字詞、古今常用字詞對照《說文解字》進行比較。目的在於探析其到了許慎的時代，面對的是同樣經典文獻，但是採用了如何的解釋態度，去析解這些語料？這些在《爾雅》的字詞在《說文解字》訓解用詞上是否還是常用的還是被捨棄？而常用的字詞其是否仍維持《爾雅》時代的字位、義位，還是雖然常用，但是可能已成爲它義（義位被取代），而該字成爲另一義位之常用字？這其中的引申、假借與字構的變化因素，都是本章的考察重點。

（一）仍爲常用訓釋字詞

1、字位與義位不變

此例如〈釋詁〉「多」字：

> 黎、庶、烝、多、醜、師、旅，眾也。（釋詁，卷一）

> 哀、眾、那，多也。（釋詁，卷一）

作「眾多」義。《說文解字》「多」：

> 多，重也。从重夕。夕者，相繹也，故爲多。重夕爲多，重日爲疊。

> 凡多之屬皆从多。（多部，卷七）

段注：「緟者，增益也，故爲多。」作爲部首字的「多」義爲「數量大」，《爾雅》以「眾」釋「多」，「眾」《說文解字》解云：「多也。」古以「三」爲多，此處〈釋詁〉的「多」義到了許慎用爲訓釋字詞時，如：

> 盱，目多白也。（目部，卷四）

> 肥，多肉也。（肉部，卷四）

> 森，木多皃。（林部，卷六）

　　鬌，髮多也。（髟部，卷九）

也以「數量大」之義爲訓，可知多字，自《爾雅》以來之字位「多」形不變，而義位「數量大」也恆常通行使用之。另如：

　　儀、若、祥、淑、鮮、省、臧、嘉、令、類、綝、穀、攻、穀、介、徽，善也。（釋詁，卷一）

　　旺旺、皇皇、藐藐、穆穆、休、嘉、珍、禕、懿、鑠，美也。（釋詁，卷一）

之「嘉」爲「美」、「善」之義，到了《說文解字》用爲訓釋字詞時，如：

　　誐，嘉善也。（言部，卷三）

　　禾，嘉穀也。（禾部，卷七）

　　孔，通也。从乙从子。乙，請子之候鳥也。乙至而得子，嘉美之也。（乙部，卷十二）

等等，皆以「美善」之義爲訓。第三章「語原義類」第 37 類「凡美好嘉善精巧之義」的常用訓釋字詞中便有「嘉」、「美」、「善」等字。見〈釋訓〉：

「美」字

　　委委佗佗，美也。（釋訓，卷三）

　　美女爲媛。（釋訓，卷三）

　　美士爲彥。（釋訓，卷三）

「善」字

　　道盛德至善，民之不能忘也。（釋訓，卷三）

　　張仲孝友，善父母爲孝，善兄弟爲友。（釋訓，卷三）

也以「美」和「善」，訓解「委委佗佗」、「媛」、「彥」和「孝」、「友」等詞。《說文解字》也常以「美」、「善」爲訓，如：

　　玉，石之美。（玉部，卷一）

　　甘，美也。（甘部，卷五）

　　昌，美言也。（日部，卷七）

　　話，合會善言也。（言部，卷三）

腬，嘉善肉也。（肉部，卷四）

良，善也。（畗部，卷五）

可以發現「嘉」、「美」、「善」自《爾雅》至《説文解字》字位與義位並無改變，且皆爲常用訓釋字詞。

2、字位不變而義位轉變

此例有本義不行，以引申義爲常用義：

題、俟、替、戾、底、止、徯，待也。（釋詁，卷一）

訖、徽、妥、懷、安、按、替、戾、底、廢、尼、定、曷、遏，止也。（釋詁，卷一）

之「止」，其義爲「停息」、「停待」。《説文解字》釋「止」爲：

止，下基也。象艸木出有址，故以止爲足。凡止之屬皆从止。（止部，卷二）

甲骨文作「 ᛣ 」、〔註112〕「 ᛣ 」，〔註113〕象腳趾之形，許愼所釋雖有出入，但大抵取其形之所本，言「下基」。「停息」、「停待」之義，乃足行有所停止而引申，〈釋詁〉取其引申義爲訓。不過許愼以「止」訓釋者如：

禓，師行所止，恐有慢其神，下而祀之曰禓。（示部，卷一）

趄，止行也。（走部，卷二）

咺，朝鮮謂兒泣不止曰咺。（口部，卷二）

亍，步止也。（彳部，卷二）

第三章「語原義類」之第 50 類「凡待止礙不行之義」的常用訓釋字詞中有「止」、「待」、「不行」等，可見許愼訓釋字詞，皆取其引申義爲訓。

據此可以發現造字之原義，至《爾雅》、《説文解字》字位雖然未變，但義位已經轉變，以引申義爲常用義。此外：

〔註112〕「甲 1440」（《合 31080》）：「小學堂文字學資料庫」，網址：http://xiaoxue.iis.sinica.edu.tw/char?fontcode=41.E74A，引用日期 103 年 2 月 15 日。

〔註113〕「燕 535」（《合 13327》）：「小學堂文字學資料庫」，網址：http://xiaoxue.iis.sinica.edu.tw/jiaguwen?kaiOrder=141，引用日期 103 年 2 月 15 日。

　　　　藹藹濟濟，止也。(釋訓，卷三)

　　　　其虛其徐，威儀容止也。(釋訓，卷三)

則以「止」所引申出來的動作義爲釋。又如「使」字：

　　　　俾、拼、抨，使也。俾、拼、抨、使，從也。(釋詁，卷一)

「使」在《爾雅》作派遣、支使之義，另以「從」作跟隨、跟從解釋。《說文解字》「使」作：

　　　　使，伶也。从人吏聲。(人部，卷八)

段注本「伶」訂爲「令」，作使令義。《爾雅》的支使、跟隨等義，到了《說文解字》則以使令義爲常用訓釋詞義，如：

　　　　禜，設緜蕝爲營，以禳風雨、雪霜、水旱、癘疫於日月星辰山川
　　　　　　也。从示，榮省聲。一曰禜、衛，使災不生。(示部，卷一)

　　　　珤，車笭閒皮篋。古者使奉玉以藏之。(玨部，卷一)

　　　　耤，帝耤千畝也。古者使民如借，故謂之耤。(耒部，卷四)

派遣、支使與使令意義相近，前者較需支使之具體對象，但是「使令」之義更爲概括，如「使災不生」與「古者使奉玉以藏之」之「使」，便只能理解爲使令，而無法解爲「支使」。

3、字位轉變而義位不變

　　此例如：

　　　　恙、寫、悝、盱、繇、慘、恤、罹，憂也。(釋詁，卷一)

　　　　悠、傷、憂、思也。(釋詁，卷一)

　　　　殷殷、惸惸、忉忉、慱慱、欽欽、京京、忡忡、慇慇、恧恧、弈弈，
　　　　憂也。(釋訓，卷三)

「憂愁」、「憂思」義之字位，在《說文解字》作「慐，愁也。从心从頁。」另「憂」字許愼解爲「和之行也。」從心从頁之字，毛公鼎作「　　」〔註114〕

〔註114〕「毛公鼎」(《集成2841》)：「小學堂文字學資料庫」，網址：http://xiaoxue.iis.sinica.
　　　　edu.tw/char?fontcode=32.E8EE，引用日期103年2月15日。

上為人頭之象，到了中山王嚳鼎作「🐾」字，〔註115〕已有「心」旁，到了睡虎地秦簡作「憂」、〔註116〕「憂」〔註117〕已有「夊」。徐灝云：「許云『和之行』者，以字从夊也。凡言優游者，此字之本義。今專用為憂愁字。」由此可以發現「愁思」這個義位自《爾雅》至《說文解字》皆為常用義位，但是字位則被從「夊」之「憂」給取代了。

（二）已為罕用之字詞

1、已非常用字位與義位

此例如：

> 訖、徽、妥、懷、安、按、替、戾、底、廢、尼、定、曷、遏，止也。（釋詁，卷一）
>
> 即，尼也。（釋詁，卷一）
>
> 尼，定也。（釋詁，卷一）
>
> 宴宴粲粲，尼居息也。（釋言，卷二）

「尼」之「止息」義，在《爾雅》已非常用之訓釋詞。《說文解字》「尼，從後進之。」「尼」本身之「靠近義」在《爾雅》為「即，尼也。」所訓之字也幾希。時至《說文解字》已不常用為訓釋詞成為罕用詞義。

2、已為專有之字詞

此例如：

> 尸，寀也。寀、寮，官也。（釋詁，卷一）

「寀」字到了《說文解字》云：「寀，同地為寀。」《爾雅》「官職、官位」之義為「采地」之義的引申。但「寀」本身之「采地」「官職」義，為官制專有用詞，已不常用於一般訓解。上例所述表示如下：

〔註115〕「中山王嚳鼎」（《集成2840》）：「小學堂文字學資料庫」，網址：http://xiaoxue.iis.sinica.edu.tw/char?fontcode=32.E8EF，引用日期103年2月15日。

〔註116〕「睡.為40」：「小學堂文字學資料庫」，網址：http://xiaoxue.iis.sinica.edu.tw/char?fontcode=71.E5A6，引用日期103年2月15日。

〔註117〕「睡.日甲55背」：「小學堂文字學資料庫」，網址：http://xiaoxue.iis.sinica.edu.tw/char?fontcode=71.E5A7，引用日期103年2月15日。

《爾雅‧釋詁》高頻常用字詞 V.S.《說文解字》

高頻常用字詞	A [爾雅] 被釋詞義	B [爾雅] 訓釋他字詞義	C [說文] 本義	D [說文] 訓釋他字詞義
嘉	善也；美也 美好義	嘉也 美好義、嘉美義	美也	嘉善也；嘉美也 嘉美義
分析結果	B＝D→「嘉美」、「嘉善」自《爾雅》至《說文》皆爲常用詞義。 B＝D＝C＝A→「嘉美」、「嘉善」爲常用詞義也爲核心詞義，字位不變。			
止	待也 等待義	止也 停止義	下基也 足趾義	止也 停止義
分析結果	B＝D→「停止義」自《爾雅》至《說文》皆爲常用詞義。 B＝D≠C→「停止義」爲「足趾義」之引申義，其已引申義爲常用詞義，字位不變。			

高頻常用字詞	A [爾雅] 被釋詞義	B [爾雅] 訓釋他字詞義	C [說文] 本義	D [說文] 訓釋他字詞義
緒	事也 事情、從事義	緒也 端緒義	絲耑	粗緒、扁緒 絲緒義
分析結果	B≠D　D＝C→「端緒義」、「絲緒義」自《爾雅》至《說文》皆爲常用詞義；但是「端緒義」爲文獻常用詞義；「絲緒義」爲生活口語常用詞義。（維）			
憂	思也 憂思義	憂也 憂愁義	和之行也	憂也、心憂也、憂懼也 憂愁義
分析結果	B＝D　《說文》中表憂愁義的字作「𢙁」。自《爾雅》至《說文》可知常用義位「憂愁」未變，但是承載「憂愁義」的字位已經從「𢙁」→「憂」。			

高頻常用字詞	A [爾雅] 被釋詞義	B [爾雅] 訓釋他字詞義	C [說文] 本義	D [說文] 訓釋他字詞義
尼	止也、定也 停止義	尼也 靠近義	從後近之也	×（沒有訓釋字例）
分析結果	B＝C 但是時至《說文》已不常用爲訓釋詞，成爲罕用詞義。 「尼」本身之「靠近義」在《爾雅》爲「即，尼也。」所訓之字也幾希。（臻）			
寀	官也 官職、官位義	寀也 采地、官位義	同地爲寀	×（沒有訓釋字例）

分析結果	B＝C≒A　「官職、官位」之義爲「采地」之義的引申。 「宷」本身之「采地」「官職」義，爲官制專有用詞，已不常用於一般訓解。

其關係字位與義位之變化關係，見下二圖：

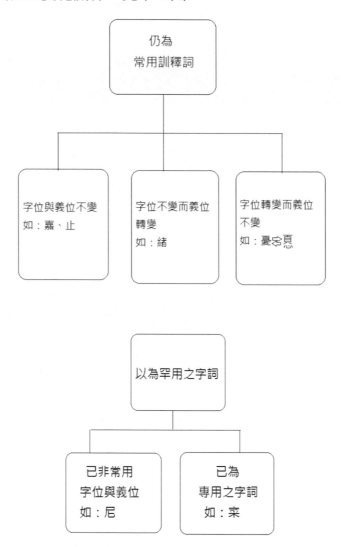

四、常用訓釋字詞在《爾雅・釋詁》與《說文解字》承繼與變化關係

此處目的在探討《說文解字》之時，這些訓釋字詞哪些是繼續承襲《爾雅・釋詁》之訓解，哪些則產生了變化，進一步再考究承繼與變化各自之因素。

〈釋詁〉的內容是古代常用字詞的總匯，而到了戰國與秦漢年間，這些常用詞已經發生變化，所以經師們再用當時的常用語詞對它們進行訓詁解釋。到了東漢《說文解字》編纂時，許慎其實也面臨到類似的情況，只是由於編輯體

例的差異，後人們往往將這兩部書的訓詁性質分而視之。不過就詞義演變與詞彙發展的研究視角而言，這兩部書訓解文獻語言的訓釋詞其實存在著相承關係與變化情形：

　　　所承者──常用的字位。

　　　所變的──這些常用字的詞義（義位）之轉換。

（一）《說文》承《爾雅‧釋詁》而訓

　　以「本義爲訓」之例如「動」：

　　　　〈釋詁〉：「動，作也。」

　　　　《說文解字》：「動，作也。」

以「引申義爲訓」之例如「眾」：

　　　　〈釋詁〉：「眾，多也。」

　　　　《說文解字》：「眾，多也。」

「眾」字，師袁簋作「𠱗」，〔註 118〕昏鼎作「𠱗」，〔註 119〕本義爲「許多人」，引申義爲「多」，此處《說文解字》承《爾雅》之訓。

（二）《說文》變《爾雅‧釋詁》而訓

1、「本義為訓」之例：〔註 120〕

「吾」

　　　　〈釋詁〉：「我也。」

　　　　《說文解字》：「施身自謂也。」

此條是「本義爲訓」之例。

2、「引申義為訓」之例：

「駿」

　　　　〈釋詁〉：「長也。」

〔註 118〕 「師袁簋」（《集成 4313》）：「小學堂文字學資料庫」，網址：http://xiaoxue.iis.sinica.edu.tw/char?fontcode=33.E0CB，引用日期 103 年 2 月 15 日。

〔註 119〕 「昏鼎」（《集成 2838》）：「小學堂文字學資料庫」，網址：http://xiaoxue.iis.sinica.edu.tw/yanbian?kaiOrder=2280，引用日期 103 年 2 月 15 日。

〔註 120〕 例說詳參蔡謀芳：《訓詁條例之建立與應用》（臺北：文史哲出版社，1975 年）。

《說文解字》:「馬之良材者。」

此條是「引申義爲訓」之例。

3、「假借義為訓」之例:

「余」

〈釋詁〉:「我也。」

《說文》:「語之舒也。」

此條是「假借義爲訓」之例。

藉由和《說文解字》之比較,可以發現《爾雅》高頻常用字詞之性質有四:

1、作爲被訓釋之詞義→多爲本義之引申或假借義。

2、作爲訓釋他字之詞義→多爲本義和引申義。

3、爲文獻(書面)常用義。

4、爲語言(口語)常用義。

進一步分析這些高頻常用字之詞義至《說文解字》作爲訓釋詞:

常用／罕用	詞 義 性 質	詞彙性質	語 法 性 質
常用	本義、引申義(近引伸)	核心義 一般語言	成爲複合構詞之語素。
	引申義(遠引申)、假借義	具時代性 文獻語言	假借因素導致虛詞化。
罕用	本義、引申義(近引伸)	非核心義 具時代性	書面用虛詞如發語詞「維」。
	引申義(遠引申)、假借義	文獻語言 專用詞彙	

筆者以爲古(《爾雅》)爲常用至今(《說文解字》)爲罕用之因素主要是:

1、虛詞化。

2、假借後義位替換,如:(勤→勞;墜→落)。

3、假借後字位改變(字形結構變更)三個因素。

古(《爾雅》)爲常用至今(《說文解字》)仍爲常用之因素則爲:

1、核心詞義恆常不變。

2、同爲文獻常用詞義。

3、假借後字位改變(字形筆畫訛變),如(間、閒)。

這些因素實是文獻常用語言在字位與義位演變發展過程中常呈現的現象。這些現象的產生一來是漢字作爲表義性文字，在語義的承載上，面臨了造字的不經濟，而有通假的用字方法；二來是漢語的語義與詞彙性質在形態變化的過程中，受限於字形的符號，所以運用了引申、假借的方式，讓義位和字位間呈現一種靈活的變通性，從而使文字與詞義能互爲應用。這種互爲應用的情形，在《爾雅》前三篇與《說文解字》的常用訓釋字詞中，可見其發展變化之端倪與脈絡。

第三節　《說文解字》與漢代文獻注釋常用字詞之比較

　　本節主要闡論《說文解字》與文獻詞義之常用字詞的關係。藉由比較先秦至漢代文獻的經注、故訓語料和《說文解字》之常用訓釋字詞，考察先秦至漢代文獻字詞之使用狀態與變化情形。

一、《說文解字》與漢代經注常用字詞比較

　　語言的古今之別、方殊之別、雅俗之分，在構形上有形符、聲符之轉注假借；在詞義上則有古今異義、方言異詞的變化。先秦經典文獻本身就在爲許多詞彙進行解釋，例如：

> 子夏問曰：「巧笑倩兮，美目盼兮，素以爲絢兮」何謂也？子曰：繪事後素。（《論語・八佾》）

> 政者，正也。子帥以正，孰敢不正？（《論語・顏淵》）

這些解釋大抵還是針對該文本中特定語境的詞句做解釋，所使用的字詞並非可視作普遍、具有概括詞義的常用字詞。到了漢代以後，由於經學的興盛，經典古籍的內容已有了重新解釋的需求，漢文帝的時候山東濟南伏生在秦時曾爲博士，治《尚書》，文帝遣晁錯向其學習，經其口授而有《尚書大傳》。《史記・儒林列傳》也記載：

> 孔氏有古文《尚書》，而安國以今文讀之，因以起其家。（《史記・儒林列傳》）

此外在西漢有毛公爲《詩經》做《故訓傳》；公羊高爲《春秋》做《公羊傳》；穀梁赤爲《春秋》做《穀梁傳》等，都是經學家們以當時的語言字彙，解釋五

經文獻的內容。不過今文學家串講文義、章句析言的方式，並不純然是對於古語的翻譯解釋，並非純屬語言學的範疇，反而比較接近哲學詮釋的性質。

東漢古文經學昌盛，對於經籍注解更為重視，如鄭眾、馬融、賈逵、許慎、鄭玄等都是解經、注經的大師。顧炎武《日知錄》提到：

> 其先儒釋經之書，或曰傳，或曰箋，或曰解，或曰學，今通謂之注。《書》則孔安國傳，《詩》則毛萇傳，鄭玄箋，《周禮》、《儀禮》、《禮記》則鄭玄注，《公羊》則何休學，《孟子》則趙岐注，皆漢人。《易》則王弼注，魏人。《繫辭》則韓康伯注，晉人。《論語》則何晏集解，魏人。《左氏》則杜預注，《爾雅》則郭璞注，《穀梁》則范寧集解，皆晉人。《孝經》則唐明皇御注。其後儒辨釋之書，名曰正義，今通謂之疏。〔註121〕

當時甚至對先秦道家、文集、史傳、西漢雜家的文獻也進行了注解。如《漢書·王褒傳》提到：

> 宣帝時，修武帝故事，講論文藝群書，博盡奇異之好；徵能為《楚辭》九江被公，召見誦讀。(《漢書·王褒傳》)

其餘如王逸作《楚辭章句》，許慎和馬融都曾為《淮南子》作注，鄭眾作《國語章句》，高誘作《戰國策注》等等，都顯示出當時訓詁詮釋文獻的興盛。例如：

> 段干木，晉國之大駔也；而為文侯師。(《淮南子·氾論訓》)

許慎注：

> 駔，市儈也。

高誘注：

> 駔，驕駔。一曰：駔，市儈也。

又如《戰國策》：

> 孝公行之八年，疾且不起，欲傳商君，辭不受。(《戰國策·秦策》)

高誘注：

> 傳，猶禪也。

〔註121〕〔清〕顧炎武：《日知錄》（臺北：臺灣商務印書館，1956年）。

以上等等，實可以從這蓬勃發展之下所留下來的漢代經注故訓語料中，視爲後人研究先秦至漢代常用字詞的極佳對象。古文經學者對於經典文獻的解釋，比較樸實，主要針對語言本身進行詮解，所產生的注釋故訓語料在字詞的發展演變上，較具比較的價值。

　　全面性地審視漢人經注，可以發現其內容與品類非常繁夥。汪耀南論其性質：「或爲簡注，或爲詳解；或重詞語，或重義理；或重史實，或言雜說，內容與方式不盡相同。」〔註122〕不管是簡注或詳解還是言雜說或述史實，其實都是一種文本的詮釋，這種詮釋必須要依靠時人易於理解的語言來說明。只不過本文著重於「詞語之解釋」所呈現出來的字詞。因爲這些字詞透過經師們使用他們習用、常用之字彙對古籍之語進行詮解。藉由這些詮解的字詞構形與詞義的觀察，便可以概括出當時常用的書面語言用字爲何，常用的詞義是那些？

　　先秦文獻詞義是後代漢語詞義系統之源頭，這些漢代經注故訓語料是先秦文獻詞義的說明與解釋，也是探索漢語詞義系統的語料範疇。《說文解字》也具有同樣的功能，宋永培統計許愼在《說文解字》解釋詞字時所徵引的書名、人名、方言有 1304 個詞條，「其中引用西周至秦的典籍、方言的有 1182 個，占證義詞條的 91%，引用《周易》、《詩經》、《尙書》、《周禮》、《左傳》的有 920 個，占 70%；而引用漢代的書籍、通人說的只有 122 個，占 9%。」〔註123〕依本章第一節所考，可以了解到許愼所釋之詞義，多以本義爲主，而經注則隨文釋義，引申、假借等情形爲夥。可是就常用字詞的角度來看，許愼雖然釋字以本義，但是用其字訓釋他字時，便不一定仍使用原來字之本義了，例如「苛」字：

　　　苛，小艸也。从艸可聲。（艸部，卷一）

本義爲小艸。「苛」在文獻中爲一常用字，只是其常用義並非是本義「小艸」，「小艸」引申出「繁雜」、「繁瑣」的意思，如：

　　　好苛禮。（《史記・酈生陸賈列傳》）

　　　內無苛慝。（《國語・晉語》）

〔註122〕汪耀楠：《注釋學綱要》，頁2。

〔註123〕宋永培：〈說文與先秦文獻詞義〉，《青海師範大學學報（社會科學版）》，1992年，第2期，頁99。

去煩蠲苛。（王褒〈四子講德論〉）〔註124〕

不過其字被假借爲「病疴」之「疴」，如：

其形安而不移，能守一而棄萬苛。（《管子・內業》）

身無苛殃。（《呂氏春秋・審時》）

「疴」字後世另造从「疒」之「疴」，其乃造字之假借，表「病痛」、「苛疾」之義。因爲「苛」假借爲「病疴」之「疴」（朱駿聲曰：「苛，叚借又爲疴。」），所以「苛」字承接了「病疴」這個義位。因疾病所產生的苦痛，因爲苦痛而引申出負面的「疴虐」（但因爲「苛」爲「疴」之假借，故作「苛虐」）、「刻薄」之義，例如：

苛關市之征以難其事。（《荀子・富國》）

弭其百苛。（《國語・楚語》）

關市苛難之。（《韓非子・內儲説上》）

父老苦秦苛法久矣。（《史記・高祖本紀》）

此外又假借爲「訶責」之「訶」，《說文解字》「訶」：

訶：大言而怒也。从言可聲。（言部，卷三）

但是在經籍文獻中多假借作「苛」，例如：

憑、蘇、苛，怒也。楚曰憑，小怒曰蘇。陳謂之苛。（《方言》，卷二）

大司空士夜過奉常亭，亭長苛之。（《漢書・王莽傳》）

上二例的「苛」，都是「訶」之假借，表示「怒責」、「訶責」之義，而非原本「小艸」之義。王念孫《讀書雜志・淮南內篇第十四・詮言》：

說林篇曰：多事固苛。

《周禮・春官・世婦》鄭玄注：

不敬者而苛罰之。（《周禮・春官・世婦》）

也都有「譴責」之義。在《說文解字》本身，許慎也用這些引申和假借出來

〔註124〕〔西漢〕王褒：《王諫議集》，〔明〕張溥：《漢魏六朝百三名家集》（南京：江蘇古籍出版社，2002年）。

的義位作爲他字詞義之訓解，例如：

> 呧，苛也。从口氏聲。（口部，卷二）

> 呰，苛也。从口此聲。（口部，卷二）

> 詆，苛也。一曰訶也。从言氐聲。（言部，卷三）

皆以假借之「訶責」之義訓字，可知「苛」這個常用字位其承載的常用義位是假借義。

再如「盛」字：

> 盛，黍稷在器中以祀者也。从皿成聲。（皿部，卷五）

本義爲「祭祀時黍稷盛放在器皿中」。此解釋與《穀梁傳》之釋相同，見：

> 天子親耕以共粢盛。（《穀梁傳・桓公十四年》）

范甯注曰：

> 黍稷曰粢，在器曰盛。

由此例可知許愼釋本義據於經典，而東晉范甯之注則析言許愼之釋義。不過同爲經典用義，「盛」字位所承載的義位有自「祭祀時黍稷盛放在器皿中」之義，引申轉移爲「盛放之器皿」之義，例如：

> 旨酒一盛兮。（《左傳・哀公十三年》）

杜預注曰：

> 一器也。

> 食粥于盛。（《禮記・喪大記》）

鄭玄注曰：

> 盛，謂今時杯杅也。

在《說文解字》，許愼則以其「盛放」之義訓解他字，如：

> 祳：社肉，盛以蜃，故謂之祳。（示部，卷一）

> 觳：盛觵卮也。一曰射具。从角殼聲。（角部，卷五）

> 箁：栖箁也。从竹夅聲。或曰盛箸籠。（竹部，卷五）

> 䈰：以判竹圜以盛穀也。从竹㓞聲。（竹部，卷五）

> 籩：宗廟盛肉竹器也。从竹籩聲。《周禮》：「供盆籩以待事。」（竹

　　　部，卷五）

　　籣：所以盛弩矢，人所負也。从竹闌聲。（竹部，卷五）

　　饛：盛器滿皃。从食蒙聲。《詩》曰：「有饛簋飧。」（食部，卷五）

　　缶：瓦器。所以盛酒漿。秦人鼓之以節謌。象形。凡缶之屬皆从缶。
　　　　（缶部，卷五）

　　韇：緐紐也。从韋惠聲。一曰盛虜頭橐也。（韋部，卷五）

　　楇：盛膏器。从木咼聲。讀若過。（木部，卷六）

　　医：盛弓弩矢器也。从匚从矢。《國語》曰：「兵不解医。」（匚部，
　　　　卷十二）

等等。不過在與漢代經注常用字詞的比較之下，「盛」字的常用義位並非「盛器」或「盛放」，而是從祭祀時盛放黍稷必然要既「豐」且「多」，所以「盛」在經典傳注中已出現另一個以「多」、「大」、「茂」的語義場，如：

　　官盛任使。（《禮記・中庸》）

孔穎達正義：

　　謂官之盛大。

又如：

　　德音是茂。（《詩經・小雅・南山有台》）

鄭玄箋曰：

　　茂，盛也。

《廣雅》：

　　盛，多也。（《廣雅》）

第三章「語原義類」所歸納出來的常用字詞，「盛」與「茂」並為「茂盛之義」的常用訓釋字詞，覆考《說文解字》，許慎以「盛」釋字多以「茂盛」、「盛大」為訓義，如：

　　毎：艸盛上出也。从屮母聲。（屮部，卷一）

　　芣：華盛。从艸不聲。一曰芣苢。（艸部，卷一）

　　薾：華盛。从艸爾聲。《詩》曰：「彼薾惟何？」（艸部，卷一）

萋：艸盛。从艸妻聲。《詩》曰：「菶菶萋萋。」（艸部，卷一）

芃：艸盛也。从艸凡聲。《詩》曰：「芃芃黍苗。」（艸部，卷一）

蘨：艸盛皃。从艸繇聲。《夏書》曰：「厥艸惟蘨。」（艸部，卷一）

翡：飛盛皃。从羽从冃。（羽部，卷四）

翍：飛盛皃。从羽之聲。（羽部，卷四）

楙：木盛也。从林矛聲。（林部，卷六）

𣎵：艸木盛𣎵𣎵然。象形，八聲。凡𣎵之屬皆从𣎵。讀若輩。（𣎵部，卷六）

疊：楊雄說：以爲古理官決罪，三日得其宜乃行之。从晶从宜。亡新以爲疊从三日太盛，改爲三田。（晶部，卷七）

朏：月未盛之明。从月、出。《周書》曰：「丙午朏。」（月部，卷七）

傓：熾盛也。从人扇聲。《詩》曰：「豔妻傓方處。」（人部，卷八）

殷：作樂之盛稱殷。从㐆从殳。《易》曰：「殷薦之上帝。」（㐆部，卷八）

《說文解字》「茂」字作：

艸豐盛。从艸戊聲。（艸部，卷一）

許慎釋草木茂盛之詞，以「茂」或「艸茂」者只有：

薿：茂也。从艸疑聲。《詩》曰：「黍稷薿薿。」（艸部，卷一）

蕩：艸茂也。从艸暘聲。（艸部，卷一）

蕃：艸茂也。从艸番聲。（艸部，卷一）

僅三例，其常用字位以「盛」爲夥，可知「盛」字在漢人經注與《說文解字》之常用義位乃形容詞「茂盛」、「盛大」之義。

由上述例舉可知，漢人經注所用之常用字詞與許慎訓釋字詞義位大抵可爲幾類：

1、經注與許慎訓釋義位同近者：

（1）以本義為訓之例

此例如第三章「語原義類」的訓釋常用字詞「走」、「趨」，《說文解字》

作：

> 走：趨也。从夭、止。夭止者，屈也。凡走之屬皆从走。(走部，卷二)

> 趨：走也。从走芻聲。(走部，卷二)

「趨」與「走」互訓，本義爲快步向前走。此處經籍文獻之注解與許慎之訓解，都以「走」、「趨」的本義「疾趨行走」義作爲訓解他字之常用義位，故云以「本義爲訓」，例如：

> 趉：急走也。从走弦聲。(走部，卷二)

> 趬：狂走也。从走喬聲。(走部，卷二)

> 赴：趨也。从走，仆省聲。(走部，卷二)

> 趨：趨進趨如也。从走翼聲。(走部，卷二)

> 趆：趨也。从走氐聲。(走部，卷二)

> 趣：疾也。从走取聲。(走部，卷二)

> 趛：低頭疾行也。从走金聲。(走部，卷二)

> 趮：疾也。从走梟聲。(走部，卷二)

> 趲：疾也。从走裏聲。讀若謹。(走部，卷二)

考經注，如：

> 巧趨蹌兮、射則臧兮。(《詩經·齊風·猗嗟》)

鄭玄箋：

> 豈敢難徒行乎？畏不能及時疾至也。

又如：

> 車驟徒趨，及表乃止，坐作如初。(《周禮·夏官·司馬》)

鄭玄注：

> 趨者，赴敵尚疾之漸也。

皆以「疾走」之本義訓之，同於《説文解字》之常用訓釋義。

（2）以引申義爲訓之例

此例如第三章「語原義類」的訓釋常用字詞「空」，《説文解字》作：

孔：竅也。从穴工聲。（穴部，卷七）

本義爲「孔洞空竅」之義，引申爲形容詞「虛空」、「空盡」之義，許愼以此義
訓解他字如：

鞚：履空也。从革免聲。（革部，卷三）

竇：空也。从穴，瀆省聲。（穴部，卷七）

窠：空也。穴中曰窠，樹上曰巢。从穴果聲。（穴部，卷七）

竅：空也。从穴敫聲。（穴部，卷七）

廫：空虛也。从广膠聲。（广部，卷九）

谿：空谷也。从谷翏聲。（谷部，卷十一）

婁：空也。从母、中、女，空之意也。一曰婁，務也。（女部，卷十
　　二）

另有引申爲「罄盡」、「窮盡」、「沒有」之義，如：

小東大東，杼柚其空。（《詩經・小雅・大東》）

毛傳：

空，盡也。

又如：

不弔昊天、不宜空我師。（《詩經・小雅・節南山》）

毛傳：

空，窮也。

又：

子曰：回也其庶乎，屢空。賜不受命，而貨殖焉，億則屢中。（《論
語・先進》）

何晏集解云：

言回庶幾聖道，雖數空匱，而樂在其中矣。一曰：屢猶每也，空猶
虛中也。

也常以「空虛」、「虛空」、「空盡」之引申義爲訓。

又如「極」字，《說文解字》作：

> 棟也。从木亟聲。（木部，卷六）

本義爲「棟樑」、「棟脊」，段注：「引伸之義，凡至高至遠皆謂之極。」許愼以引申之「至極」義爲訓釋字詞之常用義位，其「語原義類」與「棟」、「頭」、「首」、「極」、「顚」、「頂」爲同義、近義詞，如：

> 竆：極也。从穴躬聲。（穴部，卷七）
>
> 僥：南方有焦僥。人長三尺，短之極。从人堯聲。（人部，卷八）
>
> 屈：行不便也。一曰極也。从尸仳聲。（尸部，卷八）
>
> 肆：極、陳也。（長部，卷九）

「屈」與「艎」爲古今字，前者爲今，後者爲古，表「至」義。〈釋詁〉曰：

> 極，至也。（釋詁，卷一）

〈釋言〉曰：

> 屈，極也。（釋言，卷二）

在經典文獻中如：

> 既曰得止、曷又極止。（《詩經·齊風·南山》）

毛傳：

> 極，至也。

皆以引申義「至極」爲常用訓釋詞義。

再如「彊」字，《說文解字》作：

> 弓有力也。从弓畺聲。（弓部，卷十二）

本義爲「強而有力之弓弩」，段注曰：「引申爲凡有力之稱。」覆考「語原義類」之第13類「凡堅強剛健之義」與「健」、「堅」、「勇」皆爲該義類之常用訓釋字詞，許愼也常以「彊」之引申義爲訓釋之義，如：

> 偲：彊力也。从人思聲。《詩》曰：「其人美且偲。」（人部，卷八）
>
> 駃：馬彊也。从馬支聲。（馬部，卷十）
>
> 能：熊屬。足似鹿。从肉㠯聲。能獸堅中，故稱賢能；而彊壯，稱能傑也。（能部，卷十）

訓釋字詞中的「彊力」、「馬彊」、「彊壯」，都是以「彊」之引申義「有力」，訓

作人有力、馬、能彊壯之義。

　　在經典文獻中如：

　　　皋陶曰：寬而栗。柔而立，愿而恭，亂而敬，擾而毅，直而溫，簡
　　　而廉，剛而塞，彊而義，彰厥有常。(《尚書・皋陶謨》)

傳曰：

　　　無所屈撓，動必合義。

又如：

　　　侯主侯伯、侯亞侯旅、侯彊侯以。(《詩經・周頌・載芟》)

毛傳曰：

　　　彊，彊力也。

鄭玄箋：

　　　彊力有餘也。

皆以引申之「堅強剛健」為常用義位。

　　（3）以假借義為訓之例

　　此例如：

　　　舄：誰也。象形。(烏部，卷四)

「舄」用於《說文解字》其他字之訓解，都非「誰」之本義，例如：

　　　苢：茉苢。一名馬舄。其實如李，令人宜子。從艸吕聲。《周書》所
　　　說。(艸部，卷一)

　　　藚：水舄也。從艸賣聲。《詩》曰：「言采其藚。」(艸部，卷一)

在經傳中「舄」多假借為「鞋履」之義，段注：

　　　經典借為履舄字，而本義廢矣。《周禮》注曰：複下曰舄，禪下曰屨。

　　　〈小雅〉〈毛傳〉曰：舄，達屨也。達之言重沓也，即複下之謂也。

可以知道「舄」不以其本義「誰」用作訓釋字詞，而是以「鞋履」之假借義，
作為他字之訓釋字詞的常用義位。

　　又如「離」，《說文解字》作：

　　　離：黃倉庚也。鳴則蠶生。從隹离聲。(隹部，卷四)

段注：

> 蓋今之黃雀也。方言云鸝黃或謂之黃鳥，此方俗語言之偶同耳。陸
> 機乃誤以倉庚釋黃鳥。……今用鸝爲鸝黃，借離爲離別也。

許愼以假借義「離別之離」爲常用之訓釋，如：

> 誃：離別也。从言多聲。讀若《論語》「跢予之足」。周景王作洛陽
> 誃臺。(言部，卷三)

> 違：離也。从辵韋聲。(辵部，卷二)

> 死：澌也，人所離也。从歺从人。凡死之屬皆从死。(死部，卷十二
> 四)

經傳中也常以離別之義爲詞，如：

> 我則致天之罰，離逖爾土。(《尚書・多方》)

傳：

> 離逖遠土，將遠徙之。

可知「離」之常用訓釋義位乃「離別之離」。

上述三種類型，得以表示如下：

訓釋詞義性質	詞　義	字例	字頭之訓解 / 用爲訓釋字詞	經注釋義例
以本義爲訓	疾趨行走	走	走：趨也。	巧趨蹌兮、射則臧兮。(《詩經・齊風・猗嗟》) 鄭箋：豈敢難徒行乎？畏不能及時疾至也。
		趨	趨：走也。	
			趫：急走也。	
			趡：狂走也。	
			赴：趨也。	車驟徒趨，及表乃止，坐作如初。(《周禮・夏官・司馬》)
			趣：趨進趣如也。	
			越：趨也。	鄭注：趨者，赴敵尙疾之漸也。
			趣：疾也。	
			趁：低頭疾行也。	
以引申義爲訓	本義：孔洞空竅 引申義1： 虛空、空盡 引申義2： 罄盡、窮盡、沒有	孔	孔：竅也。	小東大東，杼柚其空。(《詩經・小雅・大東》) 毛傳：空，盡也。
			鞔：履空也。	
			窠：空也。	
			膠：空虛也。	不弔昊天、不宜空我師。(《詩經・小雅・節南山》) 毛傳：空，窮也。
			婁：空也。 (同引申義1)	

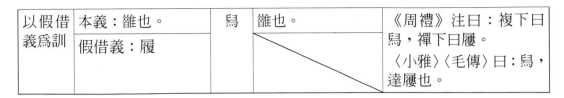

| 以假借義爲訓 | 本義：雗也。 | 舃 | 雗也。 | 《周禮》注曰：複下曰舃，禪下曰屨。 |
| | 假借義：履 | | | 〈小雅〉〈毛傳〉曰：舃，達屨也。 |

（4）以否定、相對義為訓之例

宋永培提到：「《說文》表述詞義的相反關係還採用一種特殊的格式，就是先列出被訓釋詞的同義詞，接著列出否定詞「不」以及被訓釋詞的反義詞。把這種格式簡化，就是：被訓釋詞的同義詞＋不＋被訓釋詞的反義詞。」〔註125〕以否定詞「不」與「未」爲訓，可以從中得到兩個常用訓釋詞彙的特性：

A. 「不」與「未」本身已爲常用否定副詞

「不」於《說文解字》作：

> 不：鳥飛上翔不下來也。从一，一猶天也。象形。凡不之屬皆从不。（不部，卷十二）

魯實先先生認爲其本形乃象花陰之形。〔註126〕茲就部首義類的核心字義分析，許愼以「不」訓部內之「否」：

> 否：不也。从口从不，不亦聲。（不部，卷十二）

已採否定副詞之義爲訓。放諸他字之訓釋，如：

> 蒩：禾粟之采，生而不成者，謂之薑蒩。从艸郎聲。（艸部，卷一）
>
> 蓻：艸木不生也。一曰茅芽。从艸埶聲。（艸部，卷一）
>
> 菑：不耕田也。从艸、甾。《易》曰：「不菑畬。」（艸部，卷一）
>
> 掔：牛很不從引也。从牛从臤，臤亦聲。一曰大兒。讀若賢。（牛部，卷二）
>
> 喑：宋齊謂兒泣不止曰喑。从口音聲。（口部，卷二）
>
> 歬：不行而進謂之歬。从止在舟上。（止部，卷二）

皆以「不」之否定義爲常用之訓解。

另「未」於《說文解字》作：

〔註125〕宋永培：〈說文與反義、同義、同源〉，《說文與上古漢語詞義研究》，頁226。

〔註126〕魯實先：《文字析義》，頁68。

　　未：味也。六月，滋味也。五行，木老於未。象木重枝葉也。凡未
　　　　之屬皆从未。（未部，卷十四）

見許慎以「未」訓解他字，如：

　　包：象人裹妊，巳在中，象子未成形也。（包部，卷九）

　　溡：水暫益且止，未減也。从水寺聲。（水部，卷十一）

　　緆：帛蒼艾色。从糸畀聲。《詩》:「縞衣緆巾。」未嫁女所服。一曰
　　　　不借緆。（糸部，卷十三）

　　絑：紨未縈繩。一曰急弦之聲。从糸爭聲。讀若旌。（糸部，卷十三）

　　墼：瓴適也。一曰未燒也。从土殼聲。（土部，卷十三）

　　坏：丘再成者也。一曰瓦未燒。从土不聲。（土部，卷十三）

已不採「滋味」之義，其字已轉作常用否定詞之義。經典文獻中如：

　　未由也已。（《論語‧子罕》）

　　吾與鄭人未有成也。（《公羊傳‧隱公六年》）

　　吾未有言之。（《呂氏春秋‧開春》）

也常以「未+某」爲詞。

　　B. 否定詞後面之字詞爲反義關係之常用訓釋字詞

　　此例如：

　　少：不多也。从小丿聲。（小部，卷二）

　　粹：不雜也。从米卒聲。（米部，卷七）

　　淺：不深也。从水戔聲。（水部，卷十一）

　　貴：物不賤也。从貝臾聲。臾，古文蕢。（貝部，卷六）

「少」以「不多」相對而訓，查經傳如：

　　夫少者，多之所貴也。（《易經‧略例》）

也以「多」與「少」對舉而言。以「不多」爲詞者，如：

　　矢詩不多、維以遂歌。（《詩經‧大雅‧卷阿》）

　　魯人三郊三遂，峙乃芻茭，無敢不多。（《尚書‧費誓》）

又如「貴」與「不賤」：

　　貴貨而賤土。(《國語‧晉語》)

　　國之諸市，屨賤踊貴。(《左傳‧昭公三年》)

也有「貴」「賤」對舉之句。以「不賤」為詞者，如：

　　橫行天下，雖達四方，人莫不賤。(《荀子‧修身》)

　　鄉也混然涂之人也，俄而並乎堯禹，豈不賤而貴矣哉！(《荀子‧儒
　　效》)

　　C.「不」後面之字詞與否定詞結合為常用否定複合詞

　　此例如第三章「語原義類」第 43「凡偏衰傾側不正之義」，常以「不正」
為訓，如：

　　咼：口戾不正也。从口冎聲。(口部，卷二)

　　跛：行不正也。从足皮聲。一曰足排之。讀若彼。(足部，卷二)

　　蹁：足不正也。从足扁聲。一曰拖後足馬。讀若苹。或曰徧。(足部，
　　　　卷二)

　　眺：目不正也。从目兆聲。(目部，卷四)

　　頃：頭不正也。从匕从頁。(頁部，卷八)

　　竵：不正也。从立㒹聲。(立部，卷十)

考《說文解字》「語源義類」中以「不+某」者，有「不正」、「不行」、「不定」、
「不明」、「不見」、「不順」、「不齊」等，例如：

　　睞：目童子不正也。从目來聲。(目部，卷四)

　　叀：礙不行也。从叀，引而止之也。叀者，如叀馬之鼻。从此與牽
　　　　同意。(叀部，卷四)

　　眛：目不明也。从目未聲。(目部，卷四)

　　杳：不見也。从日，否省聲。(日部，卷七)

　　屰：不順也。从干下屮。屰之也。(干部，卷三)

　　觤：羊角不齊也。从角危聲。(角部，卷五)

經傳注釋中，此為常用之訓解之例，如〈釋訓〉：

不俟，不來也。（釋訓，卷三）

不遹，不蹟也。（釋訓，卷三）

不徹，不道也。（釋訓，卷三）

曁，不及也。（釋訓，卷三）

蠢，不遜也。（釋訓，卷三）

可知「不＋某」者乃許慎當時仍常用之否定訓釋複合詞。茲將此類型以表說明如下：

以否定、相對義為訓		訓釋類型	《說文解字》訓釋例	經典文獻詞例
常用字詞例	【不】【未】	A.「不」與「未」本身已爲常用否定副詞	䕄：禾粟之采，生而不成者，謂之蕫䕄。 薿：艸木不生也。 菑：不耕田也。 涛：水暫益且止，未減也。 絣：絣未縈繩。 坏：丘再成者也。一曰瓦未燒。	未由也已。（《論語・子罕》） 吾與鄭人未有成也。（《公羊傳・隱公六年》） 吾未有言之。（《呂氏春秋・開春》）
	【不】	B.否定詞後面之字詞爲反義關係之常用訓釋字詞	少：不多也。 粹：不雜也。 淺：不深也。 貴：物不賤也。	矢詩不多、維以遂歌。（《詩經・大雅・卷阿》） 魯人三郊三遂，峙乃芻茭，無敢不多。（《尚書・費誓》） 橫行天下，雖達四方，人莫不賤。（《荀子・修身》） 鄉也混然涂之人也，俄而並乎堯禹，豈不賤而貴矣哉！（《荀子・儒效》）
	【不＋某】	C.「不」後面之字詞與否定詞結合爲常用否定複合詞	喎：口戾不正也。 𧾷：礙不行也。 眛：目不明也。 㐄：不順也。 觟：羊角不齊也。	不俟，不來也。（爾雅・釋訓） 不徹，不道也。（爾雅・釋訓） 曁，不及也。（爾雅・釋訓） 蠢，不遜也。（爾雅・釋訓）

2、經注與許慎訓釋字詞相異者

（1）許慎析言而經傳統言

此例如：

誰謂鼠無牙、何以穿我墉。(《詩經‧召南‧行露》)

毛傳：

　　墉，牆也。

「墉」經注常以「牆」為訓，但《說文解字》則作：

　　墉：城垣也。从土庸聲。(土部，卷十三)

專以「城」之「垣」解釋，段注：

　　皇矣！以伐崇墉。傳曰：墉，城也。崧高。以作爾庸。傳曰：庸，
　　城也。庸墉古今字也。

　　城者，言其中之盛受。墉者，言其外之牆垣具也。毛統言之。許析
　　言之也。

其實「牆」，《說文解字》作：

　　牆：垣蔽也。从嗇爿聲。(嗇部，卷五)

「垣」：

　　垣：牆也。从土亘聲。(土部，卷十三)

二者互為近義詞，所以此處可以發現經傳釋義，以泛指的「牆」為解釋，而許慎則以特指的「城之垣」訓解。考《說文解字》本身，許慎也常以「牆」作為他字之訓解，如：

　　栽：築牆長版也。从木𢦏聲。《春秋傳》曰：「楚圍蔡，里而栽。」
　　　　(木部，卷六)

　　榦：築牆耑木也。从木倝聲。(木部，卷六)

　　牑：築牆短版也。从片俞聲。讀若俞。一曰若紐。(片部，卷七)

　　庉：樓牆也。从广屯聲。(广部，卷九)

　　序：東西牆也。从广予聲。(广部，卷九)

　　廦：牆也。从广辟聲。(广部，卷九)

　　基：牆始也。从土其聲。(土部，卷十三)

　　圪：牆高也。《詩》曰：「崇墉圪圪。」从土乞聲。(土部，卷十三)

以「垣」為訓者，則如：

> 壼：宮中道。从口，象宮垣、道、上之形。《詩》曰：「室家之壼。」
> （口部，卷六）

> 囿：苑有垣也。从口有聲。一曰禽獸曰囿。（口部，卷六）

> 堞：城上女垣也。从土葉聲。（土部，卷十三）

多以「城之垣」爲訓義，可以推知「牆」、「垣」二字，泛指之「牆」爲常用之訓釋字詞。

（2）許慎統言而經傳析言

此例如：

> 六曰商賈，阜通貨賄。（《周禮·天官·冢宰》）

鄭玄注：

> 行曰商，處曰賈。

鄭玄析言「商」、「賈」之別，但考《說文解字》，「商」作：

> 商：从外知內也。从㕯，章省聲。（㕯部，卷三）

段注：

> 《漢律曆志》云：商之爲言章也。物成孰可章度也。《白虎通》說商賈云：商之爲言章也。章其遠近。度其有亡。通四方之物。故謂之商也。

《廣雅》：

> 商，度也。（《廣雅》）

《說文解字》以「商」爲訓釋字詞者，以「度」爲義，如：

> 蒦：規蒦，商也。从又持萑。一曰視遽皃。一曰蒦，度也。（萑部，卷四）

或以「商」爲邦國名、星名、音聲之類，如：

> 耡：商人七十而耡。耡，耤稅也。从耒助聲。《周禮》曰：「以興耡利萌。」（耒部，卷四）

> 參：商星也。从晶㐱聲。（晶部，卷七）

> 音：聲也。生於心，有節於外，謂之音。宮商角徵羽，聲；絲竹

金石匏土革木，音也。从言含一。凡音之屬皆从音。（音部，卷三）

以「買賣」爲義的，則多以「賈」爲訓，「賈」《說文解字》作：

賈：賈市也。从貝两聲。一曰坐賣售也。（貝部，卷六）

以其爲訓如：

贏：有餘、賈利也。从貝羸聲。（貝部，卷六）

賣：行賈也。从貝，商省聲。（貝部，卷六）

賤：賈少也。从貝戔聲。（貝部，卷六）

傮：引爲賈也。从人焉聲。（人部，卷八）

由此可以發現，「賈」於當時爲「商賈」這個詞的常用訓釋義所用之字。

此類型以表示之如下：

表　經注與許慎訓釋字詞相異

相異類型	《說文解字》常用字詞本訓	《說文解字》以之為訓者	經傳用詞
許慎析言而經傳統言	牆：垣蔽也。 墉：城垣也。 垣：牆也。	栽：築牆長版也。 幹：築牆耑木也。 庸：樓牆也。	誰謂鼠無牙、何以穿我墉。（《詩經・召南・行露》） 毛傳：墉，牆也。
		亞：宮中道。从囗，象宮垣、道、上之形。 囿：苑有垣也。	
許慎統言而經傳析言	商：从外知內也。	「度」義 叜：規叜，商也。从又持隹。一曰視遽皃。一曰叜，度也。	六曰商賈，阜通貨賄。（《周禮・天官・冢宰》） 鄭玄注：行曰商，處曰賈。
		邦國名、星名、音聲名 勆：商人七十而勆。 參：商星也。 音：聲也。生於心，有節於外，謂之音。宮商角徵羽，聲。	
	賈：賈市也。	「買賣」義 贏：有餘、賈利也。 賣：行賈也。 賤：賈少也。 傮：引爲賈也。	

二、《說文解字》與史傳譯經常用字詞比較

古代經詩注經，以今言釋古語，以常用通語解罕用詞語，上部所論即是。不過考察漢代常用訓釋字詞，尚有史傳文獻可以憑參，並引爲分析比較。例如司馬遷之《史記》，其考史上自黃帝，下逮漢武，在本紀、世家、書、表中援引了諸多古代文獻，例如《尚書》、《詩經》、《周禮》、《春秋》、《國語》等等。其引用時，往往將古奧難解之文獻語言，改寫成漢時通行易解的常用字詞，就是將先秦古文翻譯成漢代通語。例如，其引《尚書》，古國順提到《史記》引述《尚書》的方式有「逐錄原文」、「摘要剪裁」、「訓詁文字」、「繙譯文句」、「改寫原文」、「增插注釋」六種，〔註127〕其中最能看到以漢代之語譯先秦古文的，以「訓詁文字」、「繙譯文句」的材料最爲直接。

在訓詁翻譯文獻古語時，有以意義相當之字爲訓者，如〈堯典〉：

乃命羲和，欽若昊天。（《尚書‧堯典》）

〈五帝本紀〉作：

乃命羲、和，敬順昊天。（《史記‧五帝本紀》）

以「敬」訓解「欽」，以「順」訓解「若」，查《爾雅‧釋詁》：

欽，敬也。（釋詁，卷一）

〈釋言〉：

若，順也。（釋言，卷二）

又如：

寅賓出日，平秩東作。（《尚書‧堯典》）

〈五帝本紀〉作：

敬道出日。（《史記‧五帝本紀》）

考〈釋詁〉有：

寅，敬也。（釋詁，卷一）

《說文解字》：

儐：導也。从人賓聲。（人部，卷八）

〔註127〕古國順：《史記述尚書研究》，頁3～15。

段注：

> 導者，導引也。《周禮・司儀》注曰：出接賓曰擯。聘禮，卿爲上
> 擯；大夫爲承擯；士爲紹擯。注曰：擯謂主國之君所使出接賓者也。
>
> 〈士冠禮〉：擯者請期。注曰：擯者，有司佐禮者。在主人曰擯。
>
> 按擯經典多作擯，《史記》作賓。

此處則以「敬」訓「寅」，以「道」訓「賓」。

又有以義近通用之字爲訓者，如〈多士〉：

> 自成湯至于帝乙，罔不明德恤祀。（《尚書・多士》）

其「明德恤祀」，《史記・魯世家》作：

> 率祀明德。（《史記・魯世家》）

以「率」訓「恤」。古國順提到：「《經義述聞》說恤訓愼，率則訓循，遵循不
違，則與愼義相近。」〔註128〕另有以音同音近字爲訓者，如〈皋陶謨〉：

> 勑天之命，惟時惟幾。（《尚書・皋陶謨》）

《史記・夏本紀》作：

> 陟天之命，維時維幾。（《史記・夏本紀》）

以「陟」訓「勑」，古音同屬第一部；以「維」訓「惟」，也屬同音通用。〈集
解〉引徐廣曰：

> 陟，古作勑。

可以得證，司馬遷以漢時通行常用之字，訓解先秦典籍用詞，茲可爲《說文
解字》常用字詞比較，例如上述之訓釋常用字詞「道」到了《說文解字》則
以「導」爲導引義之本字爲訓，段注：

> 經傳多假道爲導。義本通也。

可知司馬遷以當時常用的假借字「道」作爲「導引」的字位，而到了許愼引以
爲訓時，如：

> 旞：導車所以載。全羽以爲允。允，進也。从㫃遂聲。（㫃部，卷七）

則以「導」這個字位承接「導引」這個義位了。

〔註128〕古國順：《史記述尚書研究》，頁10。

茲以《史記》之例，比較《說文解字》訓釋字詞，可析爲幾類：

1、《史記》譯經字詞同於《說文解字》訓釋字詞

（1）以常用同義字位代古籍之字

此例如〈皋陶謨〉：

> 謨明弼諧。（《尚書·皋陶謨》）

《史記·夏本紀》作：

> 謀明輔和。（《史記·夏本紀》）

以「謀」訓「謨」，「輔」訓「弼」，「和」訓「諧」。查《說文解字》：

> 謨：議謀也。从言莫聲。《虞書》曰：「咎繇謨。」（言部，卷三）

> 弼：輔也。重也。从弜西聲。（弜部，卷十二）

可以發現許慎同樣以「謀」、「輔」作爲「謨」、「弼」的訓解。

（2）以後起之今字代古籍之字

此例如〈高宗肜日〉：

> 王司敬民。（《尚書·高宗肜日》）

《史記·殷本紀》作：

> 王嗣敬民。（《史記·殷本紀》）

以「嗣」訓「司」，「司」字爲「嗣」之初文。呂大臨於《考古圖》中「晉姜鼎」曰：

> 余惟司朕先姑。

《集古錄》、劉原父皆釋「司」爲「嗣」。宗周鐘：「我佳司配皇天」，「司」作「司」，[註129] 分析詞義應作「承嗣」。《說文解字》「嗣」：

> 嗣：諸侯嗣國也。从冊从口，司聲。（冊部，卷二）

不見以「嗣」訓解他字，而專以「嗣」訓「承嗣」之義。

〔註129〕「𣄣鐘」（《集成 260》），引自行政院國家科學委員會經費補助，臺灣大學中國文學系、中央研究院歷史語言研究所、資訊科學研究所：「小學堂文字學資料庫」，網址：http://xiaoxue.iis.sinica.edu.tw/char?fontcode=33.E600。引用日期 2014 年 2 月 26 日。

（3）以通行常見音義相近之字代古籍之字

此例如〈舜典〉：

> 汝平水土，惟時懋哉。（《尚書·舜典》）

〈五帝本紀〉作：

> 汝平水土，維是勉哉。（《史記·五帝本紀》）

以「勉」訓「懋」，考《說文解字》：

> 懋：勉也。从心楙聲。《虞書》曰：「時惟懋哉。」（心部，卷十）

與〈釋訓〉：

> 懋懋慔慔，勉也。（釋訓，卷三）

皆以雙聲義近之字爲訓釋字詞。

此類得以表示如下：

表　《史記》譯經字詞同於《說文解字》訓釋字詞

相同訓釋之類型	《說文解字》訓釋字詞	《史記》譯經字詞
以常用同義字位代古籍之字 字例： 【謨】→【謀】 【弼】→【輔】	謨：議謀也。 弼：輔也。	謨明弼諧。（《尚書·皋陶謨》） 謀明輔和。（《史記·夏本紀》）
以後起之今字代古籍之字 字例： 【司】→【嗣】	嗣：諸侯嗣國也。	王司敬民。（《尚書·高宗肜日》） 王嗣敬民。（《史記·殷本紀》）
以通行常見音義相近之字代古籍之字 字例： 【懋】→【勉】	懋：勉也。	汝平水土，惟時懋哉。（《尚書·舜典》） 汝平水土，維是勉哉。（《史記·五帝本紀》）

2、《史記》譯經字詞異於《說文解字》訓釋字詞

（1）《史記》之訓為常用而《說文》之訓為罕用者

此例如上引〈夏本紀〉訓〈皋陶謨〉：「謨明弼諧」作「謀明輔和」，其以「和」訓「諧」，「和」字《說文解字》作：

> 和：相應也。从口禾聲。（口部，卷二）

而考《爾雅》「諧」之訓，〈釋詁〉：

> 諧，和也。（釋詁，卷一）

《說文解字》作：

> 諧：詥也。从言皆聲。（言部，卷三）

「詥」字於《說文解字》只用與「諧」互訓，其釋「和諧」之義所用之常用字詞，仍用同音假借之「和」，如：

> 龤：樂和龤也。从龠皆聲。《虞書》曰：「八音克龤。」（龠部，卷二）

> 誾：和說而諍也。从言門聲。（言部，卷三）

> 調：和也。从言周聲。（言部，卷三）

> 講：和解也。从言冓聲。（言部，卷三）

同於《史記》所使用的常用字位，但以「詥」訓「諧」，則為罕用之字詞。

（2）《史記》以常用之假借字為訓，而《說文解字》以本義為訓者

此例如〈禹貢〉：

> 大野既豬，東原底平。（《尚書‧禹貢》）

〈夏本紀〉作：

> 大野既都，東原底平。（《史記‧夏本紀》）

以古同屬端母第五部之「都」訓「豬」，《說文解字》訓「豬」：

> 豬：豕而三毛叢居者。从豕者聲。（豕部，卷九）

而以「都」訓解他字者，如：

> 酆：周文王所都。在京兆杜陵西南。从邑豐聲。（邑部，卷六）

> 郢：故楚都。在南郡江陵北十里。从邑呈聲。（邑部，卷六）

> 鎬：溫器也。从金高聲。武王所都，在長安西上林苑中，字亦如此。
> （金部‧卷十四）

則以「都」本義「有先君之舊宗廟曰都」為訓，無以「豬」、「都」通假，而解「豬」之條。

上述之例，可以見得《史記》至《說文解字》所用訓解常用字詞相近，但《史記》異於《說文解字》者，其依憑文獻語言之語境，隨文釋義，較《說文解字》為靈活，性質有別，當屬史傳之譯詞，非屬詞典字書之訓詁。此類

型得以表示如下：

表　《史記》譯經字詞異於《說文解字》訓釋字詞

相異訓釋之類型	《說文解字》本訓 訓釋字詞	《史記》譯經字詞 經傳訓釋字詞
《史記》之訓爲常用而《說文》之訓爲罕用者 字例： 【諧】→【和】	諧：詥也。 詥：和說而諍也。 調：和也。 講：和解也。	謨明弼諧。(《尙書・皋陶謨》) 謀明輔和。(《史記・夏本紀》) 諧，和也。(爾雅・釋詁)
《史記》以常用之假借字爲訓，而《說文解字》以本義爲訓者 字例： 【豬】→【都】	豬：豕而三毛叢居者。 酆：周文王所都。 郢：故楚都。	大野既豬，東原底平。(《尙書・禹貢》) 大野既都，東原底平。(《史記・夏本紀》)

三、《說文解字》常用字詞與《經傳釋詞》「常語」比較

此處所要比較的是經典文獻中常用的「虛詞」在《說文解字》訓釋字詞中的應用情況。王引之在《經傳釋詞》中所歸納經傳之「詞」，其中有「常語」一類，乃爲書面語言之常用虛詞。例如「亦」字條其曰：

> 亦，承上之詞也。若《書・康誥》曰：怨不在大，亦不在小。是也。
>
> 昭十七年公羊傳注曰：亦者，兩相須之意，常語也。
>
> 有不承上文而但爲語助者，若《易・井・象辭》曰：亦未繘井。《書・皋陶謨》曰：亦行有九德。《詩・草蟲》曰：亦既見止。是也。
>
> 其在句中語助者，若《書・盤庚》曰：予亦拙謀作乃逸。《詩・文王》曰：凡周之士，不顯亦世。思齊曰：不顯亦臨，無射亦保。又曰：不聞亦式，不諫亦入，是也。
>
> 凡言不亦者，皆以亦爲語助，不亦說乎，不說乎也。不說乎也，不亦樂乎，不樂乎也。不亦君子乎，不君子乎也。趙歧注《孟子・滕文公》篇曰：不亦者，亦也，失之。〔註130〕

上述王引之將「亦」字析爲四義：

1、承上之詞。就是副詞「也」、「也是」之義。

〔註130〕〔清〕王引之：《經傳釋詞》(臺北：世界書局，1970年)，頁39。

2、不承上文而但爲語助者。

3、其在句中助語者。

4、凡言不亦者，皆以亦爲語助。

此四義以第一爲文獻常用之詞，考諸《說文解字》「亦」作：

> 亦：人之臂亦也。从大，象兩亦之形。凡亦之屬皆从亦。（亦部，卷十）

本義指人之腋下，但此字很早便假借爲副詞使用，高鴻縉在《中國字例》提到：「（亦）即古腋字。从大（大即人），而以八指明其部位，正指其處，故爲指事字，名詞，後世叚借爲副詞，有重覆之意，久而爲借意所專，乃另造腋字。」〔註131〕覆考《說文解字》，許愼以「亦」爲語詞者，合於王引之所述之類者有三：

1、作「承上之詞」的「常語」者，如：

此例凡許愼承上釋形之後云「亦聲」者，如：

> 迅：古之道人，以木鐸記詩言。从辵从丌，丌亦聲。讀與記同。（丌部，卷五）

> 曶：告也。从曰从冊，冊亦聲。（曰部，卷五）

> 可：肎也。从口丂，丂亦聲。（可部，卷五）

> 憙：說也。从心从喜，喜亦聲。（喜部，卷五）

> 愷：康也。从心、豈，豈亦聲。（豈部，卷五）

也有承上所釋形者如：

> 大：天大，地大，人亦大。故大象人形。（大部，卷十）

2、作「不承上文之詞」

此例如

> 鸞：亦神靈之精也。赤色，五采，雞形。鳴中五音，頌聲作則至。从鳥䜌聲。周成王時氐羌獻鸞鳥。（鳥部，卷四）

> 亣：籀文大，改古文。亦象人形。（亣部，卷十）

〔註131〕高鴻縉：《中國字例》（臺北：廣文書局，1964年），頁68。

3、作「句中語助詞」

此例如：

白：此亦自字也。省自者，詞言之气，从鼻出，與口相助也。（白部，
　　卷四）

尾：微也。从到毛在尸後。古人或飾系尾，西南夷亦然。（尾部，卷
　　八）

閜：大開也。从門可聲。大杯亦爲閜。（門部，卷十二）

嬯：遲鈍也。从女臺聲。闒嬯亦如之。（女部，卷十二）

蠱：腹中蟲也。《春秋傳》曰：「皿蟲爲蠱。」「晦淫之所生也。」梟
　　桀死之鬼亦爲蠱。（蟲部，卷十三）

犍：犗牛也。从牛建聲。亦郡名。（牛部，卷二）

翔：羽之羿風。亦古諸侯也。一曰射師。从羽开聲。（羽部，卷四）

睦：深目也。亦人姓。从目圭聲。（目部，卷四）

曰：詞也。从口乙聲。亦象口气出也。（曰部，卷五）

髳：髤也。忽見也。从髟录聲。录，籀文魅，亦忽見意。（髟部，
　　卷九）

嵩：中岳，嵩高山也。从山从高，亦从松。（山部，卷九）

熄：畜火也。从火息聲。亦曰滅火。（火部，卷十）

吳：姓也。亦郡也。一曰吳，大言也。从矢、口。（口部，卷二）

升：十龠也。从斗，亦象形。（斗部，卷十四）

丑：紐也。十二月，萬物動，用事。象手之形。時加丑，亦舉手時
　　也。（丑部，卷十四）

分析《說文解字》運用「亦」爲語詞之用例，雖然以首項「承上之詞」爲多，但是句型固定，皆言「从某，某亦聲」，第三項作爲「句中語助詞」者，於《說文解字》進行字詞解釋時，也爲常用之字詞。

　　全面考察王引之《經傳釋詞》中所論及的「常語」（文獻常用虛詞），較之《說文解字》，有已爲語詞之訓者，有以語詞之用者，也有不作語詞之訓者，如：

1、《說文解字》以為語詞者

此例如「乎」：

> 乎：語之餘也。从兮，象聲上越揚之形也。（兮部，卷五）

王引之曰：

> 《說文》：乎：語之餘也。《禮記・檀弓》正義曰：乎者，疑辭。皆常語也。
>
> 高注《呂氏春秋・貴信篇》曰：呼，於也。亦常語。
>
> 乎，狀事之詞也。若《易・乾・文言》：確乎其不可拔之屬是也。亦常語。〔註132〕

「乎」字作「語之餘」、「疑辭」、「於」、「狀事之詞」，皆爲文獻常用語詞，許慎引以爲訓者如：

> 示：天垂象，見吉凶，所以示人也。从二。三垂，日月星也。觀乎天文，以察時變。示，神事也。（示部，卷一）

「觀乎天文」乃「觀天文」之義，「乎」爲語氣詞，又如：

> 它：虫也。从虫而長，象冤曲垂尾形。上古艸居患它，故相問無它乎。（它部，卷十三）

此「乎」作爲疑問語氣詞之訓。

再如「矣」：

> 矣：語已詞也。从矢以聲。（矢部，卷五）

段注：

> 已、矣疊韵。已，止也。其意止，其言曰矣。是爲意內言外。《論語》或單言矣。或言已矣。如〈學而〉、〈子張〉篇皆云：可謂好學也已矣。〈公冶長〉篇：不可得而聞也已矣。已矣乎吾未見能見其過而內自訟者也。

「矣」字在古代漢語即爲一常用的句末語助詞，王引之《經傳釋詞》將其析爲：

〔註132〕〔清〕王引之：《經傳釋詞》，頁50。

《說文》曰：矣：語已詞也。亦有在句中者，若《書‧牧誓》曰：湯矣！西土之人。《詩‧雄雉》曰：展矣君子之屬。是也，皆常語。

矣在句末有爲起下之詞者，若《詩‧廣漢》曰：漢之廣矣，不可泳思。江之永矣，不可方思。……。

矣，猶乎也。《易‧師》〈象傳〉曰：吉又何咎矣！〈无妄〉〈象傳〉曰：无妄之往何之矣！……。

矣，猶也也。《詩‧車攻》曰：允矣君子，展也大成。允矣與允也同。《禮記‧緇衣》引作允也君子。〈長發〉曰：允也天子。……。

矣，猶耳也。〈趙策〉曰：則連有赴東海而死矣！《史記‧魯仲連傳》矣作耳。……矣字竝與耳同義。〔註133〕

文獻乃以「語已詞」爲常用義，考《說文解字》之訓釋字詞，如：

十：數之具也。一爲東西，丨爲南北，則四方中央備矣。（十部，卷三）

卙：詞之卙矣。从十耳聲。（十部，卷三）

外：遠也。卜尚平旦，今夕卜，於事外矣。（夕部，卷七）

皆以句末語助詞爲訓釋字詞，同於文獻常用之詞義。

另有一類，《說文解字》雖釋作語詞之義，又如「寧」：

寧：願詞也。从丂寍聲。（丂部，卷五）

段注：

其意爲願則其言爲寧。是曰意內言外。

王引之《經傳釋詞》曰：

《說文》：寧：願詞也。徐鍇曰：今人言寧可如此。是願如此也。襄二十六年《左傳》引〈夏書〉曰：與其殺不辜，寧失不經。是也，常語也。寧，猶何也。《易‧繫辭傳》曰：寧用終日。是也，亦常語。寧，猶豈也。成二年《左傳》曰：寧不亦淫從其欲以怒叔父。

〔註133〕〔清〕王引之：《經傳釋詞》，頁49～50。

是也，亦常語。〔註134〕

「寧」除了作「願詞」、「何也」和「豈也」三個常用語詞，字又有「將也」、「乃也」、「語助也」三個文獻詞義，考《說文解字》並無以「寧」爲他字之訓釋者。以「何」之字位覆考《說文解字》之訓，如：

> 誰：何也。從言隹聲。（言部，卷三）
>
> 敦：怒也。詆也。一曰誰何也。從攴章聲。（攴部，卷三）

皆作疑問代詞之義位。又王引之云：

> 賈子《禮篇》：不用命者，寧丁我網。《史記·殷本紀》作：乃入吾
>
> 網。〔註135〕

可知「寧」在「乃」之義位，至西漢司馬遷時已被「乃」所取代。

另如「曷」王引之云：

> 曷，何也。常語也。字亦作害。《詩·葛覃》曰：害澣害否。是也。
>
> 〔註136〕

考諸《說文解字》：

> 曷：何也。從曰匃聲。（曰部，卷五）

一如《經傳釋詞》作「何」解釋，但是已不作訓釋字詞使用。考《史記》以「曷」用詞者，如：

> 奔告紂曰：「天既訖我殷命，假人元龜，無敢知吉，非先王不相我後人，維王淫虐用自絕，故天棄我，不有安食，不虞知天性，不迪率典。今我民罔不欲喪，曰『天曷不降威，大命胡不至』？今王其奈何？」（《史記·殷本紀》）
>
> 周公旦即王所，曰：「曷爲不寐？」（《史記·周本紀》）
>
> 代曰：「與周高都，是周折而入於韓也，秦聞之必大怒忿周，即不通周使，是以獎高都得完周也。曷爲不與？」（《史記·周本紀》）

又《晏子春秋》：

〔註134〕〔清〕王引之：《經傳釋詞》，頁68。

〔註135〕同前註，頁68。

〔註136〕同前註，頁44。

公就止之曰：「夫子曷爲至此？殆爲大臺之役夫！寡人將速罷之。」
（《晏子春秋‧諫篇》）

景公問晏子曰：「君子常行曷若？」（《晏子春秋‧問篇》）

《戰國策》：

王曰：「此不叛寡人明矣，曷爲擊之！」（《戰國策‧齊策》，卷）

辛垣衍曰：「吾山居北圍城之中者，皆有求於平原君者也。今吾視先
生之玉貌，非有求平原君者，曷爲久居此圍城之中而不去也？」（《戰
國策‧齊策》）

以「曷」爲詞，多引述古人之語，有仿古之用意，可知「曷」至漢代已非常用
疑問代詞。

2、《說文解字》以語詞義為訓者

由《說文解字》訓釋字詞與經傳常語較之，此類字詞本身所承載的義位已
經有所改變，但是本義仍存在，故許愼以本義爲訓，但是用以訓解他字時，則
已經使用常用之語詞之義位。此例如「而」：

而：頰毛也。象毛之形。《周禮》曰：「作其鱗之而。」凡而之屬皆
從而。（而部，卷九）

本義爲人臉頰之毛，但是先秦文獻以常作連詞之用，王引之云：

而者，承上之詞。或在句中，或在句首，其義一也，常語也。《漢
書‧韋賢傳》注曰：而者，句絕之辭者。《詩》著曰：俟我於著乎
而。……。〔註137〕

許愼以「而」爲訓者，如：

禡：師行所止，恐有慢其神，下而祀之曰禡。从示馬聲。《周禮》
曰：「禡於所征之地。」（示部，卷一）

丨：上下通也。引而上行讀若囟，引而下行讀若退。（丨部，卷一）

苹：蓱也。無根，浮水而生者。从艸平聲。（艸部，卷一）

小：物之微也。从八，丨見而分之。（小部，卷二）

〔註137〕〔清〕王引之：《經傳釋詞》，頁74。

　　呪：不歐而吐也。从口見聲。（口部，卷二）

多以「承上之詞」義位爲訓釋用詞，本義面頰之毛，已成罕用之義。

　　又如「如」：

　　如：从隨也。从女从口。（女部，卷十二）

王引之云：

　　《廣雅》曰：如，若也。常語。〔註138〕

段於「如」下注曰：

　　從隨卽隨從也。隨從必以口。从女者，女子從人者也。幼從父兄。
　　嫁從夫。

　　夫死從子。故《白虎通》曰：女者，如也。引伸之，凡相似曰如。
　　凡有所往曰如。皆從隨之引伸也。

此取其引申義爲語詞之義，考許愼以「如」爲訓釋者，如：

　　璪：玉飾。如水藻之文。从玉喿聲。《虞書》曰：「璪火粉米。」（玉
　　　　部，卷一）

　　菔：蘆菔。似蕪菁，實如小尗者。从艸服聲。（艸部，卷一）

　　藋：艸也。根如薺，葉如細柳，蒸食之甘。从艸童聲。（艸部，卷一）

　　牟：牛駁如星。从牛平聲。（牛部，卷二）

　　齰：老人齒如白也。一曰馬八歲齒臼也。从齒从臼，臼亦聲。（齒部，
　　　　卷二）

　　𣰆：以氂爲縫，色如虋。故謂之𣰆。虋，禾之赤苗也。从毛𧃒聲。《詩》
　　　　曰：「氈衣如𣰆。」（毛部，卷八）

大抵皆以「若」爲常用訓釋義，另有作語助詞「然」者，王引之云：

　　如，猶然也。若《論語・鄉黨篇》：恂恂如。踧踖如。勃如。躩如之
　　屬是也。〔註139〕

《說文解字》也有作「某某如」之解釋者，如：

〔註138〕同前註，頁78。

〔註139〕〔清〕王引之：《經傳釋詞》，頁78。

　　趨：趨進趨如也。从走翼聲。（走部，卷二）

　　躍：足躍如也。从足矍聲。（足部，卷二）

　　艴：色艴如也。从色弗聲。《論語》曰：「色艴如也。」（色部，卷九）

「如」字在文獻用詞上與《說文解字》的訓釋字詞上都以「如若」爲常用義。

　　再如「然」：

　　然：燒也。从火肰聲。（火部，卷十）

「然」字，王引之云：

　　范望注太元務測曰：然，猶是也。常語也。〔註140〕

又：

　　《禮記大傳》注曰：然，如是也。凡經稱然則、雖然、不然、無然、

　　胡然、夫然者、皆是也。常語也。

　　然，詞之轉也，亦常語也。

　　然，狀事之詞也。若《論語》：斐然、喟然、儼然之屬是也，常語也。

　　然，比事之詞也。若〈大學〉：如見其肺肝然。是也，亦常語。

　　然後，而後也。乃也。常語也。〔註141〕

考許愼以「然」爲訓釋者，如：

　　尒：詞之必然也。从入、丨、八。八象气之分散。（八部，卷三）

　　昱：音聲昱昱然。从口昱聲。（口部，卷二）

　　誒：可惡之辭。从言矣聲。一曰誒然。《春秋傳》曰：「誒誒出出。」
　　　　（言部，卷三）

　　蔑：勞目無精也。从首，人勞則蔑然；从戍。（首部，卷四）

　　靃：飛聲也。雨而雙飛者，其聲靃然。（雔部，卷四）

　　宋：艸木盛宋宋然。象形，八聲。凡宋之屬皆从宋。讀若輩。（宋部，
　　　　卷六）

與《經傳釋詞》所文文獻常語相類。

〔註140〕同前註，頁84。

〔註141〕同前註，頁86。

3、《說文解字》不作語詞之訓者

此類則在經傳中雖為常用詞語，但是於《說文解字》的訓釋字詞中卻不以其義為訓，此例如「徒」，王引之云：

> 《呂氏春秋》〈異用〉、〈離俗〉二篇注竝曰：徒，但也，常語也。
> 〔註142〕

《說文解字》「徒」作「辻」：

> 辻：步行也。从辵土聲。（辵部，卷二）

其引「徒」為訓釋字詞者，多取「步行」之義或其引申之義，如：

> 䛐：徒歌。从言、肉。（言部，卷三）
>
> 偰：高辛氏之子，堯司徒，殷之先。从人契聲。（言部，卷三）
>
> 卿：章也。六卿：天官冢宰、地官司徒、春官宗伯、夏官司馬、秋官司寇、冬官司空。从卯皀聲。（卯部，卷九）
>
> 侶：徒侶也。从人呂聲。（人部，卷八）
>
> 淋：徒行厲水也。从林从步。（林部，卷十一）
>
> 埇：徒隸所居也。一曰女牢。一曰亭部。从土胥聲。（土部，卷十三）

又如「害」，王引之舉其與「曷」皆為「何也」之文獻常用詞語，但《說文解字》：

> 害：傷也。从宀从口。宀、口，言从家起也。丰聲。（宀部，卷七）

段注：

> 詩書多假害為曷。故〈周南〉毛傳曰：害，何也。俗本改為曷，何也。非是。今人分別害去，曷入。古無去入之分也。

據段氏之說，「害」在先秦典籍文獻詞語中還要早於「曷」作為「何也」義位之字位，不過考許慎引「害」為訓釋者，如：

> 禍：害也，神不福也。从示咼聲。（示部，卷一）
>
> 毒：厚也。害人之艸，往往而生。从屮从毒。（屮部，卷一）
>
> 矦：春饗所躲矦也。从人；从厂，象張布；矢在其下。天子躲熊虎豹，服猛也；諸矦躲熊豕虎；大夫射麋，麋，惑也；士射鹿豕，

〔註142〕〔清〕王引之：《經傳釋詞》，頁70。

爲田除害也。其祝曰:「毋若不寧矣,不朝于王所,故伉而躲汝
也。」(矢部,卷五)

夆:相遮要害也。从夂丯聲。南陽新野有夆亭。(夂部,卷五)

鬼:人所歸爲鬼。从人,象鬼頭。鬼陰气賊害,从厶。凡鬼之屬皆
从鬼。(鬼部,卷九)

豨:豕走豨豨。从豕希聲。古有封豨脩虵之害。(豕部,卷九)

豫:象之大者。賈侍中説:不害於物。从象予聲。(象部,卷九)

巜:害也。从一雝川。《春秋傳》曰:「川雝爲澤,凶。」(川部,卷
十一)

妨:害也。从女方聲。(女部,卷十二)

蜮:短狐也。似鼈,三足,以气躲害人。从虫或聲。(虫部,卷十三)

皆以本義「傷害」所衍生之義爲訓。其所承載的語詞義「何」,在文獻中逐漸
被「曷」這個字位給取代,所以在使用上便只剩下原本仍常用的「傷害」之
義。

由上述與經傳常語之比較,可以發現《說文解字》在虛詞的使用上,不像
文獻常用語詞那般多樣,主要原因是:

1、詞典釋義用字與經典文獻用詞不同,前者理性而精準,後者隨義而遷
　就。

2、許慎常用訓釋虛詞多以恆久常用者與漢世仍常用者,經傳中之古詞
　語,並非訓詁字義時適合之字詞。

3、原本之本義仍爲常用字詞,古籍假借爲詞語者,乃屬古代用詞,或已
　被其他假借字或專用字替代。

本章綜論《說文解字》與經典文獻之常用字詞,其彼此之間的性質與關
係,並且劃分類型,舉例說明。從當中的比較可以了解到,《說文解字》並非
純粹是文獻書面字詞的解釋詞典,其內涵性質應屬於一般語言詞彙的解釋詞
典。從與《爾雅》的比較可以了解到《說文解字》承襲了《爾雅》解釋古代
通語的模式及用詞,所以呈現出某種程度的近似,但是對於字形義的分析系
統,使得《說文解字》存在著自己的詮釋體系。在和經注及《史記》譯經字
詞的比較之中,則可以了解到當時漢人詮解古語所使用的字詞面貌,從西漢

至東漢，通行的常用字詞大抵是一樣的。在與經傳「常語」的比較之下，則可以發現《說文解字》使用的虛詞才是當時常用，並且通行於後世，屬於書面語中最常用之虛詞。反之，經傳之常用虛詞則體現出先秦文獻中時代更早的文獻使用之虛詞。

第五章　《說文解字》與漢代字辭書常用字詞比較析論

　　本章欲延續前兩章對於《說文解字》常用字詞的討論，取材漢代字詞書與簡帛碑刻作爲比較觀察對象，考察《說文解字》所使用之常用字詞在漢代童蒙識字教材、字辭書與民俗用字所反映的層次。

　　首先欲透過《說文解字》與童蒙字書如《急就篇》與簡帛碑刻用字的比較，試圖探究許愼釋形和漢人書寫使用之字形的面貌；再者與《方言》訓釋用詞的比較，旨在考索漢代通用常語的使用情形與演變狀況；最後經由和《釋名》聲訓詞的比較，意在分析漢代對事物名稱與日常用詞訓釋的差異，綜合以上之研究作爲整理漢代常用字詞之憑參。

第一節　漢代字辭書與簡帛碑刻文獻綜論

一、漢代童蒙字書述論

　　《漢書‧藝文志》中的「小學類」中所收錄：[註1]

　　《史籀》十五篇。周宣王太史作大篆十五篇，建武時亡六篇矣。《八

〔註1〕　〔東漢〕班固、〔唐〕顏師古：《漢書》（臺北：藝文印書館，1955 年），卷三十，頁 1719。

體六技》。

《蒼頡》一篇。上七章，秦丞相李斯作；《爰歷》六章，車府令趙高
作；《博學》七章，太史令胡母敬作。

《凡將》一篇。司馬相如作。

《急就》一篇。〔成〕〔元〕帝時黃門令史游作。

《元尚》一篇。成帝時將作大匠李長作。

《訓纂》一篇。揚雄作。

《別字》十三篇。

《蒼頡傳》一篇。

揚雄《蒼頡訓纂》一篇。

杜林《蒼頡訓纂》一篇。

杜林《蒼頡故》一篇。

其內容皆為童蒙識字教材。先秦的《史籀篇》，《漢書・藝文志》云：

《史籀篇》者，周時史官教學童書也，與孔氏壁中古文異體。（《漢
書・藝文志》）

李零提到：「中國古代識字最多的人，看書最多的人，最初是史官。史官的職
能，保留到後世，主要是紀錄史事，很多人以為他們就是我們今天講的『歷
史學家』，這並不十分準確。因為，早期的史官還管天文、曆法，還管祭祀、
禮儀（和祝、宗、卜是一個系統），還管典籍或檔案的守藏，財物統計的彙總
（受計）。但用文字去『紀錄』確實是他們的一大職能。」〔註2〕從這裡可以
發現兩點：第一，史官是古代文字的使用者，也是文字的傳承者；第二，由
於史官職能的多元性，幾乎涵蓋了先民生活中主要的文化活動，其使用的文
字並非純粹只是文獻語言，而可以說是生活日常之語言。就此看來，其傳承
的文字也是當時使用文字者最常用的文字以及詞彙。

這種文字的傳承與學習在先秦至漢代是歷時不斷的，只是傳承者有所改
變，李零說：「商周以降，祝宗卜史系統的職官地位不斷下降，宗教的職能逐

〔註2〕 李零：《簡帛古書與學術源流》（北京：生活・讀書・新知三聯書店，2004 年），頁
255。

漸讓位於世俗政治，從屬於世俗政治。讀書識字，主要還是爲了辦公。其紀
錄職能主要是由各級衙署的胥吏（府史胥徒），胥吏中的抄手即『書史』來擔
當。秦代和西漢，這一特點更突出。當時『官獄多事』，『以吏爲師』，教學的
目標是培養『刀筆吏』。」〔註3〕此說可以從《漢書・藝文志》的紀錄：

> 漢興，蕭何草律，亦著其法，曰：「太史試學童，能諷書九千字以上，
> 乃得爲史。又以六體試之，課最者以爲尚書御史、史書令史。吏民
> 上書，字或不正，輒舉劾。」六體者，古文、奇字、篆書、隸書、
> 繆篆、蟲書，皆所以通知古今文字，摹印章，書幡信也。（《漢書・
> 藝文志》）

瞭解到。〈說文解字敍〉也提到：

> 尉律，學僮十七以上始試。諷籀書九千字，乃得爲史。又以八體試
> 之，郡移太史並課，最者以爲尚書史。書或不正，輒舉劾之。今雖
> 有尉律不課，小學不修，莫達其說久矣。（敍，卷十五）

此段話呈現出當時學習文字語言的實況，不管是試以「六體」或「八體」，都是
針對字形而言，古代書寫載體多元，而形體變化造成文字辨似的需求，而「諷
書」則是要能讀出字音；「籀書」則要求要懂得字詞之義。〔註4〕可見學習者必
須具有字形、字音、字義三方面的素養。

　　《史籀篇》呈現的是秦代以前的通用文字「籀文」（也稱「大篆」），到了秦
代通行字體爲小篆，所以另有《倉頡篇》等識字教材的編纂。《漢書・藝文志》
云：

> 《倉頡》七章者，秦丞相李斯作。《爰歷》六章者，車府令趙高所作
> 也；《博學》七章者，太史令胡母敬所作也：文字多取《史籀篇》，
> 而篆體復頗異，所謂秦篆者也。（《漢書・藝文志》）

〈說文解字敍〉也提到：

> 言語異聲，文字異形。秦始皇帝初兼天下，丞相李斯乃奏同之，罷
> 其不與秦文合者。斯作《倉頡篇》。中車府令趙高作《爰歷篇》。大
> 史令胡母敬作《博學篇》。皆取《史籀》大篆，或頗省改，所謂小篆

〔註3〕 同前註，頁256。

〔註4〕 王力：《中國語言學史》（臺北：五南圖書出版有限公司，2005年），頁10。

也。（敘，卷十五）

許慎的解釋較具有語言演變的觀念，他提到了「言語異聲」和「文字異形」，顯示出漢語演變必須從詞彙的角度綜合考察的。因為文字形體經過時代變遷而有所改變，但是常用的字詞則會產生變化。到了秦代，則改異籀文形體，以小篆通行。李斯、趙高、胡母敬的字書，到了漢代：

漢興，閭里書師合《倉頡》、《爰歷》、《博學》三篇，斷六十字以爲

一章，凡五十五章，並爲《倉頡篇》。（《漢書·藝文志》）

可知在漢時《倉頡篇》應存在著兩種版本，一種是合《倉頡》七章、《爰歷》六章、《博學》七章凡二十章爲一書的本子，另一種是「閭里書師」擴大改寫的五十五章版本，也稱《倉頡篇》，又名「三蒼」，內容共三千三百字。是漢代標準字體和常用字詞的匯集。

《宋史·藝文志》中已不見《倉頡篇》的記載，可見至晚到宋代該書已經亡佚。二十世紀以來，中國西北部的居延和東南部的安徽阜陽，分別出土了《倉頡篇》的殘簡，其中阜陽漢簡的《倉頡篇》C010簡文提到：

爰歷次貤，繼續前圖，輔廑顆□，輆儋關屠。〔註5〕

該簡中出現「爰歷」二字，可知其應爲漢時「三倉」的合編本。西漢從武帝到平帝年間，《倉頡篇》的內容開始需要被解釋，宣帝時研究《倉頡》者有張敞、杜林、爰禮等人，平帝時曾「徵禮等百餘人，令說文字未央廷中。」講述研討「三倉」的文字，後來揚雄總結輯爲《倉頡訓纂》，其內容增加了三十四章，共八十九篇。直至東漢，班固續寫爲一百零二章，賈魴續寫作一百二十三章，即以原來的五十五章爲上篇，揚雄的《訓纂》爲中篇，賈魴所續的《滂喜》或《彥均》爲下篇，後世也稱作「三倉」，〔註6〕收字已經增加到七千多字。

在同一個時期，由於對文字語言的重視，各家學者也開始編纂字書，例如武帝時司馬相如作《凡將篇》、元帝時史游作《急就篇》、成帝時李長作《元尚篇》、平帝時揚雄作《別字》（即《方言》），這些都可以視爲漢代對當時常用字詞的整理彙編。

〔註5〕 阜陽漢簡整理組：〈阜陽漢簡簡介〉，《文物》，1983年，第2期。

〔註6〕 李零：《簡帛古書與學術源流》，頁257。

此外《漢書・藝文志》另有《八體六技》，韋昭注：

> 八體，一曰大篆，二曰小篆，三曰刻符，四曰蟲書，五曰摹印，六
> 曰署書，七曰殳書，八曰隸書。（《漢書・藝文志》）

此為許慎在〈敘〉所提到的「秦書八體」，謝啓昆《小學考》云：

> 《八體六技》，當是漢興所試之八體，合以亡新改定之六書，技字似
> 誤。（《小學考》）

黃德寬說：「謝氏以『六技』為王莽時之『六書』（古文、奇字、篆書、佐書、繆篆、鳥蟲書），則未有確證。班固列該書於《史籀》之下、《倉頡》之上，很可能也為秦代字書，應是當時所見不同字體的分類彙編，其書不存，無從論說。」〔註7〕當然漢語的字與詞在古時候的界線是很模糊的，前所述及的《八體六技》一類的字形編，應是這些字書整理後再獨立出來的字形彙編。李零提到：「漢代講古文的字書，其實都是從今古文本的相互參校中歸納總結，有點類似現在的古文字整理，先出釋文考證，再出字體彙編。」〔註8〕東漢衛宏的《古文官書》、《四體書勢》、郭顯卿的《雜字指》、《古文奇字》等等，以及《說文解字》釋形、重文的部分，都屬於這類性質的字書。由此處可以看出，《史籀篇》、《倉頡篇》等字書的編纂，其性質不僅只是字形彙編，因為當時另有如《八體六技》等專言字形之彙編流傳，而這些童蒙字書應該視為通行詞彙的輯本，從揚雄等人為《倉頡篇》作「訓」而「纂」之，便可以了解，《漢書・藝文志》曰：

> 元始中，徵天下通小學者以百數，各令記字於庭中・揚雄取其有用
> 者以作《訓纂篇》，順續《蒼頡》，又易《蒼頡》中重復之字，凡八
> 十九章。
>
> 臣復續揚雄作十三章，凡一百二章，無復字，六藝書所載略備矣。
> 《蒼頡》多古字，俗師失其讀，宣帝時徵齊人能正讀者，張敞從受
> 之，傳至外孫之子杜林，為作《訓故》，并列焉。（《漢書・藝文志》）

由此可知需要「訓」者，不僅只訓其構形，還有正其讀，應當還會明其義之訓

〔註7〕黃德寬、陳秉新：《漢語文字學史》（臺北：聯經出版事業股份有限公司，2008年），頁15。

〔註8〕李零：《簡帛古書與學術源流》，頁257。

釋。《說文解字》釋音義的部分，其實也根源於此。

在釐清這些字書的內容與性質後，便能夠開始就詞彙的角度，統合地觀察這些材料。此處要注意的是，在當時並非同一份識字教材，便可以歷時使用，而通行不做更改。趙平安提到：「我們知道在《史籀篇》成書的時代，大篆是全國通用的文字，對當時學習者來說，應不會有來自字體方面的障礙。即使像後來人們理解的那樣《史籀篇》是一本識字書，那麼當時人們通過《史籀篇》識字的目的也肯定是為了適於時用的。因此《史籀篇》傳到漢代，果真把它當作識字課本的話，它的字體應該已經被換成了當時通用的字體。」〔註9〕其舉出本應以秦代通行字體小篆為書寫字形的《蒼頡篇》，見諸安徽阜陽雙古堆一號墓出土，時間大約在漢文帝時期的《蒼頡篇》殘簡，其文字就是用當時西漢通行的古隸，而居延和敦煌出土的漢簡，時間大約屬於東漢建武初年的《蒼頡篇》殘簡，則是用今隸寫成的版本。〔註10〕

從上述的現象，可以發現童蒙識字教材中所收錄的常用字詞，是必須因應時代的需求而重新整理的。這種整理事實以及字書的編纂實際上就是「字樣史」的內容。所謂的「字樣史」，其實便根源於對這些常用字詞的整理活動，而開展起來的，所以從常用字詞的角度比較這些童蒙字書，一者可比較其常用字之字形；再者則應比較其常用詞之詞義。

二、漢代辭書述論

（一）《方言》述論

胡奇光提到：「我國的語文研究，在揚雄之前，是分三條線進行的：一是以先秦諸子為代表的語言學說；二是由《史籀篇》開端的字書；三是由《爾雅》開端的義書。這三條線發展到了西漢末年，就統一於揚雄一人之手。」〔註11〕揚雄認為：

> 傳莫大於《論語》，作《法言》；史篇莫善於《倉頡》，作《訓纂》。
>
> （《漢書‧揚雄傳》）

〔註9〕 趙平安：《新出簡帛與古文字古文獻研究》（北京：商務印書館，2009年），頁295。

〔註10〕 胡平生：〈漢簡「蒼頡篇」新資料的研究〉，《簡帛研究》（北京：法律出版社，1996年），第二輯，頁332～349。

〔註11〕 奇光：《中國小學史》（上海：上海人民出版社，1987年），頁71。

常璩《華陽國志》則引述揚雄云：

> 典莫正於《爾雅》，作《方言》。（《華陽國志‧先賢士女總讚論》）
> 〔註12〕

從目前流傳之《訓纂篇》內容，可以了解到揚雄以此編解釋文字之形義，另以《方言》一書，以通語訓釋方殊俗語，是站在詞彙的角度分析漢代流通的方言字詞。漢末應劭《風俗通義‧敘》稱：

> 周秦常以歲八月，遣輶軒之使，求異代方言，還奏籍之，藏於秘室。
> 及嬴氏之亡，遺棄脫漏，無見之者。蜀人嚴君平有千餘言，林閭翁
> 孺才有梗概之法。揚雄好之，天下孝廉衛卒交會，周章質問，以次
> 註續，二十七年爾乃治正，凡九千字。（《風俗通義‧敘》）

「輶軒之使」顯示出其詞彙語料的來源；「異代方言」則可以參看《方言》全名《輶軒使者絕代語釋別國方言》中「絕代語釋」和「別國方言」則分別表示其內容所蒐羅的語料性質，前者是「從時間上看語詞的歷史演變」，後者則是「從空間上看語詞的地域變體」。〔註13〕揚雄對於口語與書面語的觀念是以「言」、「書」對舉。其在《法言‧問神》曰：

> 面相之，辭相适，捈中心之所欲，通諸人之嚍嚍者，莫如言。彌綸
> 天下之事，記久明遠，著古昔之㖧㖧，傳千里之忞忞者，莫如書。
> 故言，心聲也；書，心畫也。聲畫形，君子小人見矣！聲畫者，君
> 子小人之所以動情乎！（《法言‧問神》）

「通諸人之嚍嚍者，莫如言」說的是口語之「言」在社會上交際溝通的功能；「傳千里之忞忞者，莫如書」論的是歷史記載中書面語言的作用。胡奇光提到揚雄「有了新的語言觀，相應地就有新的方法論。《方言》入於《爾雅》，又出於《爾雅》。」〔註14〕這種有別於往常的語言觀點，著眼點在語言本身，目的在探究古今各地詞彙的音義，具有時空的立體觀，而不僅只是如《爾雅》爲各類詞義的平面彙整。朱質在《跋李刻方言》中說：

> 漢儒訓詁之學惟謹，而揚子雲尤爲洽聞……子雲博極群書，於小學

〔註12〕〔東晉〕常璩：《華陽國志》（濟南：齊魯書社，2000 年），頁 68。

〔註13〕參胡奇光：《中國小學史》，頁 72。

〔註14〕同前註，頁 72。

奇字無不通，且遠採諸國，以爲《方言》，誠足備《爾雅》之遺闕。〔註15〕

齊佩瑢則認爲《方言》「的取材已由紙面而進入口頭，它的目的不僅爲了實用而且重於研究，示人以訓詁之途徑；《爾雅》如果是訓詁的材料，《方言》則是訓詁的學術了。」〔註16〕從這點可以發現到漢代語言文字學已經不僅是字書的纂輯與訓解，而是在訓解的過程中發展出學術的方法。《方言》由於以口頭語爲研究對象，其字詞本身的紀錄與編輯則具有其自身的特性。周祖謨在《方言校箋・自序》說：「前人說《方言》多奇字，是就文字的寫法來講的，如果從語言的觀點來看，這些字祇是語音的代表，其中儘管和古書上應用的文字不同，實際上仍是一個語言。」〔註17〕就常用字詞的角度來審視《方言》的語料，便能夠從詞彙歷史的發展脈絡，考察這些以當時常用字詞的義位的與構形的演變。

羅常培認爲《方言》的內容「簡直是現代語言工作者在田野調查時紀錄卡片和立刻排比整理的功夫。這眞是中國語言學史上一部『懸日月不刊』的奇書，因爲它是開始以人民口裏的活語言作對象而不以有文字記載的語言作對象的。」〔註18〕這種活語言透過文字的紀錄，足可以視爲漢代詞彙的直接語料，以之與《說文解字》比較，便可以推考漢世常用字詞的詞義與構形之變化情形。

（二）《釋名》述論

漢代常用字詞的比較研究，就辭書本身的材料，還可以進行接續性的觀察。《說文解字》之後，又出現鄭玄的弟子劉熙編纂的《釋名》，其大量運用「聲訓」解釋字詞。這些用作聲訓之字詞，本身不僅只和被訓釋詞有聲音和意義的關係，同時也是漢人常用的詞彙，故可以拿來訓詁詞義。站在訓詁的觀點，聲訓的方式其實是一種傳統的常用解釋模式，劉師培在《中國文學教科書》提出以聲訓爲訓詁之「正例」的說法，他說：

有以音近之字訓本字者。此由上古之時，一字一義，因語言不同，

〔註15〕〔南宋〕朱質：《青學齋文集》（北京：中國書店，1981 年），卷十二。

〔註16〕齊佩瑢：《訓詁學概論》（北京：中華書局，1984 年），頁 201。

〔註17〕周祖謨：《方言校箋》（北京：中華書局，1993 年），頁 11。

〔註18〕羅常培：〈方言校箋・序〉，周祖謨：《方言校箋》，頁 2。

分爲數字；故音近之字，義即相同。例如此爲互訓學之正例：《易經》「咸，感也。」「夬者，決也。」「兌，說也。」……故漢儒之學亦以訓詁爲最精，然約有數例：有直言某字訓某者，其所訓之字，或取同義，或取同音。以同音爲正例。例如：《毛傳》「逑，匹也。」……此以同義之字訓本字者。《尚書大傳》「學，效也。」……此以同音字解本字者。……《尚書大傳》曰「旋者，還也。機者，幾也，微也。」此以音近之字互相訓釋……。〔註19〕

徐芳敏提到劉氏此說「肯定三代之上，一字只有一音一義。後世由於種種原因，肇致音微變，形、義也可能分化。分化義距離本義不遠；若檢引字義，只須以字音一索便得，字形的殊別不在考慮之列。此說含蘊了一個先驗概念：語言（文字）的聲音與意義有必然的關係。因此，聲音是尋求意義的鎖鑰。劉氏忽略三代以下的各樣流變，以爲所有的轉化都不出最初本音本義的範圍。」〔註20〕語音的變化和語義的分化，事實上都必須從詞彙的角度進行綜合的分析。王力提到：「在人類創造語言的原始時代，詞義和語音是沒有必然的聯繫的。但是，等到語言的詞彙初步形成之後，舊詞與新詞之間決不是沒有聯繫的。」〔註21〕由這個理路推演之，便必得站在詞彙史的角度看待《釋名》的訓詁語料，並從其聲訓字詞與《方言》與《說文解字》進行詞義與字構以及訓詁性質的比較。

就訓詁性質而言，當時的聲訓法實際上是漢代最通行的語言詮釋方法，林尹先生在〈說文與釋名聲訓比較研究〉文中說「聲訓」：「蓋濫觴於周秦，形成於西漢，發揚於東漢。」〔註22〕例如《易經·說卦》：

乾，健也；坤，順也；坎，陷也；離，麗也；兌，說也。（《易經·說》）

「乾」本義爲「上出」，「健」之義，段注：

健之義生於上出，上出爲乾。

〔註19〕劉師培：《劉申叔先生遺書》，頁 2450～2453。

〔註20〕徐芳敏：《釋名研究》（臺北：國立台灣大學出版委員會，1989 年），頁 2～3。

〔註21〕王力：《中國語言學史》，頁 66。

〔註22〕林尹：〈說文與釋名聲訓比較研究〉，《國際漢學會議論文集（語言文字組）》（臺北：中央研究院歷史語言研究所，1981 年），頁 469。

「坤」字《說文解字》作「地也。」在《易經》的解釋有兩種，一種為其本義之訓，見〈象傳〉：

> 地勢坤，君子以厚德載物。（《易經・坤》）

另一種則是聲訓，即上述〈說卦〉的「順」，段注：

> 〈說卦傳〉曰：坤，順也。按伏羲取天地之德為卦名曰：乾坤。

> 〈說卦傳〉曰：坤。……伏羲三奇謂之乾，三耦謂之坤，而未有乾字、坤字，傳至於倉頡乃後有其字坤、巽特造之。乾震坎離艮兌以音義相同之字為之。故文字之始作也，有義而後有音，有音而後有形，音必先乎形名之曰乾坤者，伏羲也；字之者，倉頡也；畫卦者，造字之先聲也。

「順」本義「理也」與「坤」古音同為十三部。由此推之，訓詁字詞並非只有純粹的聲訓，而仍保有義訓的情形，「聲訓」的方式是有其目的的。胡奇光指出聲訓的運用大抵有兩個方面：〔註23〕

1、是「為封建政治服務的音訓」

漢代今文經學家利用音訓，去解釋他們所認為重要的專名，此約有兩類：

（1）關於數術的專名

此例如《淮南子》：

> 指寅，則萬物螾螾也，律受太蔟。……指卯，卯則茂茂然，律受夾鍾。……指辰，辰則振之也，律受姑洗。……指巳，巳則生已定也，律受仲呂。……指午，午者，忤也，律受蕤賓。……指未，未，昧也，律受林鍾。……指申，申者，呻之也，律受夷則。……指酉，酉者，飽也，律受南呂。……指戌，戌者，滅也，律受無射。……指亥，亥者，閡也，律受應鍾。……指子，子者，茲也，律受黃鍾。……指醜，醜者，紐也，律受大呂。（《淮南子・天文訓》）

又如《史記》：

> 亥者，該也。言陽氣藏於下，故該也。……子者，滋也；滋者，言萬物滋於下也。其於十母為壬癸。壬之為言任也，言陽氣任養萬物

〔註23〕胡奇光：《中國小學史》，頁105～106。

於下也。癸之爲言揆也，言萬物可揆度，故曰癸。(《史記·律書》)

再如《白虎通義》：

> 寅者，演也，律中大蔟，律之言率，所以率氣令生也；卯者，茂也，
> 律中夾鐘；衰於辰，辰震也，律中姑洗。其日甲乙者，萬物孚甲也；
> 乙者，物蕃屈有節欲出。(《白虎通義·五行》)

這種詮釋的方法，在專有的五行詞彙上，其實已經成爲一種相承的訓詁義，例如《說文解字》：

> 甲：東方之孟，陽气萌動，从木戴孚甲之象。(甲部，卷十四)
>
> 丙：位南方，萬物成，炳然。(丙部，卷十四)
>
> 丁：夏時萬物皆丁實。(丁部，卷十四)

《釋名》也承續了這些訓義，如：

> 甲，孚也，萬物解孚甲而生也。(釋天，卷一)
>
> 丙，炳也。物生炳然，皆著見也。(釋天，卷一)
>
> 丁，壯也，物體皆丁壯也。(釋天，卷一)

可知此乃一種社會文化詞義，它應用於日常生活，這些詞彙也在生活中被使用著。

（2）關於禮制的專名

社會制度和日常生活觀念都關係著當時人們思維、言語的內容。董仲舒在《春秋繁露·深察名號》指出其深察的根本在「君」、「王」二字，其解釋「王」：

> 深察王號之大意，其中有五科：皇科、方科、匡科、黃科、往科。
> 合此五科，以一言謂之王。王者皇也，王者方也，王者匡也，王者
> 黃也，王者往也。是故王意不普大而皇，則道不能正直而方；道不
> 能正直而方，則德不能匡運周遍；德不能匡運周遍，則美不能黃；
> 美不能黃，則四方不能往；四方不能往，則不全於王。(《春秋繁露·
> 深察名號》)

以「皇」、「方」、「匡」、「黃」、「往」等音近字訓「王」。又：

> 深察君號之大意，春中亦有五科：元科、原科、權科、溫科、群科。

合此五科，以一言謂之君。君者元也，君者原也。君者權也，君者溫也，君者群也。是故君意不比於元，則動而失本；動而失本，則所爲不立；所爲不立，則不效於原，不效於原，則自委舍；自委舍，則化不行。用權於變，則失中適之宜；失中適之宜，則道不平，德不溫；道不平，德不溫，則眾不親安；眾不親安，則離散不群；離散不群，則不全於君。

以「元」、「原」、「權」、「溫」、「群」等音近字訓「君」。這種隨意以音近之字而訓釋統治階級的詞彙。這種方式，到了《釋名》則對於這些制度詞彙，也承襲了這樣的訓解，例如：

禮，體也，得其事體也。（釋典藝，卷六）

其訓解實際上便循這一脈絡而來，《禮記》疏引鄭玄〈禮序〉云：

《禮》者，體也，履也。統之於心曰體，踐而行之曰履。（《禮記‧敘》）

王先謙《釋名疏證補》云：

蘇輿校：《御覽》引《春秋說題辭》云：《禮》者，體也。人情有哀樂，五行有興滅，故立鄉飲之禮。始終之哀，婚姻之宜，朝聘之表，尊卑有序，上下有體。是以《禮經》之「禮」爲「體」，其說已舊。（《釋名疏證補》）

可知劉熙對於禮制字詞的訓解，承襲自其師鄭玄，而該說也爲當時流行之解釋。

2、是「探求事物得名原因的音訓」

此例如《白虎通義》：

辟者壁也，像璧圓又以法天；雍之以水，象教化流行也。辟之爲言積也，積天下之道德也；雍之爲言壅也，壅天下之殘賊。故謂之辟雍也。（《白虎通義‧辟雍》）

述明「辟雍」的命名意圖。又如：

宗尊也，爲先祖主也，宗人之所尊也。（《白虎通義‧宗族》）

解釋了「宗族」之義。

許慎所處的東漢，在干支之釋不僅承襲當時聲訓之釋，也能述明本源之

義，但是在這種訓釋風氣下，胡奇光提到：「音訓從《爾雅》而下，用來解釋字義的比例日漸增加，《方言》的音訓比《爾雅》多，至《說文》竟達『十居七八』，待到鄭玄的『就其原文字之聲類考訓詁』的原則一提出，一部百分之百地用音訓、求語源的專著，便在劉熙的筆下出現了。」〔註24〕又說：「《釋名》與《爾雅》、《說文》不同，不是把重點放在古代典籍，而是放在漢代名物，特別是放在文物典章、風俗習慣等專名的解釋。這樣，就可以透過種種專名去照見漢代社會文化的形形色色。《釋名》像鏡子一樣及時地反映著漢代社會生活中出現的新生事物。」〔註25〕劉熙〈釋名・敘〉提出要以聲訓，解決「名號雅俗，各方名殊」、「百姓日稱而不知其所以之意」的常用詞彙，也因有此種常用之性質，故可以透過比較，觀察漢代常用詞彙的發展與變化形態。

第二節 《說文解字》與童蒙字書常用字詞之比較

一、《說文解字》與童蒙字書之性質與關係

李零提到：「這一時期的字書分兩個系統，一個系統是紹繼秦制，還是傳《蒼頡》，但有續寫、改編、解釋、發揮，揚雄的《蒼頡訓纂》是代表；一個系統是漢人寫的字書，史游的《急就》是代表（《凡將》佚文，也是七言體）。前者是四言詩體，同《詩經》體的四言詩、戰國時期北方地區的韻文（如荀卿的賦），以及漢代的『詩體賦』相似，是比較古老的形式；後者是七言詩體（也兼用三言和四言），則同於漢代的七言歌詩（來源是楚歌），是比較新潮的形式。它們都是以韻文寫成，取其朗朗上口，易於記誦，實用性很強。它們對後世的蒙學課本有重大影響。……後世蒙學，其實就是從早期的小學發展而來。」〔註26〕其實就當前的出土材料看來，前一個系統進入了漢代，也開始受到語言習慣而改變。

2008 年在甘肅水泉子村發掘的《蒼頡篇》殘卷，已不像居延與阜陽的《倉頡篇》的四字句，而是七言的體裁，胡平生說：「我們在討論《蒼頡篇》的四言形式時曾說過：『周秦之際，四言韻文相當普遍。這種語言形式之所以會被

〔註24〕 胡奇光：《中國小學史》，頁 107。

〔註25〕 同前註，頁 107。

〔註26〕 李零：《簡帛古書與學術源流》，頁 257。

詩歌、刻銘、經典等廣泛採用，主要因為上古漢語中的詞彙絕大多數是單音詞，運用四言韻文具有內涵大、用字省、謹嚴莊重、易記易誦的優點。直到後來複音詞，主要是雙音詞在口語中發展起來，與之相應的七言和五言的韻文便逐漸取代了四言韻文。《凡將篇》、《急就篇》正是這種歷史潮流的產物。』水泉子簡七言本《蒼頡篇》也是這樣一種產物，是用口語對傳統教科書的『改造』。因此，遣詞用句充斥俗言俚語，並非高明典雅之文；顯現草率匆促，不是深思熟慮之作。」〔註27〕這種體裁其實是武帝以後鄉間閭里的書師，為了童蒙教學的實用，而增加了俚語，改動了原本四言的內容。

　　從上述的材料可以了解到童蒙字書中的字詞，隨著時代的變更，也產生了常用詞語的變化。這種變化事實上因為存在著當時對於識字教育的重視以及文字的紀錄，所以可以從中看出演變的端倪。

　　首先觀察《倉頡篇》的體例與內容，王國維〈倉頡篇殘簡跋〉云：

他簡有「倉頡作」三字，乃漢人隨筆塗抹者，余以為即《倉頡篇》首句，其全句當云「倉頡作書」，實用《世本》語，故此書名《倉頡篇》。〔註28〕

上世紀三零年代於居延出土的漢代簡牘的《倉頡篇》第一章作：

倉頡作書，以教後嗣，幼子承詔，謹慎敬戒。〔註29〕

就居延與安徽阜陽漢簡的內容進行比勘，如第五章：〔註30〕

（阜陽殘簡）	（居延殘簡）
□□□□	瑑表書插
□□□□	顛顎重該
已起臣僕	已起臣僕
發傳約載	發傳約載

〔註27〕胡平生：〈讀水泉子漢簡七言本《蒼頡篇》之二〉，引自「簡帛網」，網址：http://www.bsm.org.cn/show_article.php?id=1208。2014 年 3 月 16 日。

〔註28〕王國維：《觀堂集林》（石家莊：河北教育出版社，2003 年），卷五，頁 258。

〔註29〕詳參勞榦：《居延漢簡》（臺北：中央研究院歷史語言研究所，1957～1960 年）。

〔註30〕此為《居言漢簡》9·1A+B+C 簡與阜陽 C001+C002 簡相比較，參黃德寬、陳秉新：《漢語文字學史》，頁 13。

趣遽觀望	趣遽觀望
行步駕服	行步駕服
逋逃隱匿	逋逃隱匿
□□□□	往來□□
□兼天下	漢兼天下
海內並廁	海內並廁
飭端脩法	□□□類
變□□□	茈盍離異
□□□□	戎翟給賨
□□□□	但致貢諾
□□□□	□□□□

從其內容以四言體的形式，可以明白其應乃自先秦至西漢以來，北方如《詩經》以韻文成句的方式集纂常用字詞。每句四言之中主要是相關的常用字詞並排，字詞之間並不表述完整的語義，也不成句，不過就詞義的性質來看，如上述之「臣／僕、發傳／約載、趣／遽、觀／望、行／步、駕／服、逋／逃、隱／匿、飭端（政）／脩（修）法」等，皆為近義或同義之字詞。又如「往／來、雄／雌（C006）、吉／忌（C007）、開／閉（C028）、敊／散（C042）」等則以反義的字詞並列在一起。此外像「瘛瘲癰痤（C007）、箸笍署置（C013）、貙獺鼲鼮、鼲鼨貂狐、蛟龍龜蛇（C015）、盤案杯几（C023）、殺捕獄問（C041）、而乃之於（C021）」等則表是同類事物、行為、性質。〔註31〕而上述舉例之「繼續前圖」、「漢兼天下」、「海內並廁」、「飭端脩法」等則為表達完整語義的句子，但此類較少。〔註32〕

　　第一節提到漢代的眾多童蒙字書，大多已亡佚，唯《急就篇》流傳於後世。崔寔〈四民月令〉曰：

　　農事未起，命成童以上入太學，學五經（謂十五以上至二十也）。硯冰釋，命幼童入小學，學篇章（謂九歲以上，十四歲以下。篇章，謂六甲、九九、急就、三倉之屬）。

〔註31〕參黃德寬、陳秉新：《漢語文字學史》，頁 14。

〔註32〕同前註，頁 14。

八月，暑退，命幼童入小學，如正月焉。

十一月，硯冰凍，命幼童讀孝經、論語、篇章，入小學。（《齊民要術》，卷三）

此處的篇章，包含算數以及語文的內容，六甲、九九屬於前者，後者則以《急就篇》和《三倉》為教材。《三倉》的內容已先秦至西漢的四言體為主，而《急就篇》則屬於漢世當時，自《凡將篇》「黃潤纖美宜制褌」、「鐘磬竽笙筑坎侯」〔註33〕以來，當時通行的七言體的系統。清代孫星衍輯《倉頡篇·序》曰：

《倉頡》始作，其例與《急就》同，名之《倉頡》者，亦如《急就》
以首句題篇。〔註34〕

由目前傳世的《急就篇》，和孫說與上述出土的簡牘材料互相印證可知，當時的字書皆以首句題篇，其內容首先開宗明義先言明編纂的目的，例如：

急就奇觚與眾異。羅列諸物名姓字。分別部居不雜廁。用日約少誠
快意。勉力務之必有喜。（《急就篇》，卷一）〔註35〕

接著是「請道其章」，然後列舉一百三十二個姓：

宋延年。鄭子方。衛益壽。史步昌。周千秋。趙孺卿。爰展世。高
辟兵。鄧萬歲。秦妙房。郝利親。……（《急就篇》，卷一）〔註36〕

單姓加二字，複姓加一字，組成三字句。這些姓名並非真有其人，而是一些抽象名詞、動詞、形容詞編成姓名的形式。其後續言「姓名訖，請言物」，開始七字一句，且句句押韻，所提到的都是各類事物的詞彙，依次為錦繡：

錦繡縵紕離雲爵。乘風縣鐘華洞樂。

豹首落莫兔雙鶴。春草雞翹鳧翁濯。

鬱金半見緗白黥。縹綟綠紝皁紫硟。

烝栗絹紺縉紅繎。青綺綾縠靡潤鮮。

〔註33〕詳參劉逵注〈蜀都賦〉引，〔梁〕蕭統：《文選》（臺北：華正書局，1968年），頁68。

〔註34〕〔清〕孫星衍：《倉頡篇》（臺北：臺灣商務印書館，1965年，岱南閣叢書本影印）。

〔註35〕〔西漢〕史游：《急就篇》（臺北：臺灣商務印書館，1966年，上海涵芬樓借海鹽張涉園藏明鈔本影印），卷一。

〔註36〕同前註，卷一。

絲絡縑練素帛蟬。絳緹絓紬絲絮綿。

帗敝囊橐不直錢。服瑣繡幣與繒連。

貰貸賣買販肆便。資貨市贏匹幅全。

給綵枲縕裹約纏。綸組緄綬以高遷。

量丈尺寸斤兩銓。取受付予相因緣。(《急就篇》,卷二)〔註37〕

飲食:

稻黍秫稷粟麻秔。餅餌麥飯甘豆羹。

葵韭蔥䪥蓼蘇薑。蕪荑鹽豉醯酢醬。

芸蒜薺芥茱萸香。老菁蘘荷冬日藏。

梨柿奈桃待露霜。棗杏瓜棣饊飴餳。

園菜果蓏助米糧。甘麮殊美奏諸君。〔註38〕

衣服:

袍襦表裏曲領裙。襜褕袷複褶袴襌。

襌衣蔽膝布母縛。鍼縷補縫綻紩緣。

履舄鞜裒䋈緞紃。靸鞮印角褐韤巾。

裳韋不借爲牧人。完堅耐事踰比倫。

屐屩絜鑢贏窶貧。旃裘鞏鞾蠻夷氏。〔註39〕

臣民:

去俗歸義來附親。譯導贊拜稱妾臣。

戎伯總閱什伍鄰。稟食縣官帶金銀。〔註40〕

器物:

鐵釱鑽錐釜鍑鍪。鍛鑄鉛錫鐙錠鐎。

鈴鏅鉤鈺斧鑿鉏。銅鍾鼎鋞銚鈈銚。

〔註37〕同前註,卷二。

〔註38〕同前註,卷二。

〔註39〕同前註,卷二。

〔註40〕同前註,卷二。

缸鋼鍵鉆冶錮錭。竹器簦笠簟籧篨。

笔篇箯筥簀箅籌。筵箽箕帚筐筐籮。

橢杅槃案杯盌盆。蠡升參升半卮觛。

樽榼椑櫨匕箸贊。甄缶盆盎甕甖壺。

甀甞瓵甌瓨甖盧。㯱緒繩索絞紡繬。

簡札檢署槧牘家。板柞所產谷口斜。〔註41〕

蟲魚：

水蟲科斗䵷蝦蟆。鯉鮒蟹鱓鮐鮑鰕。〔註42〕

服飾：

妻婦聘嫁齋媵僮。奴婢私隸枕床杠。

蒲弱藺席帳帷幢。承塵戶慊絛繢總。

鏡奩疏比各異工。芬薰脂粉膏澤筩。

沐浴揗摙寡合同。褹飾刻畫無等雙。

係臂琅玕虎魄龍。璧碧珠璣玫瑰罋。

玉玦環佩靡從容。射魅辟邪除群凶。〔註43〕

音樂：

竽瑟空侯琴筑箏。鐘磬鞀簫韰鼓鳴。

五音捴會歌謳聲。倡優俳笑觀倚庭。〔註44〕

形體：

侍酒行觴宿昔醒。廚宰切割給使令。

薪炭萑葦炊㸊生。膹膾炙鼔各有形。

酸醎酢淡辨濁清。肌䐉脯腊魚臭腥。

酤酒釀醪稽極程。棊局博戲相易輕。

〔註41〕同前註，卷三。

〔註42〕同前註，卷三。

〔註43〕同前註，卷三。

〔註44〕同前註，卷三。

冠幘簪簧結髮紐。頭頷頲頓眉目耳。

鼻口脣舌齗牙齒。頰頤頸項肩臂肘。

捲掔節爪拇指手。胂腴胸脅喉咽骼。

腸胃腹肝肺心主。脾腎五藏臕齊乳。

尻髖脊脅腰背呂。股腳膝臏脛爲柱。

膊踝跟踵相近聚。〔註45〕

兵器：

矛鋋鑲盾刃刀鉤。鈹戟鈹鎔劍鐔鋝。

弓弩箭矢鎧兜鋒。鐵錘櫨杖梲柲杸。〔註46〕

車馬：

輶軺轅軸輿輪轑。輻轂輨轄輮轐轓。

軹軾軫軨轞軜衡。蓋轑俾倪柂縛棠。

轡勒鞅鞥靬羈韁。鞇靯軚鞲鞍鑣鍚。

靳靷鞨鞊色焜煌。革鞾髹漆油黑蒼。〔註47〕

宮室：

室宅廬舍樓殿堂。門戶井竈廐囷京。

櫋椽槫櫨瓦屋梁。泥塗墍墍壁垣墻。

榦楨板栽度圜方。墼壘廥廄庫柬箱。

屏廁清溷糞土壤。碓磑扇隤舂簸揚。

頃町界畝畦坿封。疆畔畷伯耒犁鋤。

種樹收斂賦稅租。捃穫秉把插捌杷。〔註48〕

植物：

〔註45〕同前註，卷三。

〔註46〕同前註，卷三。

〔註47〕同前註，卷三。

〔註48〕同前註，卷三。

桐梓樅松榆椿樗。槐檀荊棘葉枝扶。〔註49〕

動物：

驊驑駓駮驪騮驢。騏駹馳驟怒步超。

牂羖羯羠羝羒羳。六畜蕃息豚豕豬。

貗貐狡犬野雞雛。㸶牸特犧羔犢駒。

雄雌牝牡相隨趨。槽糠汁滓棗莝芻。

鳳爵鴻鵠鴈鷩雉。鷹鷂鴟鴰鷖雕尾。

鳩鴿鶉鶃中網死。鳶鵲鷗梟驚相視。

豹狐距虛豺犀兕。狸兔飛鼯狼麋麕。

麋麈麖麠皮給屨。〔註50〕

疾病：

寒氣泄注腹臚脹。痳疝疥癥癡聾盲。

癰疽癭疣瘻痹痕。疝瘕顛疾狂失響。

瘧癥瘀痛瘼溫病。消渴歐逆欬懘讓。

癉熱瘻痔眵曭眼。篤癃衰癈迎醫匠。〔註51〕

藥品：

灸刺和藥逐去邪。黃芩伏苓礜茈胡。

牡蒙甘草菀藜蘆。烏喙附子椒芫華。

半夏阜莢艾橐吾。芎藭厚朴桂栝樓。

款東貝母薑狼牙。遠志續斷參土瓜。

亭歷桔梗龜骨枯。雷矢萑菌蓋兔盧。〔註52〕

喪葬：

卜問譴祟父母恐。祠祀社稷叢臘奉。

〔註49〕同前註，卷三。

〔註50〕同前註，卷三。

〔註51〕同前註，卷四。

〔註52〕同前註，卷四。

　　謁禓塞禱鬼神寵。棺槨橔槥遣送踊。

　　喪弔悲哀面目腫。哭泣祭醊墳墓冢。〔註53〕

在敘述完事物之後，開始列舉社會制度、官職、吏治等，其藉由「諸物盡訖五官出」帶出下文：

　　宦學諷詩孝經論。春秋尚書律令文。

　　治禮掌故砥厲身。智能通達多見聞。

　　名顯絕殊異等倫。抽擢推舉白黑分。

　　迹行上究為貴人。丞相御史郎中君。

　　進近公卿傅僕勳。前後常侍諸將軍。

　　列侯封邑有土臣。積學所致非鬼神。

　　馮翊京兆執治民。廉絜平端撫順親。

　　姦邪並塞皆理訓。變化迷惑別故新。

　　更卒歸誠自詣因。司農少府國之淵。

　　遠取財物主平均。皋陶造獄法律存。

　　誅罰詐僞劾罪人。廷尉正監承古先。

　　摠領煩亂決疑文。變鬭殺傷捕伍鄰。

　　亭長游徼共雜診。盜賊繫囚榜笞臀。

　　朋黨謀敗相引牽。欺誣詰狀還反真。

　　坐生患害不足憐。辭窮情得具獄堅。

　　籍受證驗記問年。閭里鄉縣趣辟論。

　　鬼薪白粲鉗釱髠。不肯謹慎自令然。

　　輸屬詔作谿谷山。篸簝起居課後先。

　　斬伐材木斫株根。犯禍事危置對曹。

　　譴訕首匿愁勿聊。縛束脫漏亡命流。

　　攻擊劫奪檻車膠。嗇夫假佐扶致牢。

〔註53〕同前註，卷四。

疢痛保辜讁呼號。乏興猥逮詞讓求。

輒覺沒入檄報留。受賕枉法忿怒仇。

讒諛爭語相觝觸。憂念緩急悍勇獨。

迺肯省察諷諫讀。涇水注渭街術曲。

筆研籌箕膏火燭。賴赦救解貶秩祿。

邯鄲河間沛巴蜀。潁川臨淮集課錄。

依溷汙染貪者辱。〔註54〕

上述所述之官稱與職責，同時也述及了方域地名，最後則以四言體，歌頌漢朝盛世，其云：

漢地廣大。無不容盛。萬方來朝。臣妾使令。邊境無事。中國安寧。

百姓承德。陰陽和平。風雨時節。莫不滋榮。災蝗不起。五穀孰成。

賢聖並進。博士先生。長樂無極老復丁。〔註55〕

據其內容，析其性質，于大成提到：「小學既是啓蒙之書，除了一些人倫日用之常，千古不易之道以外，其內容必須隨著時代而有所改變，所以這一類的書，歷代都有新編的本子。……蓋漢代以前的那些書，年祀既遠，內容已感落伍，不合乎時代要求，故不復有人誦習，而自然歸於淘汰。現在，《漢志》著錄的小學十家，傳下來的，只有《急就篇》一種，其餘九種都亡佚了。據顏師古注〈急就篇敍〉說：『蓬門野賤，窮鄉幼學，遞相成稟，猶競習之。』但『縉紳秀彥，膏粱子弟，謂之鄙俚，恥於窺涉。』大約因為此書羅列日用物品名稱，猶後世之雜字，習之足以居家記事，又篇首廣陳諸姓及名字，可以隨時施用，窮僻之鄉，備此一書，堪當萬寶全書，故至唐初猶競習之。」〔註56〕于說提到《急就篇》的內容收錄了日用物品足以居家記事，且人名諸姓也便於日常施用，于氏之說稍嫌誇大，理由是《急就篇》本身之性質乃在於學子修習，以爲將來成爲刀筆官吏之用途，其非用於日常民事，而是有使用領域之差別。不過就其作爲干祿之學習教材的性質看來，其流傳與使用的普遍性是很高的，且基層官吏掌

〔註54〕同前註，卷四。

〔註55〕同前註，卷四。

〔註56〕于大成：〈急就篇研究序〉，張麗生：《急就篇研究》（臺北：臺灣商務印書館，1983年），頁1～12。

管民事，其應用的文字語言也應該要通行常用，所以就《急就篇》的內容可以看出，其字詞之例涉及的多爲日常生活之詞彙。故依《急就篇》實用的性質論其內容之字詞，則也爲當時漢代常用之詞彙。這些流傳於西漢至東漢年間的常用字書，當然也影響到了許愼編纂《說文解字》及解釋字詞的觀念與內容，茲分述如下：

（一）《說文解字》與字書同與今古文和六藝典籍訓詁產生關聯

漢代由於對於秦代典籍的重新蒐求與整理，在傳承的過程中產生了對於經籍內容訓詁解釋的需求。班固在《漢書・藝文志》云：

> 臣復續揚雄作十三章，凡一百二章，無復字，六藝書所載略備矣。（《漢書・藝文志》）

他提到爲揚雄的《訓纂篇》作十三章續篇，言明「六藝書所載略備」。由此則可以得知，當時字書的纂輯，存在著對六藝典籍的文獻字詞進行整理與訓詁的用意，許愼在〈說文解字敘〉提到其編纂《說文解字》云：

> 蓋文字者，經藝之本，王政之始，前人所以垂後，後人所以識古。
> ……其稱《易》孟氏、《書》孔氏、《詩》毛氏、《禮周官》、《春秋》左氏、《論語》、《孝經》。（敘，卷十五）

其字詞訓詁也是以經籍文獻的內容爲主要對象。

此外字體的演變也成爲當時訓釋經籍內容的一項問題。例如山東濟南伏生所傳的《尚書》版本，一開始是用秦代小篆寫成的，其後幾經傳授分爲歐陽、大小夏侯三家《尚書》學，其內容字詞則改用當時通行的隸書。其間有武帝時魯恭王壞孔子宅得到的「壁中古文」經籍、東漢初年河間獻王的《古文尚書》，杜林也有漆書古文《尚書》，先後由衛宏、賈逵、馬融、鄭玄以及王肅作傳注。古文經的發現，造成對於字形的辨似，字義的訓詁的需求，而當時《倉頡篇》多古字，所以時人常以其入手，藉之探求古文之形義。許愼也提到：

> 及宣王太史籀著大篆十五篇，與古文或異。至孔氏書「六經」，左丘明述《春秋傳》，皆以古文。厥意可得而說。其後諸侯力政，不統於王。惡禮樂之害己，而皆去其典籍。分爲七國，田疇異畝，車涂異軌，律令異法，衣冠異制，言語異聲，文字異形。（敘，卷十五）

《史籀篇》據《漢書·藝文志》之紀錄到了東漢建武年間已經亡佚了六篇，許慎取其所剩的九篇，與孔壁中的古文比較，凡與古文異形者，則以籀文附爲重文。在面對相同的語料和解經辨字的需求下，《説文解字》和童蒙字書之間產生了密切的關係。例如：

> 奅：舉也。从廾由聲。《春秋傳》曰：「晉人或以廣墜，楚人奅之。」
>
> 　黃顥説：廣車陷，楚人爲舉之。杜林以爲騏驎字。（収部，卷三）

段注：

> 蓋《蒼頡訓纂》、《蒼頡故》二篇中語。

由此例便可以看出《説文解字》與字書和經籍文獻字詞之關係。

（二）《説文解字》的部類觀念承襲字童蒙字書字詞的排序

黃德寬等人提到：「《倉頡篇》以當時通行的四言韻文形式編排零散的漢字，儘量將意義相同、相近、相關、相類的編排一起，有助於習誦和記憶，使字的認識與詞的掌握融爲一體。」〔註57〕這種聚合近義字詞的方法，也產生出漢字形體與意義的一種類聚型態的模式。

阜陽漢簡《倉頡篇》C0033、C0034兩簡將意義相關的十個偏旁從「黑」的字編列在一起，黃德寬等人認爲：「字詞的編排，反映出作者對漢字形體、讀音和意義的理性認識，以及對漢語字詞系統內在關係的初步覺察。這種體例源自《史籀》，並加上了作者的創造性工作，對後世自書的編輯有著無可否認的啓迪作用。」〔註58〕這種排列方式其實和漢字以形表義的特點以及書寫漢字，使用詞彙時產生的心理狀態有關係。胡奇光提到：「漢人重視文字的另一表徵，是漢賦講求『形美』，『形美』的基本手法之一，是將同一義符的形聲字加以類聚，以形容某一事物的情態。」〔註59〕漢賦所表達出來的這種對名物的類聚描寫，可以看做漢人重視識字教育下的產物，也因此善於寫賦的名家如作〈子虛賦〉、〈上林賦〉的司馬相如編《凡將篇》；作〈甘泉賦〉、〈羽獵賦〉的揚雄編《訓纂篇》；作〈兩都賦〉的班固編《續訓纂篇》等，都顯示出文學與文字的關係。袁枚在《隨園詩話》提到買一篇賦，實可「當類書、郡志讀

〔註57〕黃德寬、陳秉新：《漢語文字學史》，頁18。

〔註58〕同前註，頁14。

〔註59〕胡奇光：《中國小學史》（上海：上海人民出版社，1987年），頁51～52。

耳。」〔註60〕在這種處理與使用漢語字詞的情況下，漢字的形義類聚逐漸成為有意識的部類劃分觀念。黃德寬等人提到：「事實上部首排列法，是將漢字按意義範疇分類排列的自然結果，因為同部首的字在字義系統中一般屬於同一類別。如果說《倉頡篇》中同部首字的類聚還不是自覺的行為的話，那麼到漢代史游的《急就篇》運用『分別部居』的編排，對部首的認識就開始初露端倪了。」〔註61〕史游《急就篇》提出「分別部居不雜廁」的概念，據其內容看來是就字詞的義類進行部類劃分，故有「衣服」、「臣民」、「蟲魚」、「疾病」之類分。胡奇光說：「也因為以義類編次，有時就不自覺地把同一偏旁的字歸到一句之中。這對許慎發明部首分類法，是有啟發的。」許慎在〈說文解字敘〉云：

> 其建首也，立「一」為耑。方以類聚，物以群分，同條牽屬，共理
>
> 相貫。雜而不越，據形系聯，引而申之，以究萬原。畢終於「亥」，
>
> 知化窮冥。（敘，卷十五）

將《急就篇》中的類聚之字詞，如從「馬」的「騂驪騅駮驪騮驢」、「騏駓馳驟」與《說文解字》「馬部」相較，可以看出《急就篇》多敘述馬的種類與顏色，如類聚黑色馬者：

> 驪：馬淺黑色。（馬部，卷十）
>
> 騅：馬蒼黑雜毛。（馬部，卷十）
>
> 驪：馬深黑色。（馬部，卷十）
>
> 驔：赤馬黑毛尾也。（馬部，卷十）

言馬之顏色紋路者：

> 騏：馬青驪，文如博棋也。（馬部，卷十）
>
> 駓：馬面顙皆白也。（馬部，卷十）

述馬之動態形貌者：

> 驟：馬疾步也。（馬部，卷十）
>
> 馳：大驅也。（馬部，卷十）

〔註60〕〔清〕袁枚：《隨園詩話》（合肥：黃山書社，2008 年），卷一。

〔註61〕黃德寬、陳秉新：《漢語文字學史》，頁 15。

由此可見許慎之部類劃分與部內詞義順序，啓發了《急就篇》的概念和模式。

（三）《說文解字》徵引字書之訓解

前兩點背景和編輯觀念的討論，已經使人明白字書和《說文解字》之間的內容是有所承繼的，再就其訓解的內容來看，許慎援引了這些編纂字書的內容和通人之說，也表明了在訓詁方法上的繼承與關聯。《漢書‧高祖本紀》應劭注云：

> 古「彤」字從「彡」，髮膚之義也。杜林以爲「法度之字皆從寸」，因改從寸作「耐」。

《倉頡訓纂》的編輯者杜林這種訓詁的解釋，實際上已經開啓了後來《說文解字》以形說義的方法。比較許慎援引字書訓詁之類型：

1、有訓字形者

此例如：

> 喪：車軸耑也。從車，象形。杜林說。（車部，卷十四）

段注：

> 葢《倉頡訓纂》一篇、《倉頡故》一篇說如此。

此例直承杜林《倉頡訓纂》與《倉頡故》之訓釋。

2、有言字義者

此例如：

> 曡：楊雄說：以爲古理官決罪，三日得其宜乃行之。從晶從宜。亡新以爲曡從三日太盛，改爲三田。（晶部，卷七）

許慎直引揚雄之訓，又如：

> 蕫：鼎蕫也。從艸童聲。杜林曰：藕根。（艸部，卷一）

段注：

> 漢志有杜林《倉頡訓纂》一篇、杜林《倉頡故》一篇，此葢二篇中語。

再如：

> 尃：傾覆也。從寸，臼覆之。寸，人手也。從巢省。杜林說：以爲

　　　　貶損之貶。（巢部，卷六）

　　　娸：人姓也。从女其聲。杜林説：娸，醜也。（女部，卷十二）

註明杜林之訓詁別義。當然也有辨其釋字之誤者，如：

　　　耿：耳箸頰也。从耳，烓省聲。杜林説：耿，光也。从光，聖省。

　　　　凡字皆左形右聲。杜林非也。（耳部，卷十二）

可以看出《説文解字》對字書之訓的繼承與革變。

二、《説文解字》與童蒙字書常用字詞比較釋例

　　從前述可以了解到《説文解字》之編纂成書受到童蒙字書的影響，而就常用訓釋字詞的層面比較，可以發現其間有幾種形態存在：

1、常用字詞義位近同者

　　《説文解字》在常用字詞的義位與使用習慣上，有近於童蒙字書者，例如在同義詞的訓解上，如《倉頡篇》的「隱」、「匿」，《説文解字》訓作：

　　　乚：匿也，象迟曲隱蔽形。凡乚之屬皆从乚。讀若隱。（乚部，卷十
　　　　二）

此例將「匿」和「隱」作爲義訓以及形訓的訓釋字詞和《倉頡篇》的並列都顯示出其常用同義詞的性質，再舉《爾雅》之例云：

　　　瘞，幽，隱，匿，蔽，竀，微也。（釋詁，卷一）

可知經籍文獻中的「隱」、「匿」也是古代常用通語。又如《倉頡篇》的「行」、「步」，《説文解字》的訓釋詞中有：

　　　行：人之步趨也。从彳从亍。凡行之屬皆从行。（行部，卷二）

　　　迋：步行也。从辵土聲。（辵部，卷二）

　　　跰：步行獵跋也。从足貝聲。（足部，卷二）

等例，可以發現以「步」訓「行」，以「步行」訓釋他字，皆爲常用的同義詞。覆考漢代的文獻，如：

　　　屠者羹藿，爲車者步行。（《淮南子·説林訓》）

　　　乃令騎皆下馬步行，持短兵接戰。（《史記·項羽本紀》）

　　　凡人能亡，足能步行也。（《論衡·死偽》）

可以發現《倉頡篇》中類聚在一起的同義詞「步」、「行」，在文獻語言中也為常用之字詞，可見《說文解字》之常用訓釋字詞實際上和當時童蒙字書、典籍文獻的常用詞是相同的。

此外童蒙字書和《說文解字》在反義詞的使用上，如《倉頡篇》的「吉」、「忌」；「往」、「來」；「開」、「閉」，皆為反義詞而並列之，陳新雄《訓詁學（上）》提到：「一個字的常用詞義，用了一個相反的常用詞義去解釋，就稱它為反訓。」〔註62〕「反訓是指用反義詞解釋詞義之訓詁。」〔註63〕考《說文解字》多以「吉」、「凶」並列為常用訓釋字詞：

> 示：天垂象，見吉凶，所以示人也。从二。三垂，日月星也。觀乎
> 　　天文，以察時變。示，神事也。凡示之屬皆从示。（示部，卷一）

> 叔：楚人謂卜問吉凶曰叔。从又持祟，祟亦聲。讀若贅。（又部，卷
> 　　三）

> 寢：寐而有覺也。从宀从疒，夢聲。《周禮》：「以日月星辰占六寢之
> 　　吉凶：一曰正寢，二曰𩜁寢，三曰思寢，四曰悟寢，五曰喜寢，六
> 　　曰懼寢。」凡寢之屬皆从寢。（寢部，卷七）

> 酒：就也，所以就人性之善惡。从水从酉，酉亦聲。一曰造也，吉
> 　　凶所造也。古者儀狄作酒醪，禹嘗之而美，遂疏儀狄。杜康作
> 　　秫酒。（酉部，卷十四）

> 奔：吉而免凶也。从屰从夭。夭，死之事。故死謂之不奔。（夭部，
> 　　卷十）

而《說文解字》：

> 禁：吉凶之忌也。从示林聲。（示部，卷一）

以「吉」、「凶」、「忌」為訓釋字詞，其義類和《倉頡篇》相近，「吉」、「凶」為相對之反義詞，而「凶」兆則行事有所禁「忌」則引申擴大與「吉」反義。

〔註62〕陳新雄：《訓詁學（上）》（臺北：台灣學生書局，1996年），頁195。

〔註63〕此處的反義詞並列之訓解，牽涉到歷來「反訓」是否存在之爭論，本文主要探討
　　　　「反義詞」之型態，葉鍵得在論及「反訓與反義詞」關係時提到：「反義詞，乃指
　　　　兩詞意義相反或相對，即構成反義詞。」詳參葉鍵得：《古漢語字義反訓探微》（臺
　　　　北：臺灣學生書局，2005年），頁10。

又如《倉頡篇》之「往」、「來」反義，《說文解字》：

> 卥：驚聲也。从乃省，西聲。籀文卥不省。或曰卥，往也。讀若仍。
>
> （乃部，卷五）

段注：

> 玄應書三引《倉頡篇》：迺，往也。

許慎說「卥」之別義，引《倉頡篇》為訓，其以「往」、「來」為訓釋者，如：

> 復：往來也。从彳复聲。（彳部，卷二）
>
> 踵：追也。从足重聲。一曰往來皃。（足部，卷二）
>
> 詢：往來言也。一曰小兒未能正言也。一曰祝也。从言匋聲。（言部，卷三）
>
> 槼：驚走也。一曰往來也。从夰、亞。《周書》曰：「伯槼。」古文亞，古文囚字。（夰部，卷十）

可以發現反義詞「往」、「來」在《說文解字》中也為常用訓釋字詞，考諸經籍文獻用詞，如：

> 往來行言、心焉數之。（《詩經・小雅・巧言》）
>
> 又曰：「無能往來，茲迪彞教，文王蔑德降于國人。」（《尚書・君奭》）
>
> 九四，貞吉，悔亡，憧憧往來，朋從爾思。（《易經・咸》）〔註64〕
>
> 禮尚往來。往而不來，非禮也；來而不往，亦非禮也。（《禮記・曲禮》）
>
> 大言曰：「臣嘗往來海中，見安期、羨門之屬。」（《史記・孝武本紀》）
>
> 古者大川名穀，沖絕道路，不通往來也。（《淮南子・氾論訓》）〔註65〕
>
> 魏文侯封太子擊於中山，三年，使不往來。（《說苑・奉使》）

也以「往」、「來」為常用詞語。

〔註64〕〔清〕阮元：《十三經注疏・周易注疏》（臺北：藝文印書館，2001 年，影印清嘉慶二十年江西南昌府學刊本）。

〔註65〕〔西漢〕劉安，〔東漢〕高誘：《淮南子》（臺北：藝文印書館，1959 年，影鈔宋本淮南鴻烈解）。

再如《倉頡篇》的反義詞「開」、「閉」，《說文解字》：

閘：開閉門也。从門甲聲。（門部，卷十二）

闟：開閉門利也。从門䜌聲。一曰縷十紘也。（門部，卷十二）

此處許慎使用了兩個相對詞義的「開」、「閉」作爲「閘」、「闟」的訓釋字詞，可以看出其以反義詞「開閉」並列形式作爲常用訓釋字詞，覆考漢世之典籍，如：

開閉張歙，各有經紀。（《淮南子・精神訓》）

風雨可障蔽，而寒暑不可開閉，以其無形故也。（《淮南子・兵略訓》）

家有一堂兩內。門戶之開閉。（《前漢紀・孝文皇帝紀》）

「開」、「閉」也爲常用詞語，不過尚不能將其遽然視之爲反義複合詞，理由是就上述之例之句義，「開」與「閉」皆各自成義，同樣是漢代通行的典籍，其中也有：

開閉闔，通窮室。（《淮南子・時則訓》）

開闔不得，寒氣從之，乃生大僂。（《黃帝內經・素問》）

肥腠理，司開闔者也。（《黃帝內經・靈樞經》）

「開」、「闔」、「閉」是並列的單音詞，故於《說文解字》的時代，尚不能將「開閉」視爲反義複詞。

2、常用字詞義位別異者

許慎《說文解字》的訓釋字詞和字書之字詞所呈現的詞義也有別異之處，例如：

頫：低頭也。从頁，逃省。太史卜書，頫仰字如此。楊雄曰：人面頫。（頁部，卷八）

段注：

此蓋摘取楊所自作《訓纂篇》中三字。以證从頁之意。頫本謂低頭。引伸爲凡低之偁。

此處許慎以本義「低頭」爲訓，而《訓纂篇》之「頫」則取其形而釋之，異於《說文解字》。又如：

> 膴：無骨腊也。楊雄説：鳥腊也。从肉無聲。《周禮》有膴判。讀若
> 謨。（肉部，卷四）

段注：

> 此別一義，鳥腊必非無骨也。蓋楊雄《蒼頡訓纂》一篇中有此語。

可知此處字書之訓詁是「膴」的另一個義位，而許慎以本義「無骨腊」爲訓，異於字書。再如：

> 擧：手擧也。楊雄曰：「擧，握也。」从手睍聲。（手部，卷十二）

段注：

> 此蓋楊雄《倉頡訓纂》一篇中語。握者，搤持也。楊説別一義。凡
> 《史》、《漢》云搤擧扼腕者，皆疊字言持手游民也。

此處也爲字書別一義之例。此外：

> 鷖：鳧屬。从鳥殹聲。《詩》曰：「鳧鷖在梁。」（鳥部，卷四）

段注：

> 《倉頡解詁》曰：鷖，鷗也。一名水鴞。許云：鷗，水鴞，而不云：
> 鷖，鷗也，則許不謂一物也。鳧屬者，似鳧而別其釋鳥之鸍沈鳧乎。

此處可以發現在字書中以單一對象爲解釋的「鷖」，在許慎則以共通類屬的義類爲解釋，故有別於《倉頡解詁》作「鷗」，而已「鳧屬」爲訓。

3、常用字位形構之同異

此例如《說文解字》「腌」作：

> 腌：漬肉也。从肉奄聲。（肉部，卷四）

段注：

> 今淹漬字當作此，淹行而腌廢矣！《方言》云：淹，敗也。水敗爲
> 淹，皆腌之引伸之義也。腌猶瀸也，肉謂之腌，魚謂之饐。《倉頡篇》
> 云：腌酢淹肉也。

此處可之字書與《說文解字》說「淹漬」義之字位，皆以从「肉」之「腌」行。

在《說文解字》的常用訓釋字詞中，有以假借字爲訓釋字詞者，例如：

　　饎：滫飯也。从食桼聲。（食部，卷五）

段注：

　　脩，《倉頡篇》作餐，脩之言溲也。

此處許慎以「脩」訓「饎」，當爲「溲」之假借。而《倉頡篇》从「食」之「餐」，《玉篇》作：

　　餐，饋也。（食部，卷五）

《廣雅‧釋器》：

　　饋謂之餐。（釋器）

則合於其本義。可知《倉頡篇》之「餐」爲本字，而許慎在訓釋詞語中以假借字位「脩」爲訓。此例尚如：

　　毗：人臍也。从囟，囟，取气通也；从比聲。（囟部，卷十）

段注：

　　《急就篇》作膍。毗字叚借之用。如《詩‧節南山》、〈采菽〉，《毛傳》皆曰：膍，厚也。

又如：

　　窅：深目也。从穴中目。（目部，卷四）

段注：

　　《倉頡篇》作容突。上鳥交切，墊下也。下徒結切，突也。葛洪《字苑》上作凹陷也，下作凸起也。容突、凹凸許皆不收，然則許用窅胅也。

許慎此處依从「目」之本形訓其字義，而由深目引申之「凹凸」之「凸」義，卻沒有一專用字位可以承載，但是當時通行之《倉頡篇》則以从「失」之「突」訓其引申義凹凸之「凸」的字位。此外《說文解字》：

　　鷳：鷗也。从鳥閒聲。（鳥部，卷四）

段注：

　　《倉頡解詁》：鳶卽鷗也。然則《倉頡》有鳶字，从鳥弋聲，許無者，謂鷳爲正字，鳶爲俗字也。

則可見《說文解字》和《倉頡篇》字詞的正俗之別。段玉裁對於《說文解字》中的「俗字」性質之認定，並不等同於一般語言文字學中對於俗字的看法，他認為只要沒有出現在《說文解字》字頭的字，即為俗字，不過實際上在許慎的用字上，卻不盡然如段玉裁之判定。蔡信發在〈段玉裁獨有之俗字觀〉提到：「就《說文》一書言，段氏以不用正字訓釋為俗，其別正、借字之分，不可謂不嚴，殊不知《說文》故形訓之書，亦訓詁之書也，……《說文》既亦訓詁之書，則用假借字說解，豈可視為譌字！」〔註66〕又引黃季剛之說曰：「夫文字與文辭之不可併為一談者，久矣。如許氏《說文》說解中即多借字及俗字。」〔註67〕此類如以「貽」訓「玖」；以「畕」訓「珊」皆是。本文藉由童蒙字書和《說文解字》常用字詞的比較，可以了解到漢世的通用字詞在義位與字位有其傳承近同者，也有因形體正俗或訓解別義而相異者，經此可推證《說文解字》用字之取捨標準，以及常行之字詞的使用實況。

第三節　《說文解字》與《方言》、《釋名》常用字詞之比較

一、《說文解字》與《方言》、《釋名》之性質與關係

（一）《方言》之內容體例與通語的性質和《說文解字》之關係

1、《方言》之內容體例與訓釋通語字詞

劉歆和揚雄往來的信中提到《方言》的卷數有十五卷，郭璞〈方言注·敘〉也提到為「三五之篇」，濮之珍提到這種變動應當發生在六朝時期。〔註68〕《隋書·經籍志》和《新唐書·藝文志》著錄作十三卷，今本《方言》卷數如此。字數在應劭〈風俗通義·敘〉提及《方言》有九千字，不過戴震統計今傳之郭注本有一萬一千九百多字，可知道了魏晉以後多出了三千多字。

這十三卷中，卷一、卷二、卷三、卷六、卷七、卷十、卷十二、卷十三「釋語詞」；卷四「釋服制」；卷五「釋器物」；卷八「釋獸」；卷九「釋兵器」；

〔註66〕蔡信發：〈段玉裁獨有之俗字觀〉，《第十八屆中國文字學國際學術研討會論文集》（臺北：輔仁大學，2007年），頁5。

〔註67〕同前註。

〔註68〕濮之珍：《中國語言學史》（臺北：書林出版社，1990年），頁92。

卷十一「釋蟲」。《方言》中的訓釋通語字詞的義位經統計如下：

卷一：

> 知、慧、好（好，其通語也）、餘、養、愛（憐，通語也）、傷（自關而東汝潁陳楚之間通語也）、思、大、至、往（往，凡語也）、懼、殺、愛、老、長、信、大、于（于，通詞也）、會、賦、地大、續、出、跳、登、迎、取、食、勉

卷二：

> 好（好，凡通語也）、豐、美、容、隻、細、盛、小、微、延、耦、奇、驚、來、黏、寄、快、愧、殘、怒、痛、選、猛、晌、息、裁、拯、堅、毳、餘、俊、翳、求、攎（攎，取也。此通語也）、摅（摅，取也。此通語也）、邃、疾、儠、言既廣又大、獪

卷三：

> 凡人嘼乳而雙產、聳、養馬者、官婢女廝、亭父、卒、奴婢賤稱、化、汁、草、蕪菁、雞頭、凡草木刺人、凡飲藥傅藥而毒、痛、快、詐（詐，通語也）、拔、尻、集、及、根、列、病、同、道、殺、洿、代、庸（餘四方之通語也）、恣（餘四方之通語也）、比（餘四方之通語也）、更（餘四方之通語也）、民、仇、寄、敗、治、法、怒、非、正、數、戾、潔、罪、聊、就、圍、隱、取、隨、農夫之醜稱、商人醜稱、敗、盡、賜、空（空也，語之轉也）、聚、葉（葉，楚通語也）、益、愈、知（知，通語也）

卷四：

> 襌衣（古謂之深衣）、襜褕、汗襦、帬、敵郤、襦、襌、袴、褕、袨、袿、褸、褸、裯、無緣之衣、無袂衣、無桐之袴、裗、衿、裺、襜、佩紟、褸、覆脟、偏禅、袀襀、袒飾、襄明、繞衿、懸裺、絜襦、裯襦、帛裱、繞緢、屬、襎褡、繁袼、無緣之衣、袟衣、複襦、大袴、小袴、倒頓（楚通語也）、袨袥（楚通語也）、巾、大巾、帢頭（皆趙魏之間通語也）、幧頭（皆趙魏之間通語也）、帤（皆趙魏之間通語也）、帵（皆趙魏之間通語也）、䯠帶（皆趙魏之間通語也）、

鬃帶（皆趙魏之間通語也）、幘巾（皆趙魏之間通語也）、承露（皆趙魏之間通語也）、覆鬃（皆趙魏之間通語也）、履（履，其通語也）、絞（絞，通語也）、繿

卷五：

鍑、釜、甑、盂、桮（桮，其通語也）、鐅、案、桮落、箸筩、甖（甖，其通語也）、罃、缶（其小者）、罃甈（其小者）、瓺、所以注斛、箕、炊熇、篝、扇、碓機、磑、繘、櫪、飲馬橐、鉤、臿、杷、僉、刈鉤、薄、椴、槌、篳、其粗者謂之籧篨、笭箵、床、俎（俎，几也）、篗（篗，椳也）、絡、繀車、户鑰、簙、投簙、行棊、圍棊

卷六：

欲、聾、半聾、生而聾、衺、正、慚、難、輔、戰慄、恐、重、受（受，盛也）、轉目、蹇、噎、壞、下、離、上、与、取、視、遠、疾行、擾、特、飛鳥、鴈、失、定、敬、改、塲、螾塲、行、索、分、散、施、滿、危、理、長、力、田力、審、諟、滅、去、持去、展、旋、竟、續、擘、開、作、木作、爲、怒、恚、老、高、安、憐、薆、緩

卷七：

所疾、蹔、縣、舍車、法、憚、讓、皆、強、罵、信、離、逮（逮，通語也）、強、綦、火乾、熟（熟，其通語也）、怒、立、瀧涿、摩、賦、羅、離、遠、懣、愛、食、治、熱、乾、儋、立、過度、福祿、逗（逗，其通語也）

卷八：

虎、貔、貛、雞、爵子、雞雛、其卵伏而未孚始化、豬、其檻、蓐、布穀、鶡鴠、鳩、尸鳩、蝙蝠、鴈、桑飛、驪黃、野鳧、守宮、宛野、雞雛

卷九：

戟、三刃枝、矛、（矛）其柄、箭、鑽、矜、劍削、盾、車下鐵、大

車、車轊、車枸簍、輪、軺、轅、箱、軫、車紂、鍊鐈、車釭、（車釭）盛膏者、箭鏃胡合嬴者（四鐮）、箭鏃胡合嬴者（三鐮）、箭其小而長中穿二孔者、箭其小而長中穿二孔者（三鐮）、矛骹細如鴈脛者、有小枝刃者、錟、骹、鐏、舟、筏（筏，秦晉之通語也）

卷十：

遊、何、獪、娗（婚，娗也，或謂之猾。皆通語也）、子、不知、憐、好（南楚之外通語也）、拏、嘶哰（嘶哰亦通語也）、貪、恨、淫、沉、遊、靜、棄、愬、歇、取、乾物、晞（揚楚通語也）、曬（揚楚通語也）、猝、不安、遑遽、舉、慚㲘、埸、過、慧、兄、吃、短、纙（纙，通語也）、惡、騃、惛、蘇、悅（楚通語也）、舒（楚通語也）、欺謾、眠娗（楚郢以南東揚之郊通語也）、脈蜴（楚郢以南東揚之郊通語也）、賜施（楚郢以南東揚之郊通語也）、茭媞（楚郢以南東揚之郊通語也）、譠謾（楚郢以南東揚之郊通語也）、慴他（楚郢以南東揚之郊通語也）、顡、頷、頤（頤，其通語也）、喜、或、治、草、老、推、勸、然、緒、視、闚（闚，其通語也）、多、取、輕

卷十一：

蛥蚗、蟬、蜩蟧、蠬、寒蜩、蛄詣、蜻蛚、螳蜋、姑蠪、蟒、蜻蛉、舂黍、蟦蠀、蠢、蠅、蚍蜉、其場、蟦螬（四方異語而通者也）、蚰蜒、鼅鼄（鼄蝥也）、蛜蝛、馬蚿、（馬蚿）其大者

卷十二：

哀、愚、知、疾、悵、長、姉、匹、耦、習、偱、行、轉、步、望、脫、梲、操、涸、清、行、司、力、飤、察、始、化、止、止、覆、狀、小、勞、獪、明、威、侵、謾、疾、俘強、懟、隨、劇、夥、婬、濊、清、緩、急、解、解、刺、借、猝、老、時、怒、發、然、恨、堅、明、悅、就、半、中、覆、戴、載、上、搖、轉、閉、動、熟、今、咸、食、憂、悖、強、奪、正、立、更、盡、梢、傍、始、厚、行、餽、飽、嬴、小、悖、助、睋、熾、崇、積、合、飛、盈、音、張、大、高、文、錮、揚、水中可居爲洲、幕、狄、度高、半

步、半盲、未陞天龍、夷狄之總名、引、高、重、枚、蜀

卷十三：

相、末、廢、好、廣、漸、拚拔、出休、出火、荼貌、阤、小、謗、
備、到、忘、私、聲、析、析竹、使、作、芒、滅、解、能、刻、
悚、蹶、蕪、敗、滛敝、水敝、貪、竟、轉、逃、易、好、惡、大、
驚、動、極、盡、過、毒、憍、惡、積、蓄、法、本、病、驚、薄、
短、深、休、取、撫、式、詐、隨、試、怒、下、解、取、業、行、
空、安、樂、歡、定、膔、痛、始、人之初生、居、養、掩、支、
文、亂、理、眜、張、謀、養、掯、明、攫、護、寒、淨、極、凡、
始、周、色、靜、福、喜、壞、歸、安、亡、過、贏、短、錡、長、
迹、臧、饒、和、依、祿、脂、猝、行、且、讀、託、悟、予、縫、
傳、見、略、滿、益、待、好、美、色、開、滅、薄、厚、狃、大、
炙、暴、馬馳、偏、索、燥、覺、集、明、昭、美、籃（籃，其通
語也）、籃小者、籠、篓、錐、無升、七、盂、椀、盂、木、餌、餅、
餳、飴、餯、餳、餳（自關而東陳楚宋衛之通語也）、麴（麴，其通
語也）、屋梠、甀、冢

《方言》雖承襲自《爾雅》類聚同義、近義詞彙而來，但是《方言》進一步指
出這些詞彙，有的是不同地區的方言詞，有的是通語詞，有的是古語詞。其中
通語即為當時通行之常用字詞，故可引以為各地方言之訓。其言「通語」、「凡
語」、「通詞」者，茲表列如下：

卷次	一般通語	方言通語
卷一	好、憐、往（往，凡語也）、于（于，通詞也）	傷（自關而東汝潁陳楚之間通語也）
卷二	好、攫、摍	
卷三	詐、庸、惢、比、更、知	葉（葉，楚通語也）
卷四	履、絞	倒頓（楚通語也）、袨袊（楚通語也）、帕頭（皆趙魏之間通語也）、幧頭（皆趙魏之間通語也）、帑（皆趙魏之間通語也）、裺（皆趙魏之間通語也）、鬐帶（皆趙魏之間通語也）、鬌帶（皆趙魏之間通語也）、幘巾（皆趙魏之間通語也）、承露（皆趙魏之間通語也）、覆髻（皆趙魏之間通語也）

卷五	栖、曓	
卷六		
卷七	逮、熟、逗	
卷八		
卷九		筊（筊，秦晉之通語也）
卷十	姑、姃、猾、嘵哹、耀、頤、闟	好（南楚之外通語也）、怖（揚楚通語也）、曬（揚楚通語也）、悅（楚通語也）、舒（楚通語也）、眠娗（楚郢以南東揚之郊通語也）、脈蝪（楚郢以南東揚之郊通語也）、賜施（楚郢以南東揚之郊通語也）、荌媞（楚郢以南東揚之郊通語也）、讀謾（楚郢以南東揚之郊通語也）、儜恔（楚郢以南東揚之郊通語也）
卷十一		蠑螈（四方異語而通者也）
卷十二		
卷十三	籃、麴	餳（自關而東陳楚宋衛之通語也）

《方言》共十三卷六百七十五條，每條前半部爲雅語之詁，後面是方言紀錄。其根據《爾雅》進行訓詁，然後再分析各地方言的性質。此外該書除了一般常用字詞、方言詞語，也有專用字詞。這些專用字詞也反映出漢代當世社會文化的情形，例如：

> 臧、甬、侮、獲，奴婢賤稱也。荊淮海岱雜齊之間，罵奴曰臧，罵婢曰獲。齊之北鄙，燕之北郊，凡民男而聟婢謂之臧，女而婦奴謂之獲；亡奴謂之臧，亡婢謂之獲。皆異方罵奴婢之醜稱也。自關而東陳魏宋楚之間保庸謂之甬。秦晉之間罵奴婢曰侮。（《方言》，卷三）

此例反映出當時漢代各地蓄奴的普遍性，同時也反映在詞彙的使用上。

2、《方言》與《說文解字》字詞之關係

（1）《方言》之字詞不見於《說文解字》字頭，而見於訓釋字詞者

《方言》之用字，有時爲當時通行之俗體，而在《說文解字》中不收於字頭，卻見於訓釋字詞者，此例如新附字「潔」，許慎以之爲訓者如：

> 齋：戒，潔也。从示，齊省聲。（示部，卷一）

> 禋：潔祀也。一曰精意以享爲禋。从示垔聲。（示部，卷一）

　　鶼：饑也。从食兼聲。讀若風溓溓。一曰廉潔也。（食部，卷五）

　　鬈：潔髮也。从髟昏聲。（髟部，卷九）

「潔」本字作「絜」段注：

　　絜爲束也。束之必圍之，故引申之圍度曰絜。束之則不檨曼，故又

　　引申爲潔淨，俗作潔，經典作絜。

可知其乃承引申義位而製之後起本字。考《方言》之訓釋字詞：

　　屑，潔也。（《方言》，卷三）

「潔」字於當時應爲通用俗體，因經典常用「絜」，故許愼以「絜」爲正體，錄於字頭，但訓解時則仍以常用字「潔」爲訓。

　　又如「希」自《爾雅》即有其字：

　　希，寡，鮮，罕也，鮮，寡也。（釋詁，卷一）

《方言》也存錄其乃燕齊之地語：

　　希、鑠，摩也。燕齊摩鋁謂之希。（《方言》，卷七）

但是《說文解字》則未收其字，但於〈敘〉中則有：

　　俗儒鄙夫，翫其所習，蔽所希聞。（敘，卷十五）

之語，又有讀若詞者：

　　昕：旦明，日將出也。从日斤聲。讀若希。（日部，卷七）

從「希」之構者：

　　肺：創肉反出也。从肉希聲。（肉部，卷四）

　　絺：細葛也。从糸希聲。（糸部，卷十三）

查秦代簡牘文字有「希」，[註69] 漢碑有「希」、「希」等形，可知應有「希」字通行於漢代之世。

　　此類之例尚有「州」、「洲」，《說文解字》於字頭以「州」爲正，而於訓釋字詞中，如「渚」字：

　　渚：水。在常山中丘逢山，東入湡。从水者聲。《爾雅》曰：「小洲

〔註69〕「睡.日甲71背」：引自「小學堂文字學資料庫」，網址：http://xiaoxue.iis.sinica.edu.
tw/char?fontcode=71.E888。2014年3月23日。

曰渚。」（水部，卷十一）

段注：

> 州本州渚字，引申之乃爲九州。俗乃別製洲字，而小大分係矣。

可知自《爾雅》之時，便存俗體「洲」：

> 水中可居者曰洲，小洲曰陼，小陼曰沚，小沚曰坻。（釋水，卷十三）

該字同時也錄於《方言》中：

> 水中可居爲洲。（《方言》，卷十二）

而許慎則不錄於字頭，但行於訓釋字詞中。

（2）《方言》之用字不見於《說文解字》字頭，而見於重文者

此例如「法」字，《說文解字》以「灋」爲本字，但並錄其省體「法」爲重文，其訓解時則多用「法」而罕用「灋」，如：

> 訣：訣別也。一曰法也。从言，決省聲。（言部，卷三）

> 度：法制也。从又，庶省聲。（又部，卷三）

> 寺：廷也。有法度者也。从寸之聲。（寸部，卷三）

> 范：法也。从竹，竹，簡書也；氾聲。古法有竹刑。（竹部，卷五）

漢代碑刻如「曹全碑」作「法」、白石神君碑作「法」等，皆以省體之「法」行之。查《方言》：

> 棖，法也。（《方言》，卷三）

> 肖、類，法也。（《方言》，卷七）

> 類，法也。（《方言》，卷十三）

其也以「法」爲訓釋字詞，考銘文「法」作「𤆎」、〔註70〕「𤆎」，〔註71〕仍具从「廌」之形，但到了戰國簡牘如「𤆎」、〔註72〕「𤆎」，〔註73〕開始出

〔註70〕「大盂鼎」（《集成2837》）：引自「小學堂文字學資料庫」，網址：http://xiaoxue.iis.sinica.edu.tw/char?fontcode=33.E8E3。2014 年 3 月 23 日。

〔註71〕「師𤾁簋」（《集成4324》）：引自「小學堂文字學資料庫」，網址：http://xiaoxue.iis.sinica.edu.tw/char?fontcode=33.E8EB。2014 年 3 月 23 日。

〔註72〕「上（2）.昔.3」：引自「小學堂文字學資料庫」，網址：http://xiaoxue.iis.sinica.edu.tw/char?fontcode=57.E334。2014 年 3 月 23 日。

現省筆之形構，可以推知及至漢世，「灋」、「法」二字並存，但是常用之字體則以省文之「法」行之。

　　又如「嘳」、「喟」二字，《說文解字》「喟」：

　　　喟：大息也。从口胃聲。嘳，喟或从貴。（口部，卷二）

或體「嘳」見《方言》：

　　　嘳、無寫，憐也。沅澧之原凡言相憐哀謂之嘳，或謂之無寫，江濱謂之思。（《方言》，卷十）

再如「療」、「癄」，許愼以「癄」爲正，並錄「療」爲重文或體：

　　　癄：治也。从疒樂聲。療，或从尞。（疒部，卷九）

考《方言》「療」乃江湘之語：

　　　愮、療，治也。江湘郊會謂醫治之曰愮。愮又憂也。或曰療。（《方言》，卷十）

可知「療」、「癄」皆爲當時通行之異體字。

　　（3）《方言》、《說文解字》音義相同而字體異構者

　　在《方言》與《說文解字》的字詞中，尙有音義相同，但是字體構形相別者，例如《方言》：

　　　膽，膔也。（《方言》，卷十三）

其訓釋字詞「膔」在《說文解字》作从「疒」之構形：

　　　瘜：寄肉也。从疒息聲。（疒部，卷九）

又如「愬」、「訴」，《方言》作：

　　　诉，愬也。楚以南謂之诉。（《方言》，卷十）

《說文解字》則作从「言」之形：

　　　訴：告也。从言，斥省聲。《論語》曰：「訴子路於季孫。」（言部，卷三）

再如「鑰」、「闟」，《方言》：

〔註73〕「信1.07」：引自「小學堂文字學資料庫」，網址：http://xiaoxue.iis.sinica.edu.tw/char?fontcode=53.E246。2014年3月23日。

户鑰，自關之東陳楚之間謂之鍵，自關之西謂之鑰。(《方言》，卷五)

「鑰」字《說文解字》从「門」作「鬮」：

　　鬮：關下牡也。从門龠聲。(門部，卷十二)

段注：

　　古無鎖鑰字，蓋古祇用木爲不用金。

段氏之說有待商榷，近年來的考古出土，鎖具至戰國時代開始被使用，至漢代青銅所的樣式更有龜、虎、麒麟等鏤刻造型，查《方言》有从金之「鑰」字，通行於關西之地，故當時應有「鑰」字通行。

　　(4)《方言》之字與《說文解字》形義相混者，許慎不收

　　此例如《方言》訓「豐」、「大」之義的「朦」，依其形義當从「肉」，但當時另有从「月」言朦朧義之「朦」。《方言》曰：

　　朦、厖，豐也。自關而西秦晉之間，凡大貌謂之朦，或謂之厖；豐，

　　其通語也。(《方言》，卷二)

此「朦」不見於《說文解字》，但後世徐鉉將其新附於後作：

　　朧：朦朧也。从月龍聲。(月部，卷七)

　　朦：月朦朧也。从月蒙聲。(月部，卷七)

據此則《方言》之字詞主要是解釋方音口語，故其詞之內容取材以能記錄語言之詞彙爲主，而《說文解字》則懷有訂正文字詞義之用意，故錄字收詞有別於《方言》。

　　上述之類型，得以表示如下：

表　《方言》與《說文解字》字詞之關係比較表

關係類型	《說文解字》本字	《說文解字》訓釋字	《方言》字例
《方言》之字詞不見於《說文解字》字頭，而見於訓釋字詞者	緒：麻一耑也。 潔：瀞也。 （新附字）	齋：戒，潔也。 禋：潔祀也。 鎌：噭也。一曰廉潔也。 鬠：潔髮也。	屑，潔也。
	無	俗儒鄙夫，翫其所習，蔽所希聞。 昕：讀若希。 肵：从肉希聲。 絺：从糸希聲。	希、鑠，摩也。燕齊摩鋁謂之希。

《方言》之用字不見於《說文解字》字頭，而見於重文者	灋：刑也。法，今文省。	訣：訣別也。一曰法也。 度：法制也。 寺：廷也。有法度者也。 笵：法也。	柅，法也。 肖、類，法也。 類，法也。
	喟：大息也。嘳，喟或从貴。		嘳、無寫，憐也。沅澧之原凡言相憐哀謂之嘳。
《方言》、《說文解字》音義相同而字體異構者	【瘜】：寄肉也。		膍，【膶】也。
	【訴】：告也。		諑，【愬】也。
	【闛】：關下牡也。		戶【鑰】，自關之東陳楚之間謂之鍵，自關之西謂之鑰。
《方言》之字與《說文解字》形義相混者，許愼不收	無 朦：月朦朧也。（新附字）	朧：朦朧也。	朦、厖，豐也。

（二）《釋名》之內容體例與訓釋字詞的性質和《說文解字》之關係

1、《釋名》之內容體例與訓釋字詞

劉熙在《釋名·序》云：

> 夫名之於實，各有義類。百姓日稱而不知其所以之意。故撰天地、陰陽、四時、邦國、都鄙、車服、喪紀，下及民庶應用之器，論敍指歸，謂之《釋名》，凡二十七篇。（《釋名·敍》，卷一）

王力提到《釋名》此書最大的特點有二：「第一，作者不是揀重大的事物來解釋它們的名稱，而是『下及民庶應用之器』所不談，因此，就不是每一個聲訓都講一番大道理。這樣就在很大程度上脫離了說教的範圍而進入了語言學的領域。」〔註74〕在第一節提到《釋名》聲訓爲了封建制度而服務，其中訓釋禮制部分，雖然還是承襲了經學家、緯書的解釋，但是已不是泛論說道，而是有針對性的連結字詞的音義進行解釋。王力認爲《釋名》第二個特點是：「作者不是侷限於某些詞，而是企圖說明一切詞的『所以之意』。當然，他還不可能做到沒有遺漏，但是他說：『凡所不備，亦欲至者以類求之』意思是說他已經創立了聲訓的原則，聰明人照著辦就是了。」〔註75〕這種態度其實已不同於

〔註74〕王力：《中國語言學史》，頁51。

〔註75〕同前註，頁51。

經學家章句大義的隨文釋義，也在古文學家訓詁名物中有意識的強調聲音的
線索。

　　劉熙《釋名》全書共二十七篇，其分類與《爾雅》以名物義屬爲分的型態
相近，內容爲：

　　　　卷一：釋天、釋地、釋山、釋水、釋丘、釋道

　　　　卷二：釋州國、釋形體

　　　　卷三：釋姿容、釋長幼、釋親屬

　　　　卷四：釋言語、釋飲食、釋采帛、釋首飾

　　　　卷五：釋衣服、釋宮室

　　　　卷六：釋床帳、釋書契、釋典藝

　　　　卷七：釋器用、釋樂器、釋兵、釋車、釋船

　　　　卷八：釋疾病、釋喪制

較之《爾雅》，《釋名》沒有〈釋詁〉、〈釋言〉、〈釋訓〉、〈釋草〉、〈釋木〉、〈釋
蟲〉、〈釋魚〉、〈釋鳥〉、〈釋獸〉、〈釋畜〉，但是有〈釋形體〉、〈釋姿容〉、〈釋言
語〉、〈釋飲食〉、〈釋書契〉、〈釋典藝〉、〈釋疾病〉、〈釋喪制〉等新創的篇章。
其〈釋長幼〉、〈釋親屬〉爲《爾雅》〈釋親〉篇的擴大；《爾雅》的〈釋地〉在
《釋名》則擴張成〈釋地〉、〈釋道〉、〈釋州國〉三部分。畢沅在《釋名疏證》
評其書：

　　　參校方俗，考合古今，晰名物之殊，辨典禮之異，洵爲《爾雅》、《說
　　　文》以後不可少之書。（《釋名疏證》，卷一）

顧廣圻《釋名略例》析其所釋名物典禮一千五百二條，劃分體例有：〔註76〕

　　（1）本字例

　　　如：

　　　冬日上天，其氣上騰，與地絕也。（釋天，卷一）

此例以本字「上」釋「上」。

　　（2）疊本字例

　　　如：

〔註76〕〔清〕顧廣圻：《釋名略例》，《思適齋集》（上海：上海古籍出版社，2002年），卷
　　　　七。

　　　　春曰蒼天，陽氣始發，色蒼蒼也。（釋天，卷一）

此以本字相疊「蒼蒼」釋「蒼」。

　　（3）本字易本字例

　　　　如：

　　　　宿，宿也，星各止宿其處也。（釋天，卷一）

此例以「止宿」之「宿」解釋「星宿」之「宿」，運用了同一字位的「宿」，解釋其另一義位。

　　（4）易字例

　　　　如：

　　　　天，顯也，在上高顯也。（釋天，卷一）

以「顯」訓解「天」。

　　（5）疊易字之例

　　　　如：

　　　　雲，猶云云，眾盛意也。（釋天，卷一）

此以疊字「云云」訓解「雲」。

　　（6）再易字例

　　　　如：

　　　　腹，複也，富也。（釋形體，卷二）

此例以「複」訓「腹」，再易以「富」釋之。

　　（7）轉易字例

　　　　如：

　　　　兄，荒也；荒，大也。故青徐人謂兄爲荒也。（釋親屬，卷三）

此例以音近之「荒」訓解「兄」，再以「大」訓解「荒」，爲遞訓模式。

　　（8）省易字之例

　　　　如：

　　　　綈，似蝭蟲之色，綠而澤也。（釋綵帛，卷四）

此例本應作「綈，蝭也」之易字形式，但省「蝭也」二字。

（9）省疊易字之例

如：

> 夏曰昊天，其氣布散皓皓也。（釋天，卷一）

此處當云「昊猶皓皓」，但省疊易字「皓皓」。

（10）易雙字之例

如：

> 摩娑猶末殺也，手上下之言也。（釋姿容，卷三）

此處以「末殺」雙字訓「摩娑」。

楊樹達在《釋名新略例》中則將其析為「同音」、「雙聲」、「疊韻」三例，其云：[註77]

（1）以同音字為訓

如：

> 雨，羽也，如鳥羽動則散也。（釋天，卷一）

> 楣，眉也，近前若面之有眉也。（釋宮室，卷五）

此處「雨」、「羽」；「楣」、「眉」兩兩同音。

（2）以雙聲字為訓

如：

> 公，廣也，可廣施也。（釋言語，卷四）

> 含，合也。合口停之也，銜亦然也。（釋飲食，卷四）

此處「公」、「廣」；「含」、「合」雙聲。

（3）以疊韻字為訓

如：

> 月，闕也，滿則闕也。（釋天，卷一）

> 禮，體也，得事體也。（釋言語，卷四）

此處「月」、「闕」；「禮」、「體」疊韻。

綜觀上述兩家體例，前者稍拘泥於表面文字之形態，而後者則能循其聲訓

〔註77〕楊樹達：〈釋名新略例〉，《晨報周年紀念增刊》，1925年，第7期。

之旨，闡發其聲音之關係，但就詞彙的角度審視，則顧氏之例反而可以看到字位和義位連結著聲音為線索的演變。例如上述「宿」以「星宿」之「宿」解釋「止宿」之「宿」，二者同字異詞；又如以「複」訓「腹」則見其通假之字的運用，以「富」訓「腹」則可考其引申意義之關聯；再如以「荒」訓「兄」，可知其方音之別異，以「大」訓「荒」，則可見其意義之訓詁，都可以反應出詞彙內部字位承載義位以及義位演變之情形。

林尹先生〈說文與釋名聲訓比較研究〉則針對《釋名》「聲訓」的方法做形式分析，他說到《說文解字》的聲訓可分為三類：〔註78〕

甲、純聲訓。如「晉，進也。日出而萬物進。」

乙、聲訓而兼義訓，於聲訓之後，附加義訓。如「天，顛也，至高無上。」

丙、義訓而兼聲訓，義訓之中，夾有一字具聲韻關係。如「吏，治人者也。」或者，先言本義再用聲訓。如「婚，婦家也。《禮》取婦以昏時，婦人套也。」

林先生提到：「許氏於形聲字之釋義，每以聲子釋聲母（即聲符字），或以聲母釋聲子，而多數以同聲符字為訓，則其聲符實為字根而兼為語根。是又許書發明聲義同源之理，歸以義訓本無不可，然實以聲訓為重也。」〔註79〕形聲字的產生，就漢語詞彙的性質而言，在音義的關係上已產生了某種程度的關聯性，魯實先先生提到「聲必兼義」的觀點，並提出轉注、假借造字之論，把日常生活中和社會文化制度用詞之例，敘明先有轉注關係，後生假借字形等，實際上便溝通了從語根派生的演變過程。這些過程在後世的《釋名》聲訓之法，其實蘊含了一定的訓詁意圖，即想要「真詮」語詞之名義。

林尹先生又提到《釋名》聲訓用辭有基本例一項和變化例六種：〔註80〕

（1）基本例

被訓字以 A 為代表、聲訓字以 B 為代表，推闡聲訓之語句以 S 為代表。釋名之基本式為 A—B—S，如〈釋天〉「日—實也—光明盛實也。」

（2）變化例：以本字為訓，A—A—S。

如：

〔註78〕林尹：〈說文與釋名聲訓比較研究〉，頁 66。

〔註79〕同前註。

〔註80〕同前註。

宿，宿也，星各止宿其處也。（釋天，卷一）

（2）以比方譬況為訓，A 猶 B—S。

如：

邑，猶悒也，邑人聚會之稱也。（釋州國，卷二）

（3）一名而兼以兩字為訓，A—B，C—S。

如：

毛，貌也，冒也。在表所以別形貌，且以自覆冒也。（釋形體，卷二）

（4）展轉為訓，A—B，B—C，C—S，此處 C 不同於上例之 C，乃是義訓。

如：

姿，資也；資，取也。形貌之稟，取爲資本也。（釋姿容，卷三）

另有一種變式，是兩組聲訓疊合爲一。

如：

紀，記也，記識之也。（釋言語，卷四）

徐芳敏解釋到：「作者意謂前組聲訓之詮述短句（『記識之也』），已隱含後組之被訓字，且與前組聲訓字縮合爲一。」〔註81〕

（5）兼存異說。

如：

光，晃也，晃晃然也。亦言廣也，所照廣遠也。（釋天，卷一）

（6）以方言為訓，有兩種情形。

一如：

枉矢，齊魯謂光景爲枉矢，言其光行若射矢之所至也。（釋天，卷一）

二如：

風，兗豫司橫口合脣言之。風，氾也，其氣博氾而動物也。（釋天，卷一）

徐芳敏提到此例：「『齊魯謂光景爲枉矢』並非聲訓；『風』的方言轉語，也並不脫離聲訓字、被訓字的範圍。本例之立，顯得突兀。」〔註82〕除該例性質或

〔註81〕徐芳敏：《釋名研究》，頁 79。

〔註82〕徐芳敏：《釋名研究》，頁 79。

有歧異，其餘林先生之例，能結合訓詁體式，述明《釋名》聲訓之法，事實上可以看出漢人在訓解字詞上已進化到音義關聯性的系統分析。姚榮松則於〈釋名聲訓探微〉一文提到聲訓的研究：「必須由語根的語意來決定形式，而不是語音相同就可以決定語意關係。」〔註83〕筆者認爲語意在聯繫形體和聲音的關係上，可以從詞彙的角度統合而析之，《釋名》之聲訓承漢人解釋名物之詞彙的慣用模式，這種模式可能蘊含著形聲字的大量產生和通假使用的內涵要素。以下則討論《釋名》在這種環境下其訓釋對《說文解字》的承襲與變革。

2、《釋名》訓釋對《說文解字》的承襲與變革

（1）解釋字詞承襲《說文解字》之訓

此例如《說文解字》：

> 晉：進也。日出萬物進。（日部，卷七）

《釋名》也作：

> 晉，進也。其土在北，有事於中國，則進而南也。又取晉水以爲名，
> 其水迅進也。（釋州國，卷二）

以「進」訓「晉」，取其同音，而從「日出萬物進」到「其土在北，有事於中國，則進而南也。又取晉水以爲名，其水迅進也」則顯示出對詞彙詮釋意義的演變。

（2）解釋名物制度出於《說文解字》之外

清代畢沅云：

> 其辨晰名物典禮，時出於《爾雅》、《說文》之外。

其舉例云：

> 《說文》無韡字，新附有之，鞮屬。《釋名・釋衣服》：韡，跨也。
> 兩足各以一跨騎也。本胡服，趙武靈王服之。《爾雅・釋丘》無陽丘。
> 《釋名・釋丘》：「丘高曰陽丘，體高近陽也。」（《釋名疏證》）

此處提到《釋名》之訓，不僅承《爾雅》、《說文解字》之述，則也補許書收錄

〔註83〕姚榮松：〈釋名聲訓探微〉，《國際漢學會議論文集（語言文字組）》（臺北：中央研究院歷史語言研究所，1981 年）。

字詞之不足，研究漢代詞彙必然有其重要性。

（3）訓釋同一字詞而解釋已略生變化者

此例畢沅云：

> 即同一名物典禮而稱謂殊異者亦頗有之。（《釋名疏證》）

其舉例如：

> 《說文》：「平土有叢木曰林。」《釋名・釋山》：「山中叢木曰林。林，
> 森也。森森然也。」

> 《爾雅・釋宮》：「狹而修曲曰樓。」《釋名・釋宮室》：「樓，言牖戶
> 諸射孔婁婁然也。」（《釋名疏證》）

此例則可以看到較《說文解字》晚約一百年的《釋名》其所訓字詞義，已經有別於許慎之時代，產生變化。

（4）解釋字詞因聲韻之變化，而改變解釋詞義

畢沅云：

> 因時代更易，稱謂遂別，亦有稱謂雖同，以聲韻言語之流變，而說
> 解遂別。（《釋名疏證》）

其舉例如：

> 《說文》：「山，宣也。宣令㪚生萬物。」《釋名》：「山，產也。」（《釋
> 名疏證》）

此處則顯示出聲音的改變在詞彙意義的變革。可以知道對《釋名》與《說文解字》之訓解常用字詞進行接續性的比較研究，可以探求東漢中晚期詞彙變化的脈絡，考察其演變之形式。

二、《說文解字》與《方言》、《釋名》常用字詞比較釋例

（一）《方言》與《說文解字》之常用訓釋字詞

1、音義相同而字構有別

（1）省　形

此例如「鮐」、「𩬰」，《方言》：

> 眉、棃、鮐、鮐，老也。（《方言》，卷一）

《說文解字》作：

　　耋：年八十曰耋。从老省，从至。（老部，卷八）

段注：

　　小篆旣从老省矣，今人或不省。

甲骨文作「𦓐」，[註84] 至漢高彪碑作「耋」，省形符「老」，此處《方言》未省形，而許愼取其省形之體。

　　（2）省　聲

　　此例如「栔」、「槷」，《方言》：

　　椓，宋魏陳楚江淮之間謂之植。自關而西謂之槌，齊謂之样。其橫，

　　關西曰槷，宋魏陳楚江淮之間謂之樴，齊部謂之持。（《方言》，卷五）

《說文解字》作：

　　栔：槌之橫者也。關西謂之㮢。从木半聲。（木部，卷六）

此處許愼引方言作「㮢」，但《方言》則爲「槷」，知許書「栔」乃省「槷」之聲符而來。此例又如《方言》作「讁」，《說文解字》省其聲符「適」作「謫」。

　　（3）減少義符

　　此例如「悋」、「吝」，《方言》作：

　　亃、嗇，貪也。荆汝江湘之郊凡貪而不施謂之亃，或謂之嗇，或謂

　　之悋。悋，恨也。（《方言》，卷十）

「悋」字《說文解字》作：

　　吝：恨惜也。从口文聲。《易》曰：「以往吝。」（口部，卷二）

皆云「恨」義，而《方言》有義符「忄」，《說文解字》本字則無。

　　（4）聲符別異

　　此例如「諦」、「譖」，《方言》作：

　　瘱、譖，審也。齊楚曰瘱，秦晉曰譖。（《方言》，卷六）

「譖」字《說文解字》作：

〔註84〕　「後 2.20.14」（《合 17938》）：引自「小學堂文字學資料庫」，網址：http://xiaoxue.iis.
sinica.edu.tw/char?fontcode=42.F6C3。2014 年 3 月 24 日。

諦：審也。从言帝聲。（言部，卷三）

聲符「帶」、「帝」別異，此例又如《方言》作「眹」从目辰聲，《説文解字》作「瞋」，从目真聲，聲符有別。

（5）義符通用

此例如「貍」、「狸」，《方言》作：

貔，陳楚江淮之間謂之㺢，北燕朝鮮之間謂之豾，關西謂之狸。

（《方言》，卷八）

《説文解字》作：

貍：伏獸，似貙。从豸里聲。（豸部，卷九）

「豸」、「犬」義符相通用，《方言》所錄爲方言俗體。

又如「貼」、「覘」，《方言》作：

朕、覩、闚、貼、占、伺，視也。（《方言》，卷十）

《説文解字》作：

覘：窺也。从見占聲。《春秋傳》曰：「公使覘之，信。」（見部，卷八）

「目」、「見」義符相通用，《方言》以从目之「貼」爲自江而北言「視見」之義的方言詞。此例尚如《方言》作「袴」而《説文解字》作「絝」，後世以關西方言詞从衣之「袴」爲通用字詞。

2、通行常體與罕用

（1）《方言》常用而《説文解字》罕用者

由上例可知《方言》所錄之詞「袴」爲後世通用之字位。此例如「散」、「㪚（㪚）」，《方言》作：

廝、披，散也。（《方言》，卷六）

以「散」爲訓釋字位，《説文解字》「散」字作：

㪚：分離也。从攴从林。林，分㪚之意也。（林部，卷七）

段注：

散潸字以爲聲，散行而㪚廢矣。

漢代承載「分離」義位的字形是「散」，許慎本身也以「散」字為常用訓釋字詞，如：

介：詞之必然也。从入、丨、八。八象气之分散。（八部，卷二）

迸：散走也。从辵并聲。（辵部，卷二）

柴：小木散材。从木此聲。（木部，卷六）

可知「散」為當時的通用字體。此例又如「蟀」、「䗉」，《方言》作：

蜻蛚，楚謂之蟋蟀，或謂之蛬。南楚之間謂之蚟孫。（《方言》，卷十一）

「蟀」字《說文解字》作：

䗉：悉䗉也。从虫帥聲。（虫部，卷十三）

段注：

按蟋蟀皆俗字。

《方言》所錄之俗字當時即為通行常用字，且可能同為正體，所以漢熹平石經魯詩有「蟀」，而另一正體「䗉」為罕用。

（2）《說文解字》常用而《方言》罕用者

此例如「憝」、「悖」，《方言》作：

㥗、憝、頓愍，惛也。楚揚謂之㥗，或謂之憝。（《方言》，卷十）

《說文解字》字為「誖」之籀文：

誖：亂也。从言孛聲。悖，或从心。（言部，卷三）

許慎〈敘〉自云「其迷誤不諭，豈不悖哉」以「悖」為詞，可知「悖」為常用通行字位。

3、通行詞義與字位的異同

從《方言》到《說文解字》約莫一百多年間，其常用字詞的詞義和通行義位便有所改變，從用以訓釋的常用字詞便能夠看出其詞彙演變之面貌，例如《方言》：

顙、額、顏，頟也。湘江之間謂之顙，中夏之謂額，東齊謂之額，汝潁淮泗之間謂之顏。（《方言》，卷十）

揚雄以東齊的方言詞「顙」訓解湘江的方言詞「頗」、中夏方言詞「額」以及汝潁淮泗的方言詞「顏」。其中東齊方言詞在當時可能也同為通用語，考《儀禮》有：

> 主人哭，拜稽顙，成踊。(《儀禮·士喪禮》)

「稽顙」是一種以額頭觸地的跪拜禮，其有單用「稽」表達該義者，如揚雄《太玄·玄摛》：[註85]

> 稽其門。(《太玄·玄摛》)

也可單用「顙」，如《公羊傳》：

> 再拜顙。(《公羊傳·昭宮二十五年》)

此處指稱的跪拜禮顙禮之義，乃引申自「顙」字「額頭」之本義。吳吉煌提到：「『稽顙』是先秦兩漢常用的禮儀，《儀禮》(11 見)、《禮記》(27 見) 中大量見用。單獨用來指稱『額頭』的{顙}在文獻中的見用則相對較晚。」[註86] 考先秦至漢代典籍之經注：

> 其顙有泚，睨而不視。(《孟子·滕文公》)

趙歧注：

> 顙，額也。

《爾雅》：

> 面顙皆白，惟駹。(釋獸，卷十九)

郭璞注：

> 顙，額。

可見在先秦典籍中「顙」是常用通語，如：

> 陳有惡人焉，曰敦洽讎糜，雄顙廣顏，色如浹赬，垂眼臨鼻，長肘而癭。(《呂氏春秋·孝行覽·遇合》)
>
> 列精子高聽行乎齊湣王，善衣東布衣，白縞冠，顙推之履，特會朝

〔註85〕〔西漢〕楊雄：《太玄》(北京：中華書局，1998 年)。

〔註86〕吳吉煌：《兩漢方言詞研究——以「方言」「說文」為基礎》(北京：高等教育出版社，2011 年)，頁 201。

雨袪步堂下。(《呂氏春秋・恃君覽・達鬱》)

但是到了漢代則以「額」爲訓。「頟(額)」承載「額頭」義位出現於古籍的年代較「顙」晚，如：

皆叩頭，叩頭且破，額血流地，色如死灰。(《史記・滑稽列傳》)

可見到了司馬遷的《史記》，「頟(額)」已經開始表示「額頭」這個義位。到了東漢時的《漢書》雖也有錄「稽顙」之詞，見：

上報曰：「將軍者，國之爪牙也。……若乃免冠徒跣，稽顙請罪，豈朕之指哉！將軍其率師東轅，彌節白檀，以臨右北平盛秋。」(《漢書・李廣蘇建傳》)

「金鏃淫夷者數十萬人，皆稽顙樹頜，扶服蛾伏，二十餘年矣，尚不敢惕息。」(《漢書・揚雄傳》)

從《漢書》兩條語料可以發現「稽顙」都出現在引述西漢人說話時的用詞。見《漢書》另有：

今論功而請賓，曲突徙薪亡恩澤，燋頭爛額爲上客耶？(《漢書・霍光金日磾傳》)

我兒男也，額上有壯髮，類孝元皇帝。(《漢書・外戚傳》)

則其中引述西漢晚期人物的用詞，「頟(額)」以常見於說話之中。考諸《說文解字》之訓識字詞：

顙：頟也。从頁桑聲。(頁部，卷八)

頟：顙也。从頁各聲。(頁部，卷八)

許愼以「顙」、「頟(額)」互訓，但是訓解其他具「額頭」義的字時，如：

題：頟也。从頁是聲。(頁部，卷八)

頯：出頟也。从頁隹聲。(頁部，卷八)

駒：馬白頟也。从馬，的省聲。一曰駿也。《易》曰：「爲的顙。」
　　(馬部，卷十)

騅：苑名。一曰馬白頟。从馬雀聲。(馬部，卷十)

則皆以「頟」爲常用字詞。吳吉煌提到：「《方言》此條以{顙}爲訓釋詞，大概

也反映出當時{額}的通語主導詞地位還沒有最終確立。不過，從漢代其他訓詁材料來看，{額}作爲新興通語主導詞的地位應該比較明顯。」〔註87〕其舉東漢末年張仲景《傷寒論》的資料：

> 濕家，下之，額上汗出，微喘，小便利者死；若下利不止者亦死。（《傷寒論‧辨痙濕暍脈證》）

> 衄家不可發汗，汗出必額上陷，脈急緊，直視不能眴，不得眠。（《傷寒論‧辨太陽病脈證并治》）

> 陽明病，被火，額上微汗出，小便不利者，必發黃。（傷寒論‧辨太陽病脈證并治》）

> 發汗則讝語，下之則額上生汗，手足逆冷。（傷寒論‧辨太陽病脈證并治》）

可知西漢末年的《方言》到東漢《說文解字》時「額」已經取代「顙」成爲常用字詞。

《說文解字》語源義類字詞的「迎」、「逆」、「逢」，《方言》記爲：

> 逢、逆，迎也。自關而東曰逆，自關而西或曰迎，或曰逢。（《方言》，卷一）

《說文解字》：

> 逆：迎也。从辵屰聲。關東曰逆，關西曰迎。（辵部，卷二）

> 迎：逢也。从辵卬聲。（辵部，卷二）

> 逢：遇也。从辵，峯省聲。（辵部，卷二）

「逆」、「迎」的本義爲「迎接」，「逢」的本義爲「遇見」、「遇到」，引申作「迎接」、「迎合」義。吳吉煌提到：「在漢代方言口語中，表達『迎接』義的這三個詞使用於不同地區，{逆}是自關而東的方言詞，{迎}、{逢}則是自關而西的方言詞。」〔註88〕《尚書》表「迎接」義作：「逆」，見：

> 以二干戈、虎賁百人逆子釗於南門之外。（《尚書‧顧命》）〔註89〕

〔註87〕吳吉煌：《兩漢方言詞研究──以「方言」「說文」爲基礎》，頁 203。

〔註88〕吳吉煌：《兩漢方言詞研究──以「方言」「說文」爲基礎》，頁 182。

〔註89〕〔清〕阮元：《尚書注疏》（臺北：藝文印書館，2001 年，影印清嘉慶二十年江西

《詩經》表「迎接」義作「迎」，見：

> 文定厥祥、親迎于渭。（《詩經・大雅・大明》）

《春秋》和《左傳》多以「逆」表「迎接」義，如：

> 九月，紀裂繻來逆女。（《左傳・隱公二年》）
>
> 衛人逆公子晉于邢，冬十二月，宣公即位，書曰，衛人立晉，眾也。
> （《左傳・隱公四年》）

以「迎」爲詞者只有一例：

> 非禮也。婦人送迎不出門，見兄弟不踰閾。（《左傳・僖公二十二年》）

《公羊傳》、《穀梁傳》則用「迎」表「迎接」義，如：

> 夏，公如齊逆女。何以書？親迎禮也。（《公羊傳・莊公二十四年》）
>
> 趙穿緣民眾不說，起弒靈公，然後迎趙盾而入，與之立于朝，而立
> 成公黑臀。（《公羊傳・宣公六年》）
>
> 秋，公至自齊。迎者，行見諸，捨見諸。先至，非正也。（《穀梁傳・
> 莊公二十四年》）
>
> 人因己以求與之盟，己迎而執之。（《穀梁傳・僖公十九年》）

《周禮》則常有「送迎」連用對舉，如：

> 大祭祀，逆粢盛，送逆尸，沃尸盥，贊隋，贊徹，贊奠。（《周禮・
> 春官・宗伯》）
>
> 齊僕：掌馭金路以賓。朝覲、宗遇、饗食，皆乘金路，其法儀各以
> 其等爲車送逆之節。（《周禮・夏官・司馬》）
>
> 邦有賓客，則與行人送逆之。（《周禮・秋官・司寇》）

司馬遷《史記》則有「送迎」對舉之例，如：

> 至霸上及棘門軍，直馳入，將以下騎送迎。（《史記・絳侯周勃世家》）
>
> 信嘗過樊將軍噲，噲跪拜送迎。（《史記・淮陰侯列傳》）
>
> 及縱至關，寧成側行送迎。（《史記・酷吏列傳》）

南昌府學刊本）

可知道了漢代「迎」已經取代「逆」為常用字詞，到了《方言》仍以「迎」為常用通語，《說文解字》訓「凡迎遇之義」之訓釋詞，如：

> 訝：相迎也。从言牙聲。《周禮》曰：「諸侯有卿訝發。」（言部，卷三）

> 睼：迎視也。从目是聲。讀若珥瑱之瑱。（目部，卷四）

> 髽：喪結。《禮》：女子髽衰，弔則不髽。魯臧武仲與齊戰于狐鮐，魯人迎喪者，始髽。从髟坐聲。（髟部，卷九）

仍以「迎」為常用訓釋字詞，而「迎遇」之義位則以「遇」為常用訓釋字詞，如：

> 逢：遇也。从辵，峯省聲。（辵部，卷二）

> 遭：遇也。从辵曹聲。一曰邐行。（辵部，卷二）

> 遘：遇也。从辵冓聲。（辵部，卷二）

> 遻：相遇驚也。从辵从㗊，㗊亦聲。（辵部，卷二）

「逢」、「遇」互訓，可知「遇」為承接「逢」之義位的常用字詞。

（二）《釋名》與《說文解字》之常用訓釋字詞

《釋名》踵《說文解字》之後，其有承《說文解字》之訓解者，有變其詁訓者，如《說文解字》：

> 田，陳也。（田部，卷十三）

段注：

> 陳者，列也。田與陳古皆音陳，故以疊韻為訓，取其陳列之整。

「田」、「陳」古音同在十二部。姚榮松認為：「如果我們只把陳、塡二字看作田字聲音或意義的引申或假借，有何不可？」〔註90〕徐芳敏進一步解釋「陳」為「田」之假借，但就其義含「陳列」，象田畝之形，許慎取「陳」訓之，雖屬聲訓，其實蘊含著引申之關係。考《釋名》：

> 田，塡也，五稼塡滿其中也。（釋地，卷一）

「塡」字《說文解字》：

〔註90〕姚榮松：〈釋名聲訓探微〉，《國際漢學會議論文集（語言文字組)》，頁14。

　　　　塡：塞也。从土眞聲。（土部，卷十三）

古音在第十部。徐芳敏以爲「塡」爲「田」之引申義，則五稼爲穀，非「田」
本身之形，故劉熙以「塡」訓「田」，只可視爲假借，「五稼塡滿其中」之說純
屬自臆之推尋。

　　又如《說文解字》：

　　　　光：明也。从火在人上，光明意也。（火部，卷十）

以「明」訓「光」，可知「光」引申有「明亮」之義。《釋名》變其訓作：

　　　　光，晃也，晃晃然也。亦言廣也，所照廣遠也。（釋天，卷一）

「晃」與「光」音近，取其假借爲訓。「光」乃抽象義，以「晃」訓「光」，
實際上是以「光」之孳乳字「晃」倒向爲訓，若欲探求語源，則有顛倒詞彙
演變順序之慮。且「晃」實應爲燭光之動皃，如燈中火主之「主」，乃實象之
形，非可推求抽象之義。

　　覆考《釋名》其他訓釋字詞，仍以《說文解字》常行之「光」、「明」爲
訓，並複合以「光明」稱之，如

　　　　日，實也，光明盛實也。（釋天，卷一）

　　　　曜，耀也，光明照耀也。（釋天，卷一）

可知其常用訓釋字詞仍承襲《說文解字》。

　　此例又有《說文解字》：

　　　　景：光也。从日京聲。（日部，卷七）

以「光」訓「景」，《釋名》：

　　　　枉矢，齊魯謂光景爲枉矢，言其光行若射矢之所至也。亦言其氣枉

　　　　暴有所災害也。（釋天，卷一）

以「光景」爲訓，又如《說文解字》：

　　　　宿：止也。从宀佰聲。佰，古文夙。（宀部，卷七）

《釋名》：

　　　　宿，宿也，星各止宿其處也。

承許愼「止宿」之訓釋用詞。就訓釋用詞習慣上，《釋名》的解釋，常常可以看
到和《說文解字》相同之字詞，例如《說文解字》：

> 醴：酒一宿孰也。从酉豐聲。（酉部，卷十四）

> 酤：一宿酒也。一曰買酒也。从酉古聲。（酉部，卷十四）

「一宿」之詞，也見諸《釋名》之訓，如：

> 醴齊，醴，禮也。釀之一宿而成，禮有酒味而巳也。（釋飲食，卷四）

可以知道漢代敘述和酒有關之詞彙，「宿」是個常用字詞，考《急就篇》有：

> 侍酒行觴宿昔醒。（《急就篇》，卷三）

此外《釋名》變《說文解字》之訓詁，實際上是該詞在當時的另一個義位，例如《說文解字》：

> 紀：絲別也。从系己聲。（系部，卷十三）

《釋名》作：

> 紀，記也，記識之也。（釋言語，卷四）

說的是「紀」另一個義位，與从「言」之「記」同義，《說文解字》作：

> 記：疏也。从言己聲。（言部，卷三）

> 誌：記誌也。从言志聲。（言部，卷三）

> 史：記事者也。（史部，卷三）

> 逜：古之道人，以木鐸記詩言。（丌部，卷五）

> 銘：記也。（金部，卷十四）

> 銘，名也，記名其功也。（釋言語，卷四）

> 籍受證驗記問年。（《急就篇》，卷四）

皆以本字訓解「記識」義。《釋名》言「記識」之義，多用「紀」，如：

> 己，紀也。皆有定形，可紀識也。（釋天，卷一）

> 記，紀也，紀識之也。（釋典藝，卷六）

乃以同音假借之「紀」代「記」。漢代也有以「紀」作「記識」義之用字者，如《漢書》：

> 籌，所以紀數。（《漢書·五行志》）

乃如《釋名》以假借字為訓。

　　綜考《方言》、《釋名》與《說文解字》常用字詞，則可見《說文解字》對於《方言》的承襲與變革，在漢代的語言詞彙環境下，許慎的用詞大抵還是和揚雄相同，但是就常用通語的字形上則有異體之變，有異義之別。

　　《釋名》承《說文解字》之後，其訓詁因有考音釋名之意圖，所以就其同字之訓解，常見異於許慎之用詞，但是劉熙時代距離許慎未遠，所以其常用字詞還是大部分相同，例如以「宿」訓與酒相關之詞。不過東漢是漢語複合詞彙產生的發展時期，從《釋名》的訓釋字詞中便可以看出，其常結合《說文解字》單字之義訓，爲他字之訓釋用詞，例如「光明」、「光景」等。這其中當然也可以看到《釋名》使用字詞不一定遵照《說文解字》形義相關之原則，而有以常用字位形之者，例如「記識」作「紀識」。

　　藉由三部辭書常用字詞的比較以及類型分析，可以反映出漢代常用詞彙的字形與詞義的情形，本文略舉其例，試爲析類，以管窺漢世之詞彙史貌。

第六章　結　論

第一節　《說文解字》常用字詞與漢代語言研究之關係與價值

　　常用詞中的基本詞彙一直是語言中穩固不易變化的，但是在漢語的常用字詞中，基本詞彙雖然沒有義位上的改變，但是在字位上則透過形體的演變成為古今或方俗異體，以及經由假借的方式產生承載詞的更動。〔註91〕這些情形在漢語語言學上通常以文字學、聲韻學、訓詁學三個領域進行分工研究，後來又加入了語義學、詞彙學、語法學等西方語言學科目，對漢語進行更精詳的分析。本文之研究，主要是站在這些學科的基礎上，就融匯了先秦文獻詞彙並加之以系統化的《說文解字》為主要研究觀察對象，並將觀察核心聚焦在其常用字詞上。

一、《說文解字》常用字詞與漢語常用詞彙

　　（一）許慎的收字主要依其形義系統而立，而其訓釋字詞，分判部首歸

〔註91〕此處有兩種情況，一則是魯實先先生「假借造字」之論而來，藉由假借字另制新字之方法，創造新詞，也形成詞位的更動變化。二則是用字假借的情形，使得某個義位原本之字位不通行，而藉由聲音之關係，取通行之其他字作為承載原詞義之字位。

屬，則反映出漢語常用字詞使用的面貌。

本文主要從訓釋常用字詞的角度看許慎編纂《說文解字》的「收字」與「用字」的差異。許慎的收字標準，以及解釋的方法，是以辭典訓詁爲原則，循著本義或文字形體意義開展出來的。在這個原則之下，卻蘊含著常用字詞義的影響。

歷來學者透過古文字的考證，辨析許慎釋字之矛盾或錯誤者，其中當然有許慎本身認知失誤之處，但是並不盡然皆爲其失。事實上在有意識地編輯一本辭典，並試圖建立系統的許慎，其釋字出現與古文本形有落差的情形並不能逕以爲就是他犯的錯誤。宋建華在〈說文部首字釋義與釋形相互矛盾現象考釋〉一文中便認爲許慎解釋部首字的釋義和釋形出現的矛盾現象，其原因是有意識的依循其所建立的解釋系統而產生的情形，所以宋氏提出有三項通則「牽連部首系聯之關係，而以『部首系聯用語』釋之」、「以部中歸字所從義釋之」、「兼採部中屬字所從義釋之」，論中提到許慎立部，並對部內之字進行解釋時，有一系聯用語和所從之義的因素存在。〔註92〕筆者進一步就詞義的分析發現，這些系聯用語、所從之義，事實上就是該部首義類的常用字詞，其所呈現的是這群字所交集的核心意義。這些常用詞義搭配著字形，影響了許慎分判部首的標準，例如「大」與籀文大「亣」，分立爲二部，一來是各自有其所從之形的字，二來是核心常用詞義的不同，故分爲二部。

（二）《說文解字》語原義類的常用訓釋詞義範疇與核心詞彙的意義分類之差異，反映出《說文解字》並非純粹是書面語言系統，也呈現出漢語常用詞彙的內涵。

本文分析了《說文解字》本身語原義類的常用字詞和核心詞彙的意義分類與關係，並且討論了《說文解字》五百四十部首的意義分類與核心詞彙的差異，發現《說文解字》語原義類的常用訓釋字詞，在基本核心詞彙中多屬於動作、形容詞彙，而名詞部分也多和基本核心詞彙有疊合之處，據此實可以看出該書並非只是經典文獻的專科辭典，而是含納了天地山川雜物及至人類日常生活所認知的語言詞彙的一般辭典。

（三）許慎訓解字詞以本義爲原則，但運用該字訓解它字，則反映該字詞

〔註92〕宋建華：〈說文部首字釋義與釋形相互矛盾現象考釋〉，《逢甲人文社會學報》，2001年5月，第2期。

本身常用詞義的實況。

本文之研究發現，許慎對於文字雖有以本義為主的解釋原則，但是運用該字頭解釋其他字頭時，則回歸語言應用的實況，例如「就」字本義為「高」，但是用作訓解「酉」字時，則不以本義「高」解釋，而是取「就」、「酉」聲音相近，以聲訓之假借字為訓；〔註93〕再如「衺」字本義為「廈」，用以解釋「衃」，取其血脈象水脈衺流之形，比擬義訓之。這些常用訓釋字詞都是以當時漢代慣用通行之字形與詞義為訓，反映出東漢中葉訓詁詞彙的實貌。

（四）《說文解字》語原義類常用訓釋字詞本身多為該語原義類之字，顯示出漢語詞源本源派生的關係，而非語原關係之常用訓釋字詞，則呈現出一詞多義，與前述同族詞皆成為複合詞構詞的來源。

本文歸納了《說文解字》具語源關係的一百項義類，得出許慎所使用的最常見的二百六十多個訓釋字詞，就其形態之分析，發現存在語原關係的字，常用以訓解同一語原義類的字，例如「凡和說快樂歡喜之義」類的語原字群「喜」、「說」，也為該語原字群的常用訓釋字詞。具有同族關係的字詞，不僅常用為該語原義類的常用訓釋字詞，同時也藉由音轉與義衍的關係，成為複合詞。

此外某些多義字詞，本身因引申或假借的關係，在當時已經成為某義類的常用字詞，雖然不具有語原關係，但是已成為訓解該義類字的訓釋字詞，例如「凡茂盛之義」之「盛」，本義為「黍稷在器中以祀者」，但引申為豐滿之義進入艸豐茂之語義場，並與該義類常用字詞「茂」字連用，形成複合構詞「茂盛」的來源。

二、《說文解字》常用字詞與漢代文獻常用詞彙

（一）《說文解字》與經典文獻常用字詞在訓詁方法上原則不同但背景相近

本文比較《說文解字》與先秦兩漢傳世經典文獻的常用訓釋字詞，發現

〔註93〕 聲訓之方法的定義，依張以仁所論乃是「利用語音的關係，闡明所釋語的來源。」詳參張以仁：〈聲訓的發展與儒家的關係〉，《張以仁語文學論集》（上海：上海古籍出版社，2012 年），頁 56。本文主要是說明「聲訓」所採用的字詞，是當時常用之假借字詞。

就辭典學與注釋學兩個範疇而言，《說文解字》以字詞的形義分析爲訓解根據，偏向理性意義的說明；經典注釋則因應文本內容大義的敘述，所以產生依循文中的語境而隨文釋義。前者重視語言與文字使用的精確性，旨在建立一個聚合形音義的分析系統；後者則意在解決文本中字詞和文句的理解障礙。不過，從許愼說解文字引述經典文獻內容以輔助訓詁的內容來看，可以明白許愼取材了當時漢代通行的文獻書面用語，這些文獻字詞也反映了當時經典注釋活動盛行時，語言字詞的使用面貌。但是許愼引《詩經》，宗毛傳，卻不廢三家詩之言、引《尙書》，主古文，亦不廢今文之說等融彙今古文經說的作法，一來呈現出當時活絡的經學語言使用背景，再者則顯示出許愼編輯《說文解字》不只是詮釋經典，更存在著探究語言文字之本質，整理與解釋字詞使之系統化的目的。

（二）《說文解字》承襲了《爾雅》對字詞的訓解，也改變了《爾雅》具時代與材料限制的詞義。

《說文解字》與《爾雅》在訓釋常用字詞的關係是很密切的。許多的訓釋常用字詞之義位，都是承襲自《爾雅》的詁訓而來，例如以「多」這個詞承載「數量大」的意思，自《爾雅》到《說文解字》都沒有改變，又如「嘉」、「美」、「善」等字也處於詞義恆定不變的情形。可以知道透過《說文解字》和《爾雅》一般詞彙中常用字詞的比較分析，可以得出漢語基本核心詞彙的範疇。這些核心基本詞彙反映在《說文解字》的訓釋常用字詞中主要存在著語原關係，音義相類。不過由於許愼有意識地根據文字構形訓解詞義，所以較之《爾雅》純以常用詞義爲解釋，《說文解字》的訓詁則添增了字形的思維在其中，例如解釋「屈」字作「無尾也」，「止」作「下基也」，皆有別於《爾雅》「聚也」、「待也」的常用訓義，張聯榮將其稱爲「字形義」，其實就是許愼本身有意據形系聯，合義爲訓的結果。這些字形義較之古文字可能並非本義，而是就其構形而比擬或引申爲訓。此外如「使」字在《爾雅》以「支使」、「跟隨」爲常用詞義，到了《說文解字》則以「支使」所引申之「使令」爲常用詞義，並用爲訓釋常用字詞，另外又如「柰」字至《說文解字》以爲專用官職名，罕用於訓釋字詞中，由此些例子皆可以看出詞義演變的情形。

（三）漢代經注與史傳譯經與《說文解字》訓釋常用字詞的差異在於泛指與特指以及本義與引申之別。

　　《說文解字》所使用的訓釋常用字詞大抵同於漢代經注以及史傳翻譯先秦典籍文獻的常用字詞，其所別異者，例如訓解「墉」字，毛傳已常用詞「牆」為訓，許慎則以「垣」作為訓釋字詞，事實上在《說文解字》中「牆」、「垣」是互訓的同義詞，許慎此處採用了特指（析言）的詞義解釋「墉」字，而有別於毛傳採用泛指（統言）的常用字詞「牆」為訓釋字詞，為的是表現出從土而建之城垣之形。又如《史記》以漢代常用字詞「和」來解釋〈皋陶謨〉的「諧」字與《爾雅・釋詁》相同，但是《說文解字》則以從言之「詥」為訓，理由是「和」本義非「諧和」，據其形之本義應為「相應」，用以訓解「諧」乃因其引申義相近且為常用字詞，許慎為了說解本字本義，故以「詥」為訓顯然受部首系聯關係的影響，綜觀《說文解字》仍常以常用引申之「和」作為和諧、調和義之訓釋字詞。

（四）《說文解字》與童蒙字書、《方言》、《釋名》在義類劃分和常用字詞與訓詁方式上則存在詞義相承與形義演變的情形。

　　《說文解字》對於漢代通行的童蒙字書與辭書在常用字詞的義類劃分上，大抵是相似的。許慎理應是站在這些義類劃分的基礎上，進行部首的建構。本文比較分析了這些字辭書與《說文解字》在常用字詞的使用情形，發現其與當時的典籍文獻用詞多有相同近似之處，例如常用的反義字詞「往」、「來」；「開」、「閉」等。在訓詁方式上《訓纂篇》等字書已經出現依字形而訓解的方式，這點實際上是啟發了許慎的依形立訓的訓詁觀念。此外《方言》的字詞使用於形構上有其別異之處者，理由在於揚雄目的在運用常用字詞紀錄方言口語詞，而非如許慎還具有字樣辨似，訂正形義的意圖。再者，對於當時社會日常生活常用的干支日數的解釋，漢人使用了聲訓的模式，實際上反映了當時社會體制與生活觀念對常用詞義的訓詁觀念。魏慧萍提到每一種社會體制在社會上通行時，語言詞彙中便形成了相關語義場的常用詞，〔註94〕其實這種字詞也被運用於解釋這些社會制度所使用的字詞上。

〔註94〕魏慧萍：〈漢語常用詞義傳承發展的社會歷史因素探析〉，《河北大學學報（哲學社會科學版）》，2005 年，第 1 期。

綜上之述，《說文解字》的常用字詞在漢語常用詞彙中存在著一種系統性的存在價值，許慎透過訓釋常用字詞的運用以及其文字系統的建構，包容了漢代當世經典文獻字詞、字詞書中的常用字詞的各種形義關係，藉由本文的比較可見漢代當時文字詞彙在各種文獻語料上的使用面貌。

第二節　《說文解字》常用字詞之延伸研究與開展專題

本論文針對《說文解字》與經典文獻常用字詞進行之比較研究，面臨了材料上的問題與技術上的侷限，主要是《說文解字》常用字詞不僅僅是語原義類的常用訓釋字詞可以概括，雖然聚焦於這二百六十多個常用字詞，對比漢代當時傳世盛行典籍文獻的詞彙，已然可以看出當時詞彙使用在義位與字位上的傳承與演變概況，但是就研究的語料參素上仍失之過小。

因為失之過小，故有必要全面性的建立起《說文解字》和當時傳世典籍文獻常用字詞對應關係的語料庫，並進行面表述具上的字詞頻統計，此項本文礙於技術上及龐大資料處理的困難，故就不足之處，提出以本論題仍得延伸之研究與開展之專題，所為將來進一步深入本論題之構想與準備。

一、漢代常用詞彙用字和詞義系統之研究

本論文未來研究之開展主要是針對漢代常用詞彙用字和詞義系統的分析為核心，先以《說文解字》為基底，建構編纂「漢代常用字詞手冊」，有別於目前古漢語常用字辭典的內容，筆者所欲編纂的是能夠呈現每個字詞的字形義、常用義以及變化脈絡的常用字詞形義關係手冊。

該手冊主要從《說文解字》的字詞著手，析理出每個字所有的義項（本義、「一曰」別義），然再進行該義項的性質分析（本形本義、引申義、假借義等），接著進行內部分析，考察出這些義項中何者是《說文解字》最常使用的訓解詞義。在廓清《說文解字》九三五三字的常用義項以後，便著手進行外部比較，將當世文獻典籍（包含簡帛、碑刻等出土文獻）中的詞彙，與前述所統計出來的常用義項比對分析，經過此番比較，可以整理出幾種面向的常用詞彙性質：

1、文獻典籍的常用詞彙

2、簡帛碑刻的常用詞彙

3、書面語的常用詞彙

4、民俗口語的常用詞彙

藉由上述常用詞彙的整理，進一步可以探究彼此之間常用義位的聚合與分化關係，考察有哪些常用義項是自古以來不曾更變的核心詞彙，其與華夏文化生活的關係爲何？有哪些常用義項具有其專門性（如經學用詞、書面用語等），或時代性（先秦常用詞、漢代常用詞等）？在常用義項的分析之中，還要結合常用字位的統括歸納，哪些字形時常承載常用義項？哪些字形在承載常用義項時形成的六書結構與性質爲何（如後起本字、轉注造字、假借造字等）？藉此開始就形義的內涵，探討在隸變以後的漢代六書理論建立，及實際在文字使用的情形。

編纂具形義關係的常用字詞彙編，主要是欲進一步對漢代詞義系統的內容進行理據地分析。本論文在緒論提到的想要藉由常用字詞的研究，考察當時文字演化之構形所歸納出來的六書性質之實際情形，〔註95〕由於研究語料的侷限，故尚不敢斷言六書形成之因素，不過六書的形成與應用，必然是通行於常用字詞之中。所以接下來欲藉由更全面的漢代詞義系統分析，將《說文解字》與經典文獻等的常用字詞進行統整，探討其義位演變之情形，作爲六書理論形成的根據以及分析字詞性質關係的憑參。

二、歷時常用詞彙用字之專題研究

近年來許多學者開始嘗試建構漢語核心詞彙的內容，有的從漢藏、漢緬歷史比較語言學的角度入手，例如黃樹先等；有的則從漢語同源詞彙的分析著眼，例如王力、鄭張尚芳等；也有的就某一時代或時段的常用詞彙進行分析考察，如汪維輝、于飛等；更有從單本文獻的常用核心字詞之考察爲主或幾個詞彙的歷時演變作爲分析主題，事實上都是建構漢語歷時的常用詞彙必須要的觀察面向。汪維輝提到：「詞彙史的研究成果可以有兩種表達形式：一是專著，對一種語言的詞彙的歷史演變作詳盡的描述和分析；二是詞檔，除了對每一個詞的詞義、詞性、組合關係、感情色彩和用法等提供詳細而準確的信息之外，還應該對詞的通行時代和地域——也就是詞的時代性和地域性——做出盡可能確切的說明。這樣的詞典比現有的《漢語大詞典》、《漢語大字典》還要詳盡得多，在

〔註95〕探討漢字構形生成的過程中，六書型態是怎麼出現的，何以開始有六書之歸納？皆爲研究探討之課題。

目前還只是一種美好的設想，付諸實施絕非易事，但也並非不可能。我們可以先從一部分詞做起。」〔註96〕根據學者統計，中國歷代字書的收字：〔註97〕

秦（公元前 221 年）：《倉頡篇》（李斯作）、《博學篇》（趙高作）、《爰歷篇》（胡毋敬作），共計 3300 餘字。

漢：《訓纂編》（楊雄，公元前 53～公元 18 年），5340 字（已佚）；（還有賈魴《滂喜篇》，7380 字）；《說文解字》（公元 100 年，許慎著），9353 字；加上重文（異體字），共 10,516 字。

晉：《字林》（公元 514 年，呂忱著）：12,824 字（已佚）。

南朝・梁：《玉篇》（公元 534 年，著顧野王）：16,917 字（後增補至 22561 字）。

宋：《廣韻》（1008 年，陳彭年等編著），26,194 字；《集韻》（1039 年，丁度等編著），53,525 字；《類篇》（1066 年，司馬光等編著），31,319 字。

明：《字彙》（1615 年，梅膺祚等編著），33,179 字；《正字通》（崇禎末年，張自烈著），33,549 字。

清《康熙字典》（1716 年，張玉書等編著），47,043 字。

1915 年，《中華大字典》（歐陽博存主編）：48,000 餘字。

1971 年，《中文大辭典》（張其昀主編）：49,888 餘字。

1993 年，《漢語大字典》（徐中舒主編）：56,000 餘字。

1994 年，《中華字海》（冷玉龍主編）：85,000 餘字。

上文還應補入教育部所編纂之異體字字典，收字約 100,000 多字。這些字書中所收的字之所以會越來越多，一部分是經由文字的孳乳、分化，一部分則是因為傳鈔訛寫，前者依循著字理，後者則實是俗體異構的變化現象。如果站在常用字詞的角度來看待這些「字」，則可以循著具有語原義類關係、六書造字生成關係以及文獻異文的對應關係等，進行分析判斷。所以這些語料，實際上

〔註96〕 汪維輝：〈論詞的時代性和地域性〉，《語言研究》，2006 年，第 26 卷，第 2 期。

〔註97〕 參子正：〈漢字正義（十三）：漢字的數量有定數嗎？〉，「大紀元文化網」，網址：http://www.epochtimes.com/b5/14/3/2/n4095950.htm%E6%BC%A2%E5%AD%97%E6%AD%A3%E7%BE%A9%28%E5%8D%81%E4%B8%89%29%EF%B8%B0%E6%BC%A2%E5%AD%97%E7%9A%84%E6%95%B8%E9%87%8F%E6%9C%89%E5%AE%9A%E6%95%B8%E5%97%8E-.html，2014 年 4 月 2 日。

可以開展出「斷代詞彙常用字之專題研究」，探討：

　　1、常用字詞核心義之演變

　　2、常用字詞構形之演變

　　3、常用字詞用字標準之演變

　　此處主要是利用字辭典與各時代的文獻語料進行常用字詞的比較與整理，編纂斷代常用字辭典，意在呈現每個時代對漢語核心字詞的傳承使用，以及當時常用字詞的變化因素（諸如統治者的地域性、社會語言的流行字詞等等）。

　　據此研究不僅能釐清該時代的字詞使用的面貌，更可以依其校勘當時之文獻之內容，考察通用語言及辨似常用文字的內容。

三、漢代碑刻簡帛常用字詞構形研究

　　本文所論之常用字詞，不僅考察其常用義位，更有意要討論其承載常用義位之字位的情形。在本文與童蒙字書、字辭書的比較研究中，援引了秦漢簡牘與漢碑進行常用字位的分析，例如從秦簡與漢碑中存在「希」字之形，比較《爾雅》、《方言》皆存「希」字之訓，證明《說文解字》只存從「希」構形的文字者，當有「希」字之本字。又如依漢碑證明《說文解字》以省「老」之「耊」為本字，乃為當世常用字位，有別於《方言》收錄不省之「耊」。

　　此處在未來的延伸研究上，實可以藉由常用字詞在漢代簡帛碑刻中的字形呈現情形，重新檢視許慎收字以及釋形的標準，例如《方言》之字，有錄於許書為或體者，呈現出當時俗語用字的常用通行，故許慎將其錄為重文，建立異體字之字位。也有不錄於許書重文者，例如《方言》之「狸」與《說文解字》之「貍」，義符雖有通用之情形，但《說文解字》並未收錄從「犬」之「狸」，顯然許慎對該字形義之判斷有其字樣取捨的標準，而也有許慎收字至後世以《方言》之字為常用者，如「綺」、「袴」（後世常用）與「蟄」、「蟀」（熹平石經以「蟀」行）。故爾後當結合當今出土之漢代古文字材料，重新考察當時字辭書的字形，比較《說文解字》的收字與釋形，並對漢代文字隸變與六書構形之關係重新進行分析探究，作為漢字轉型為隸書結構以後應如何以合理的形義構造為原則來訂正字樣的參考。

　　本論文對《說文解字》與經典文獻常用字詞的比較研究，其著眼點就是要重新審視漢語語言材料中最主要的根源——先秦經籍文獻常用字詞，以及漢代

訓詁字辭書的訓釋常用字詞，試圖從中比較出字位與義位間變化的型態，討論其演變的因素，爲接下來整個漢語常用字詞、核心字詞的研究張本。其中或有材料引用不足或論理有缺誤者，責任皆歸屬於筆者，懇請前輩師長、方家學者批評指正。

參考書目

一、古　籍（依作者時代排序）

（一）經　類

1. ［東漢］班固，《白虎通義》，台北：臺灣商務印書館，1968 年，國立故宮博物院藏文淵閣四庫全書本影印。。

2. ［東漢］鄭玄、［清］皮錫瑞，《駁五經異義疏證》，台北：文海出版社，1967 年。。

3. ［唐］陸德明，《經典釋文》，上海：上海古籍出版社，1985 年。。

4. ［南宋］朱熹，《詩集傳》，台北：藝文印書館，1974 年。。

5. ［元］陳友仁，《周禮集說》，台北：臺灣商務印書館，1983 年，明成化十年福建巡撫張瑄刊本。。

6. ［清］王引之，《經義述聞》，台北：臺灣商務印書館，1968 年。。

7. ［清］阮元，《十三經注疏・周易注疏》，台北：藝文印書館，2001 年，影印清嘉慶二十年江西南昌府學刊本。。

8. ［清］阮元，《十三經注疏・尚書注疏》，台北：藝文印書館，2001 年，影印清嘉慶二十年江西南昌府學刊本。。

9. ［清］阮元，《十三經注疏・毛詩注疏》，台北：藝文印書館，2001 年，影印清嘉慶二十年江西南昌府學刊本。。

10. ［清］阮元，《周禮注疏》，台北：藝文印書館，2001 年，影印清嘉慶二十年江西南昌府學刊本。。

11. ［清］阮元，《儀禮注疏》，台北：藝文印書館，2001 年，影印清嘉慶二十年江西

南昌府學刊本。。

12. 〔清〕阮元,《十三經注疏·禮記注疏》,台北:藝文印書館,2001 年,影印清嘉慶二十年江西南昌府學刊本。。

13. 〔清〕阮元,《十三經注疏·春秋左傳注疏》,台北:藝文印書館,2001 年,影印清嘉慶二十年江西南昌府學刊本。。

14. 〔清〕阮元,《十三經注疏·春秋公羊傳注疏》,台北:藝文印書館,2001 年,影印清嘉慶二十年江西南昌府學刊本。。

15. 〔清〕阮元,《春秋穀梁傳注疏》,台北:藝文印書館,2001 年,影印清嘉慶二十年江西南昌府學刊本。。

16. 〔清〕阮元,《十三經注疏·爾雅注疏》,台北:藝文印書館,2001 年,影印清嘉慶二十年江西南昌府學刊本。。

17. 〔清〕阮元,《十三經注疏·論語注疏》,台北:藝文印書館,2001 年,影印清嘉慶二十年江西南昌府學刊本。。

18. 〔清〕阮元,《十三經注疏·孟子注疏》,台北:藝文印書館,2001 年,影印清嘉慶二十年江西南昌府學刊本。。

19. 〔清〕臧琳,《經義雜記》,台北:維新書局,1968 年,影印拜經堂本。。

20. 〔清〕沈淑,《陸氏經典異文輯》,台北:藝文印書館,1968 年,原刻景印百部叢書集成。。

21. 〔清〕沈淑,《陸氏經典異文補》,台北:藝文印書館,1968 年,原刻景印百部叢書集成。。

(二)史 類

1. 〔西漢〕司馬遷、〔日〕瀧川龜太郎,《史記會注考證》,台北:萬卷樓圖書有限公司,1996 年。

2. 〔東漢〕班固、〔唐〕顏師古、〔清〕王先謙:《漢書補注》,合肥:黃山書社,2008 年,清光緒刻本。

3. 〔東漢〕高誘,《戰國策高氏注》,台北:世界書局,1967 年,影印剡川姚氏刻本。

4. 〔東晉〕常璩,《華陽國志》,濟南:齊魯書社,2000 年。

5. 〔宋〕范曄、〔唐〕李賢,《後漢書》,北京:商務印書館,2006 年。

6. 〔北魏〕酈道元、〔清〕楊守敬,《水經注疏》,台北:臺灣中華書局,1971 年。

7. 〔唐〕房玄齡等,《晉書》,台北:臺灣商務印書館,2010 年。

8. 〔隋〕李百藥,《北齊書》,台北:藝文印書館,1950 年。

9. 〔清〕孫星衍,《漢官六種》,北京:中華書局,2008 年。

(三)子 類

1. 〔東周〕墨翟、〔清〕畢沅,《墨子》,上海:上海古籍出版社,1995 年,光緒十九年鴻文書局畢氏靈巖山館校印。

2. 〔東周〕莊周、〔清〕郭慶藩,《莊子集釋》,台北:臺灣中華書局,1973 年,清光緒二十年刊本影印。

3. 〔東周〕列禦寇、〔晉〕張湛,《列子》,台北:藝文印書館,1971 年,影印宋本。

4. 〔東周〕荀況、〔唐〕楊倞、〔清〕王先謙,《荀子集解》,台北:藝文印書館,2000 年。

5. 〔東周〕韓非,《韓非子》,台北:臺灣古籍出版社,1996 年。

6. 〔秦〕呂不韋等、〔漢〕高誘,《呂氏春秋》,上海:上海商務印書館,1936 年。

7. 〔西漢〕劉安、〔東漢〕高誘,《淮南子》,台北:藝文印書館,1959 年,影鈔宋本淮南鴻烈解。

8. 〔西漢〕揚雄,《太玄》,合肥:黃山書社,2008 年,四部叢刊景明翻宋本。

9. 〔西漢〕劉向、〔清〕石光瑛,《新序校釋》,北京:中華書局,2009 年。

10. 〔東漢〕王充,《論衡》,台北:臺灣古籍出版社,2000 年。

11. 〔南宋〕朱熹,《朱子語類》,台北:臺灣商務印書館,1969 年。

(四)集　類

1. 〔西漢〕王褒,《王諫議集》,〔明〕張溥:《漢魏六朝百三名家集》,南京:江蘇古籍出版社,2002 年,清光緒五年彭懋謙信述堂刊本影印。

2. 〔宋〕劉義慶,《幽明錄》,台北:廣文書局,1989 年。

3. 〔梁〕蕭統,《文選》,台北:華正書局,1995 年。

4. 〔北魏〕賈思勰,《齊民要術》,台北:臺灣中華書局,1965 年,中華書局聚珍仿宋版影印本。

5. 〔北齊〕顏之推,《顏氏家訓》,台北:廣文書局,1977 年,。

6. 〔南宋〕朱質,《青學齋文集》,北京:中國書店,1981 年。

7. 〔元〕喬吉,《喬吉集》,太原:山西人民出版社,1988 年。

8. 〔元〕施耐庵,《水滸傳》,台北:三民書局,1972 年。

9. 〔明〕方以智,《方以智全書》,上海:上海古籍出版社,1988 年。

10. 〔清〕顧炎武,《日知錄》,台北:臺灣商務印書館,1956 年。

11. 〔清〕戴震,《戴震集》,上海:上海商務印書館,1929 年。

12. 〔清〕戴震,《戴東原先生全集》,台北:大化書局,1978 年。

13. 〔清〕段玉裁,《經韻樓集》,上海:上海古籍出版社,2001 年。

14. 〔清〕顧廣圻,《思適齋集》,上海:上海古籍出版社,2002 年。

15. 〔清〕王念孫、王引之,《高郵王氏遺書》,台北:文海書局,1965 年。

16. 〔清〕黃承吉,《夢陔堂文集》,台北:文海書局,1967 年。

17. 〔日〕日本大藏經刊行會,《大正新脩大藏經》,台北:新文豐出版有限公司,1973 年。

18. 〔清〕盧文弨，《抱經堂文集》，北京：中華書局，1990 年，影印《四部叢刊》本。

19. 〔清〕梁玉繩，《瞥記》，台北：文海出版社，1983 年。

20. 〔清〕袁枚，《隨園詩話》，合肥：黃山書社，2008 年。

（五）小學類

1. 〔西漢〕史游、〔唐〕顏師古，《急就篇》，台北：臺灣商務印書館，1966 年，上海涵芬樓借海鹽張涉園藏明鈔本影印。

2. 〔西漢〕揚雄、〔清〕戴震，《方言疏證》，合肥：黃山書社，2008 年，清微波榭叢書本。

3. 〔西漢〕揚雄、〔清〕戴震、〔清〕王念孫，《方言疏證補》，合肥：黃山書社，2008 年，民國二十七年刻本。

4. 〔東漢〕許慎、〔北宋〕徐鉉，《說文解字》，北京：中華書局，2001 年，影印陳昌治刻本。

5. 〔東漢〕許慎、〔清〕段玉裁，《說文解字注》，台北：萬卷樓圖書股份有限公司，2004 年，影印經韻樓藏版。

6. 〔北宋〕陳彭年等、〔民國〕林尹，《新校正切宋本廣韻》，台北：黎明文化事業公司，2001 年。

7. 〔北宋〕丁度等，《集韻》，台北：臺灣中華書局，1965 年。

8. 〔南宋〕李從周，《字通》，台北：臺灣商務印書館，1966 年。

9. 〔明〕陳第，《毛詩古音考》，台北：廣文書局，1966 年。

10. 〔清〕王引之，《經傳釋詞》，台北：世界書局，1970 年。

11. 〔清〕王筠，《說文釋例》，北京：中華書局，1987 年。

12. 〔魏〕張楫、〔清〕王念孫，《廣雅疏證》，北京：中華書局，1990 年。

13. 〔清〕宋保，《諧聲補逸》，上海：上海商務印書館，1936 年。

14. 〔清〕徐灝，《說文解字注箋》，台北：廣文書局，1972 年。

15. 〔清〕桂馥，《說文解字義證》，台北：廣文書局，1972 年。

16. 〔清〕方東樹，《漢學商兌》，台北：廣文書局，1963 年。

17. 〔清〕邵瑛，《說文解字群經正字》，上海：上海古籍出版社，2002 年，影印清嘉慶二十一年桂隱書屋刻本。

18. 〔清〕郝懿行，《爾雅義疏》，台北：藝文印書館，1966 年。

19. 〔清〕朱駿聲，《說文通訓定聲》，北京：中華書局，1984 年。

20. 〔清〕孫星衍，《倉頡篇》，台北：臺灣商務印書館，1965 年，岱南閣叢書本影印。

21. 〔清〕繆祐孫，《漢書引經異文證》，台北：文海書局，1968 年，。

22. 〔清〕顧藹吉，《隸辨》，北京：中華書局，1986 年，康熙五十七年項絪玉淵堂刊本影印。

二、專著（依作者姓名筆劃排序）

（一）論　著

1. 王力，《龍蟲並雕齋文集》，北京：中華書局，1980 年。

2. 王力，《古代漢語》，北京：中華書局，1983 年。

3. 王力，《同源字典》，北京：商務印書館，1991 年。

4. 王力，《漢語史稿》，北京：中華書局，2002 年。

5. 王力，《中國語言學史》，台北：五南圖書出版有限公司，2005 年。

6. 王士元，《語言湧現：發展與演化》，台北：中央研究院語言學研究所，2008 年。

7. 王彥坤，《古籍異文研究》，台北：萬卷樓圖書有限公司，1996 年。

8. 王書林，《論語譯註及異文校勘》，台北：臺灣商務印書館，1981 年。

9. 王國維，《觀堂集林》，石家莊：河北教育出版社，2003 年。

10. 王彩琴，《揚雄方言用字研究》，北京：高等教育出版社，2011 年。

11. 王雲路，《詞彙訓詁論稿》，北京：北京語言文化大學出版社，2002 年。

12. 王雲路，《中古近代漢語研究》，上海：上海教育出版社，2000 年。

13. 王智群，《方言與揚雄詞彙學》，北京：高等教育出版社，2011 年。

14. 文幸福，《詩經毛傳鄭箋辨異》，台北：文史哲出版社，1989 年。

15. 北京大學中國傳統文化研究中心編，《北京大學百年國學文粹——語言文獻卷》，北京：北京大學出版社，1998 年。

16. 古國順，《史記述尚書研究》，台北：文史哲出版社，1985 年。

17. 白雲，《漢語常用動詞歷時與共時研究》，北京：中國社會科學出版社，2012 年。

18. 朱廷獻，《尚書異文集證》，台北：臺灣中華書局，1970 年。

19. 朱謙之，《老子校釋》，北京：中華書局，1984 年。

20. 朱承平，《文獻語言材料的鑑別與應用》，南昌：江西高校出版社，1991 年。

21. 朱星，《朱星古漢語論文選集》，台北：紅葉文化事業有限公司，1996 年。

22. 朱承平，《異文語料的鑑別與應用》，長沙：岳麓書社，2005 年。

23. 朱疆，《古璽文字量化研究及相關問題》，上海：上海人民出版社，2010 年。

24. 刑福義，《漢語核心詞探索》，武漢：華中師範大學出版社，2010 年。

25. 任學良，《古代漢語常用詞訂正》，杭州：浙江大學出版社，1987 年。

26. 呂景先，《說文段注指例》，台北：正中書局，1998 年。

27. 呂志峰，《東漢石刻磚陶等民俗性文字資料詞彙研究》，上海：上海人民出版社，2009 年。

28. 沈兼士，《沈兼士學術論文集》，北京：中華書局，1986 年。

29. 宋永培，《說文解字與文獻詞義學》，鄭州：河南人民出版社，1994 年。

30. 宋永培，《說文漢字體系與中國上古史》，南寧：廣西教育出版社，1996 年。

31. 宋永培，《說文漢字體系研究法》，南寧：廣西教育出版社，1999 年。

32. 宋永培，《說文與上古漢語詞義研究》，成都：巴蜀書社，2001 年。

33. 宋永培，《說文與訓詁研究論集》，北京：商務印書館，2013 年。

34. 汪耀楠，《注釋學綱要》，北京：語文出版社，1997 年。

35. 汪維輝，《東漢——隋常用詞演變研究》，南京：南京大學出版社，2002 年。

36. 李孝定，《讀說文記》，台北：中央研究院歷史語言研究所，1992 年。

37. 李國英，《說文類釋》，台北：書銘出版事業有限公司，1987 年。

38. 李宗江，《漢語常用詞演變研究》，上海：漢語大詞典出版社，1999 年。

39. 李零，《簡帛古書與學術源流》，北京：生活・讀書・新知三聯書店，2004 年。

40. 李波，《史記字頻研究》，北京：商務印書館，2006 年。

41. 金理新，《漢藏語系核心詞》，北京：民族出版社，2012 年。

42. 吳吉煌，《兩漢方言詞研究——以方言、說文為基礎》，北京：高等教育出版社，2011 年。

43. 吳寶安，《西漢核心詞研究》，成都：巴蜀出版社，2011 年。

44. 金德健，《經今古文字考》，濟南：齊魯書社，1984 年。

45. 周祖謨，《方言校箋》，北京：中華書局，1993 年。

46. 周祖謨，《漢語詞彙講話》，北京：外語教學與研究出版社，2007 年。

47. 周何，《中國訓詁學》，台北：三民書局，1997 年。

48. 施真珍，《後漢書核心詞研究》，成都：巴蜀出版社，2011 年。

49. 洪成玉，《古今字》，北京：語文出版社，1995 年。

50. 胡奇光，《中國小學史》，上海：上海人民出版社，1987 年。

51. 胡楚生，《清代學術史研究》，台北：臺灣學生書局，1988 年。

52. 徐芹庭，《周易異文考》，台北：五洲出版社，1975 年。

53. 徐芳敏，《釋名研究》，台北：國立台灣大學出版委員會，1989 年。

54. 徐朝華，《爾雅今注》，天津：南開大學出版社，1994 年。

55. 徐世昌，《清儒學案（二）》，北京：中國書店，1990 年。

56. 徐時儀，《古白話詞彙研究論稿》，上海：上海教育出版社，2000 年。

57. 唐蘭，《中國文字學》，上海：上海古籍出版社，2004 年。

58. 唐鈺明，《著名中年語言學家自選集——唐鈺明卷》，合肥：安徽教育出版社，2002 年。

59. 殷孟倫，《子雲鄉人類稿》，濟南：齊魯書社，1985 年。

60. 海柳文，《十三經字頻研究》，北京：高等教育出版社，2011 年。

61. 孫常敘，《漢語詞彙（重排本）》，北京：商務印書館，2006 年。

62. 高鴻縉，《中國字例》，台北：廣文書局，1964 年。

63. 章太炎，《文始》，台北：臺灣中華書局，1970 年。

64. 章太炎，《章太炎全集（五）》，上海：上海人民出版社，1985 年。

65. 黃侃，《黃侃論學雜著》，台北：台灣中華書局，1964 年。

66. 黃侃，《文字聲韻訓詁筆記》，台北：木鐸出版社，1983 年。

67. 黃侃，《說文箋識四種》，台北：藝文印書館，1985 年，。

68. 黃侃，《黃侃國學講義錄》，北京：中華書局，2006 年。

69. 黃侃，《黃侃國學文集》，北京：中華書局，2006 年。

70. 黃德寬、陳秉新，《漢語文字學史》，台北：聯經出版事業股份有限公司，2008 年。

71. 黃樹先，《比較詞義探索》，成都：巴蜀出版社，2012 年。

72. 張永言，《詞彙學簡論》，武昌：華中工學院出版社出版，1982 年。

73. 張麗生，《急就篇研究》，台北：臺灣商務印書館，1983 年。

74. 張涌泉，《漢語俗字研究》，長沙：岳麓書社，1998 年。

75. 張聯榮，《古漢語詞義論》，北京：北京大學出版社，2000 年。

76. 張玉金，《西周漢語代詞研究》，北京：中華書局，2006 年。

77. 張以仁，《張以仁語文學論集》，上海：上海古籍出版社，2012 年。

78. 郭錫良，《漢語史論集》，北京：商務印書館，2005 年。

79. 郭在貽，《訓詁學》，北京：中華書局，2005 年，。

80. 符淮青，《現代漢語詞彙》，北京：北京大學出版社，1985 年。

81. 陸宗達，《訓詁簡論》，香港：中華書局，2002 年。

82. 許錟輝，《說文解字重文諧聲考》，台北：嘉新水泥公司文化基金會，1968 年。

83. 許錟輝，《說文重文形體考》，台北：文津出版社，1973 年。

84. 許錟輝，《文字學簡編》，台北：萬卷樓圖書出版有限公司，1999 年。

85. 陳舜政，《論語異文集釋》，台北：嘉新水泥公司文化基金會，1968 年。

86. 陳新雄，《訓詁學（上）》，台北：台灣學生書局，1996 年。

87. 陳新雄，《訓詁學》，台北：臺灣學生書局，2005 年。

88. 陳新雄、曾榮汾，《文字學》，台北：五南圖書出版股份有限公司，2010 年。

89. 程樹德，《說文稽古篇》，上海：商務印書館，1933 年。

90. 程湘清，《先秦漢語研究》，濟南：山東教育出版社，1994 年。

91. 馮蒸，《說文同義詞研究》，北京：首都師範大學，1995 年。

92. 馮翰文，《漢字述異》，香港：香港官立鄉村師範專科學校同學會，2000 年。

93. 裘錫圭，《古代文史研究新探》，南京：江蘇古籍出版社，2000 年。

94. 楊樹達，《積微居金文說甲文說》，台北：臺灣大通書局，1971 年。

95. 楊伯峻，《左傳注》，高雄：復文圖書出版社，1991 年。

96. 楊吉春，《漢語反義複詞研究》，北京：中華書局，2007 年。

97. 萬佳才，《東漢副詞研究》，長沙：岳麓書社，2005 年。

98. 葉國良等，《文獻及語言知識和經典詮釋的關係》，台北：國立臺灣大學出版中心，2004 年。

99. 葉鍵得，《古漢語字義反訓探微》，台北：臺灣學生書局，2005 年。

100. 齊佩瑢，《訓詁學概論》，北京：中華書局，1984 年。

101. 趙平安，《新出簡帛與古文字古文獻研究》，北京：商務印書館，2009 年。

102. 魯實先，《文字析義》，台北：魯實先全集編輯委員會，1993 年。

103. 魯實先著、王永誠注，《文字析義注（上冊）》，台北：臺灣商務印書館，2014 年。

104. 黎錦熙，《國語運動史綱》，上海：商務印書館，1935 年。

105. 黎良軍，《漢語詞彙語義學論稿》，桂林：廣西師範大學出版社，1995 年。

106. 劉師培，《劉申叔先生遺書》，台北：大新書局，1965 年。

107. 劉志生，《東漢碑刻複音詞研究》，成都：巴蜀書社，2007 年。

108. 蔣紹愚，《近代漢語研究概況》，北京：北京大學出版社，1994 年。

109. 蔣紹愚，《古漢語詞彙綱要》，北京：商務印書館，1989 年。

110. 蔣禮鴻，《敦煌變文字義通釋》，上海：上海古籍出版社，1988 年。

111. 蔡信發，《說文部首類釋》，台北：臺灣學生書局，2002 年。

112. 蔡謀芳，《訓詁條例之建立及應用》，台北：文史哲出版社，1975 年。

113. 鄭張尚芳，《華澳語言比較三百核心詞表（徵求意見稿)》，待刊稿。

114. 錢鍾書，《管錐篇》，台北：友聯出版社，1981 年。

115. 謝榮娥，《秦漢時期楚方言區的語音研究》，北京：高等教育出版社，2011 年。

116. 濮之珍，《中國語言學史》，台北：書林出版社，1990 年。

117. 羅思明，《詞典學新論》，合肥：安徽教育出版社，2008 年。

118. 蘇寶榮，《詞彙學與辭書學研究》，北京：商務印書館，2008 年。

119. 蘇寶榮，《詞義研究與辭書釋義》，北京：商務印書館，2008 年。

120. 龔煌城，《漢藏語研究論文集》，北京：北京大學出版社，2004 年。

（二）工具書

1. 丁福保，《說文解字詁林》，台北：鼎文書局，1977 年。

2. 王力等，《古代漢語常用字字典（第四版)》，北京：商務印書館，2005 年。

3. 北京書同文數字化技術有限公司，《古籍漢字字頻統計》，北京：商務印書館，2008 年。

4. 中華民國教育部教育部國語推行委員會，《八十七年常用語詞調查報告書》1999 年。

5. 中華民國教育部教育部國語推行委員會，《國小學童常用字詞調查報告書》，2000 年。

6. 中華民國教育部教育部國語推行委員會,《大陸小學教科書字詞調查報告》,2000年。

7. 余家驥,《古代漢語常用字匯釋》,內蒙古人民出版社,2001年。

8. 何秀煌,《現代漢語常用字頻率統計》,香港:香港中文大學人文學科研究所,1998年。

9. 周緒全、王澄愚,《古漢語常用詞通釋》,重慶:重慶出版社,1988年。

10. 柯華葳、吳敏而等,《國民小學常用字及生字難度研究——六年級》,台北:臺灣省國民學校教師研習會,1990年。

11. 高明,《古文字類編》,台北:大通書局,1986年。

12. 商承祚,《石刻篆文編》,台北:世界書局,1961年。

13. 張相,《詩詞曲語詞匯釋》,台北:臺灣中華書局,1975年。

14. 陸勤、宋柔,《人民日報字詞調查》,2001年。

15. 勞榦,《居延漢簡》,台北:中央研究院歷史語言研究所,1957～1960年。

16. 解玉良、黃發耀,《簡明文言常用詞手冊》,北京:對外貿易教育出版社,1989年。

17. 劉鑑平、鄒聯琰,《文言常用詞手冊》,天津:天津人民出版社,1981年。

18. 蔣必達、李忠田,《文言常用詞典》,南海出版公司,1991年。

(三)外國學者論著

1. 〔俄〕斯大林,《馬克思主義與語言學問題》,北京:中國人民大學出版社,1953年。

2. 〔瑞典〕高本漢(Karlgren, Bernhard),《漢語詞類》,台北:聯貫出版社,1976年。

3. 〔日〕藤堂明保,《漢字語源辭典》,東京:學燈社,1966年。

4. 〔英〕萊昂斯,《語義學引論》,外語教學與研究出版社,2000年。

5. 〔美〕莫里斯·斯瓦迪士(Morris Swadesh), What is glottochronology? In M. Swadesh, *The origin and diversification of languages*(pp. 271~284). London: Routledge & Kegan Paul

三、期刊論文(依作者姓名筆劃排序)

(一)期 刊

1. 王建喜,〈「陸地水」語義場的演變及其同義語素的疊置〉,《語文研究》,2003年,第1期。

2. 王彤偉,〈常用詞「焚」、「燒」的歷時替代〉,《重慶師範大學學報》,2005年,第5期。

3. 王青、薛遴,〈論「吃」對「食」的歷時替換〉,《揚州大學學報(社科版)》,2005年,第5期。

4. 王惠，〈日常口語中的基本詞彙〉，《中國語文》，2011 年，第 5 期。

5. 王貴元，〈隸變問題新探〉，《暨南學報（哲學社會科學版）》，2011 年，第 33 卷：第 3 期。

6. 王世豪，〈詞典編輯與經典詮釋語言比較研究——以《說文解字》與經學文獻用字訓義爲論〉，《中正漢學研究》，2012 年 6 月，第一期。

7. 牛太清，〈常用詞「隅」、「角」歷時更替考〉，《中國語文》，2003 年，第 2 期。

8. 史光輝，〈常用詞「焚」、「燔」、「燒」歷時替換考〉，《古漢語研究》，2004 年，第 1 期。

9. 史光輝，〈常用詞「矢」、「箭」的歷時替換考〉，《漢語史學報》，上海：上海教育出版社，2004 年，第四輯。

10. 石田田，〈對爾雅編排體例的認識〉，《安徽廣播電視大學學報》，2011 年，第 2 期。

11. 朱冠明，〈比喻詞的歷時更替〉，《修辭學習》，2000 年，Z1 期。

12. 〔韓〕朱剛，〈西周青銅器銘文複音詞構詞法〉，《殷都學刊》，2006 年，第 2 期。

13. 呂傳峰，〈常用詞「喝」、「飲」歷時更替考〉，《語文學刊（高教版）》，2005 年，第 9 期。

14. 呂傳峰，〈現代方言中「喝類詞」的演變層次〉，《語言科學》，2005 年，第 6 期。

15. 呂傳峰，〈「嘴」的詞義演變及其與「口」的歷時更替〉，《語言研究》，2006 年，第 1 期。

16. 呂建輝，〈《說文解字》訓釋語中雙音詞初探〉，《安慶師範學院學報（社會科學版）》，2005 年，第 1 期。

17. 宋建華，〈說文部首字釋義與釋形相互矛盾現象考釋〉，《逢甲人文社會學報》，2001 年 5 月，第 2 期。

18. 宋永培，〈說文與先秦文獻詞義〉，《青海師範大學學報（社會科學版）》，1992 年、第 2 期。

19. 汪維輝，〈常用詞歷時更替札記〉，《語言研究》，1998 年，第 2 期。

20. 汪維輝，〈漢語「說類詞」的歷時演變與共時分布〉，《中國語文》，2003 年，第 4 期。

21. 汪維輝，〈論詞的時代性和地域性〉，《語言研究》，2006 年 6 月，第 26 卷 2 期。

22. 汪維輝、秋谷裕幸，〈漢語「站立」義詞的現狀和歷史〉，《中國語文》，2010 年，第 4 期。

23. 杜翔，〈「走」對「行」的替換與「跑」的產生〉，《中文自學指導》，2004 年 6 月。

24. 李榮，〈漢語的基本詞彙〉，《科學通報》，1952 年，第 3 卷 7 期。

25. 李榮，〈字彙和詞彙〉，《中國語文》，1953 年，第 5 期。

26. 李向眞，〈關於漢語的基本詞彙〉，《中國語文》，1953 年，第 4 期。

27. 李福唐，〈近代漢語常用詞鍋、鑊考〉，《理論界》，2009 年，第 2 期。

28. 伯韓，〈李榮、李向眞先生關於基本詞彙的論文讀後感〉，《中國語文》，1953 年，

第 7 期。

29. 林燾，〈漢語基本詞彙中的幾個問題〉，《中國語文》，1954 年，第 7 期。

30. 吳寶安、黃樹先，〈先秦「皮」的語義場研究〉，《古漢語研究》，2006 年，第 2 期。

31. 吳寶安，〈西漢「頭」的語義場研究──兼論身體詞頻繁更替的相關問題〉，《語言研究》，2006 年，第 4 期。

32. 吳振興，〈《爾雅》體現的辭書釋義原則〉，《文學教育》，2011 年，第 7 期。

33. 金穎，〈常用詞「過」、「誤」、「錯」的歷時演變與更替〉，《古漢語研究》，2008 年，第 1 期。

34. 邱麗佳，〈「腹」與「肚」詞義的斷代演變〉，《寧波教育學院學報》，2010 年，第 1 期。

35. 阜陽漢簡整理組，〈阜陽漢簡簡介〉，《文物》，1983 年，第 2 期。

36. 施眞珍，〈《後漢書》「羽」語義場及「羽、毛」的歷時演變〉，《語言研究》，2009 年，第 2 期。

37. 俞理明，〈漢語人稱代詞內部系統的歷史發展〉，《古漢語研究》，1999 年，第 2 期。

38. 班吉慶，〈說文互訓述評〉，《揚州師專學報》，1987 年。

39. 徐望駕，〈《說文解字》注釋語言常用詞的語料價值〉，《合肥師範學院學報》，第 27 卷第 2 期，2009 年 3 月。

40. 徐時儀，〈玄應《眾經音義》所釋常用詞考〉，《語言研究》，2004 年，第 4 期。

41. 栗學英，〈漢語史中「肥」、「胖」的歷時替換〉，《語言研究》，2006 年，第 4 期。

42. 唐賢清，〈漢語「漸」類副詞演變的規律〉，《古漢語研究》，2003 年，第 1 期。

43. 高列過，〈試論說文解字所收方言的區域特徵〉，《唐都學刊》，2001 年，第 3 期。

44. 陸宗達，〈文字的貯存與使用──《說文》之字與文獻用字的不同〉，《湖南師大社會科學學報》，1987 年，第 2 期。

45. 陸宗達、王寧，〈論求本字〉，陝西理工學院學報（社會科學版），1983 年，第 1 期。

46. 張永言、汪維輝，〈關於漢語史詞彙研究的一點思考〉，《中國語文》，1995 年，第 6 期。

47. 張聯榮，〈談詞的核心義〉，《語文研究》，1995 年，第 3 期。

48. 郭向敏，〈《淮南子》許注與《說文解字》字義之比較（一）〉，《新鄉師範高等專科學校學報》，第 21 卷第 6 期，2007 年 11 月。

49. 郭錫良，〈漢語的同源詞和構詞法〉，《湖北大學學報（哲學社會科學版）》，2000 年 9 月，第 27 卷第 5 期。

50. 黃易青，〈同源詞意義關係比較互證法〉，《古漢語研究》，2000 年，第 4 期。

51. 黃德寬、常森，〈《說文解字》與儒家傳統──文化背景與漢字闡釋論例〉，《江淮論壇》，1994 年，第 6 期。

52. 黃樹先，〈漢語核心詞研究的四點思考〉，待刊稿。

53. 陳秀蘭，〈敦煌變文與漢語常用詞演變研究〉，《古漢語研究》，2001 年，第 3 期。

54. 陳秀蘭，〈從常用詞看魏晉南北朝文與漢文佛典語言的差異〉，《古漢語研究》，2004 年，第 1 期。

55. 曹煒，〈漢字字形結構分析和義素分析法〉，《語文研究》，2001 年，第 3 期。

56. 〔美〕梅祖麟，〈四聲別義中的時間層次〉，《中國語文》，1980 年，第 6 期。

57. 〔美〕梅祖麟，〈漢藏比較研究和上古漢語史〉，《歷史語言學研究》，北京：商務印書館，2008 年，第一輯。

58. 許嘉璐，〈說文顏色詞考察〉，《中國典籍與文化》，1995 年，第 3 期。

59. 曾榮汾，〈說文解字編輯觀念析述〉，《先秦兩漢學術》，2005 年，第 3 期。

60. 斯英琦，〈爾雅的意義和性質〉，《辭書研究》，上海：上海辭書出版社，1981 年。

61. 喻遂生、郭力，〈說文解字的複音詞〉，《西南師範大學學報》，1987 年，第 1 期。

62. 楊樹達，〈釋名新略例〉，《晨報周年紀念增刊》，1925 年，第 7 期。

63. 楊同用，〈基本詞彙問題的重新思考〉，《語文研究》，2003 年，第 3 期。

64. 楊榮賢，〈基本詞「背」對「負」的歷時替換〉，《語言科學》，2006 年，第 5 期。

65. 楊繼光，〈中古佛經常用詞組合關係考察〉，《集美大學學報》，2008 年，第 2 期。

66. 董志翹，〈再論「進」對「入」的歷時替換——與李宗江先生商榷〉，《中國語文》，1998 年，第 2 期。

67. 解海江、張志毅，〈漢語面部語義場歷史演變——兼論漢語詞彙史研究方法論的轉折〉，《古漢語研究》，1993 年，第 4 期。

68. 管錫華，〈爾雅中「釋詁」、「釋言」、「釋訓」形式分篇說——爾雅研究之一〉，《安慶師範學院學報》，1987 年，第 3 期。

69. 蔣紹愚，〈從「反訓」看古漢語詞彙的研究〉，《語文導報》，1985 年，第 7、8 期。

70. 蔣紹愚，〈白居易詩中與「口」有關的動詞〉，《語言研究》，1993 年，第 1 期。

71. 蔡聲鏞，〈爾雅與百科全書〉，《辭書研究》，1981 年，第 1 期。

72. 劉又辛、張博，〈漢語同族複合詞的構成規律及特點〉，《語言研究》，2002 年，第 1 期。

73. 劉承慧，〈試論漢語複合化的起源及早期發展〉，《清華學報》，2002 年 12 月，第 32 卷第 2 期。

74. 鄭春蘭、金久紅，〈甲骨文核心詞「人」的語義場初探〉，《華中科技大學學報（社會科學版）》，2006 年，第 5 期。

75. 鄧澤，〈從說文解字的解說看許慎是怎樣劃分詞類的〉，《贛南師範學院學報》，1985 年，第 2 期。

76. 黎千駒，〈說文中詞義的系統性〉，《中國語文通訊》，1998 年，第 3 期。

77. 黎千駒，〈20 世紀說文聲韻與詞彙研究〉，《株洲師範高等專科學校學報》，2001 年，第 6 期。

78. 龍丹，〈魏晉核心詞「頸」語義場研究〉，《雲夢學刊》，2007 年，第 3 期。

79. 龍丹，〈魏晉「牙齒」語義場及其歷史演變〉，《語言研究》，2007 年，第 4 期。

80. 龍丹，〈魏晉核心詞「油」語義場初探〉，《廣西社會科學》，2007 年，第 7 期。

81. 龍鴻，〈《說文》聯綿詞形義關係探微〉，《西南師範大學學報（哲學社會科學版）》，1999 年，第 4 期。

82. 盧鳳鵬，〈說文同訓詞的語義系統分析〉，《貴州畢節師專學報》，1996 年，第 3 期。

83. 盧鳳鵬，〈說文解字異詞同訓的語義分析〉，《貴州師範大學學報（社會科學版）》，1996 年，第 4 期。

84. 盧鳳鵬，〈說文「美」的語義取向考釋〉，《貴州教育學院學報》，2005 年，第 5 期。

85. 魏慧萍，〈漢語常用詞義傳承發展的社會歷史因素探析〉，《河北大學學報（哲學社會科學版）》，2005 年，第 1 期。

86. 聶志軍，〈漢語常用詞研究方法淺論〉，《河池學院學報》，2007 年 2 月，第 27 卷第 1 期。

87. 蘇寶榮、宋永培，〈論漢語詞義的系統性及說解詞義的方法——兼論《說文解字注》詞彙研究借鑑價值〉，《河北師範大學學報》，1985 年，第 2 期。

88. 鐘明立，〈說文解字的同義詞及其辨析〉，《貴州文史叢刊》，1999 年，第 1 期。

（二）書　刊

1. 丁邦新，〈漢與唐宋兩代若干常用動作動詞的比較〉，《Studies in Chinese and Sino-Tibetan Linguistics：dialect,phonology,transcription and text（漢語與漢藏語研究：方言、音韻與文獻）》，南港：中央研究院語言研究所，2014 年。

2. 王秀玲，〈常用詞「呼」、「喚」、「叫」、「喊」的歷時演變與更替〉，《漢語史研究集刊》，成都：巴蜀書社，2006 年，第九輯。

3. 呂東蘭，〈從《史記》、《金瓶梅》等看漢語「觀看」語義場的歷史演變〉，《語言學論叢》，北京：北京大學出版社，1998 年，第二十一輯。

4. 呂傳峰，〈近代漢語「喝類語義場」主導詞的更替及相關問題〉，《語言學論叢》，北京：北京大學出版社，2006 年，第三十三輯。

5. 胡平生，〈漢簡「蒼頡篇」新資料的研究〉，《簡帛研究》，北京：法律出版社，1996 年，第二輯。

6. 徐正考、于飛，〈漢語的基本詞和常用詞〉，《詞彙學理論與應用（四）》，北京：商務印書館，2008 年。

7. 陸宗達，〈我所見到的黃季剛先生〉，《訓詁研究》，北京：北京師範大學出版社，1981 年，第一輯。

8. 陸宗達、王寧，〈談比較互證的訓詁方法〉，《訓詁研究》，北京：北京師範大學出版社出版，1981 年，第一輯。

9. 崔宰榮，〈漢語「吃喝」語義場的歷史演變〉，《語言學論叢》，北京：商務印書館，2002 年，第二十四輯。

（三）會議論文集

1. 王寧，〈訓詁與語義——大陸訓詁學在 21 世紀的發展〉，《語文與文獻國際學術研討會論文集》，台北：國立臺灣大學，2012 年 12 月。

2. 方師鐸，〈怎樣才算是基本詞？——詞彙學淺說（五）〉，《中國語文》，1965 年 11 月，第 16 期。

3. 林尹，〈說文與釋名聲訓比較研究〉，《國際漢學會議論文集（語言文字組）》，台北：中央研究院歷史語言研究所，1981 年。

4. 姚榮松，〈釋名聲訓探微〉，《國際漢學會議論文集（語言文字組）》，台北：中央研究院歷史語言研究所，1981 年。

5. 曾榮汾，〈略論漢字藉形定義的特色〉，《第十六屆中國文字學國際學術研討會論文集》，高雄：高雄師範大學國文系，2005 年。

6. 曾榮汾，〈詞典訓詁論〉，《第八屆中國訓詁學術研討會論文集》，新竹：玄奘大學，2007 年。

7. 裘錫圭，〈甲骨文中的見與視〉，《甲骨文發現一百周年學術研討會論文集》，台北：國立臺灣師範大學：中央研究院歷史語言研究所，1999 年 8 月。

8. 蔡信發，〈比擬義析論〉，《第二屆國際暨第四屆全國訓詁學學術研討會論文集》，台北：臺灣師範大學國文系、中國訓詁學會，1998 年。

9. 劉承慧，〈古漢語實詞的複合化〉，《第三屆國際漢學會議論文集——古今通塞：漢語的歷史與發展》，台北：中央研究院語言學研究所籌備處，2003 年。

10. 魏培泉，〈上古漢語到中古漢語語法的重要發展〉，《第三屆國際漢學會議論文集——古今通塞：漢語的歷史與發展》，台北：中央研究院語言學研究所籌備處，2003 年。

（四）學位論文

1. 于飛，《兩漢常用詞研究》，長春：吉林大學博士學位論文，2008 年。

2. 呂傳峰，《漢語六組「涉口」基本詞演變研究》，南京：南京大學博士論文，2006 年。

3. 李國英，《說文省形省聲字研究》，台北：國立台灣師範大學國文研究所碩士論文，1975 年。

4. 杜翔，《支謙譯經動作語義場及其演變研究》，北京：北京大學博士學位論文，2002 年。

5. 芮東莉，《上古漢語單音節常用詞本義研究》，杭州：浙江大學博士論文，2004 年。

6. 吳煥瑞，《說文字根衍義考》，台北：國立臺灣師範大學碩士論文，1971 年。

7. 禹建華，《段改說文常用字釋義研究》，長沙：湖南師範大學碩士論文，2005 年。

8. 郭怡雯，《說文複舉字研究》，台中：逢甲大學中國文學系碩士論文，2005 年。

9. 董俊彥，《說文語原之分析研究》，台北：國立臺灣師範大學碩士論文，1971 年。

10. 楊榮賢，《漢語六組關涉肢體的基本動詞發展史研究》，南京：南京大學博士論文，2006 年。

11. 楊世鐵，《先秦漢語常用詞研究》，合肥：安徽大學博士論文，2007 年。

12. 鄭春蘭，《甲骨文核心詞研究》，武漢：華中科技大學博士論文，2007 年。

13. 劉偉杰，《急就篇研究》，濟南：山東大學博士論文，2007 年。

14. 劉健海，《帛書異文研究》，台北：國立台灣師範大學國文研究所碩士論文，2005 年。

15. 龍仕平，《說文解字訓釋語常用詞研究》，重慶：西南大學碩士學位論文，2007 年。

16. 龍丹，《魏晉核心詞研究》，武漢：華中科技大學博士論文，2008 年。

四、網站資料庫

1. 小學堂文字學資料庫
   行政院國家科學委員會經費補助、臺灣大學中國文學系、中央研究院歷史語言研究所、資訊科學研究所
   網址：http://xiaoxue.iis.sinica.edu.tw/

2. 中央研究院漢語平衡語料庫（簡稱 Sinica Corpus）
   中央研究院資訊科學研究所、中央研究院語言學研究所、中央研究院計算中心
   網址：http://asbc.iis.sinica.edu.tw/

3. 中國哲學電子書計畫
   網址：http://ctext.org/introduction/zh

4. 教育部異體字字典（民國九十三年一月正式五版）
   中華民國行政院教育部
   網址：http://dict.variants.moe.edu.tw/main.htm

5. 簡帛網
   武漢大學簡帛文獻研究中心
   網址：http://www.bsm.org.cn/

6. 大紀元文化網
   網址：http://www.epochtimes.com/b5/ccindex.htm

附　錄

表一　核心詞彙編

1、斯瓦迪士〈百詞表〉（實際為二百零七個詞）

（1）名　詞

女 woman	男 man	人 Man	孩 child
妻 wife	夫 husband	母 mother	父 father
動物 animal	魚 fish	鳥 bird	狗 dog
虱 louse	蛇 snake	蟲 worm	樹 tree
森 forest	枝 stick	果 fruit	種 seed
葉 leaf	根 root	樹皮 bark	花 flower
草 grass	繩 rope	膚 skin	肉 meat
血 blood	骨 bone	脂 fat	蛋 egg
角 horn	尾 tail	羽 feather	髮 hair
頭 head	耳 ear	眼 eye	鼻 nose
口 mouth	牙 tooth	舌 tongue	指甲 fingernail
腳 foot	腿 leg	膝 knee	手 hand
翅 wing	腹 belly	腸 guts	頸 neck

背	back	乳	breast	心	heart	肝	liver
吐	spit	日	sun	月	moon	星	star
水	water	雨	rain	河	river	湖	lake
海	sea	鹽	salt	石	stone	沙	sand
塵	dust	地	earth	雲	cloud	霧	fog
天	sky	風	wind	雪	snow	冰	ice
煙	smoke	火	fire	灰	ashes	燒	burn
路	road	山	mountain	夜	night	晝	day
年	year	名	name				

（2）動　詞

喝	drink	吃	eat	咬	bite	吸	suck
嘔	vomit	吹	blow	呼吸	breathe	笑	laugh
看	see	聽	hear	知	know	想	think
嗅	smell	怕	fear	睡	sleep	住	live
死	die	殺	kill	鬥	fight	獵	hunt
擊	hit	切	cut	分	split	刺	stab
撓	scratch	挖	dig	游	swim	飛	fly
走	walk	來	come	躺	lie	坐	sit
站	stand	轉	turn	落	fall	給	give
拿	hold	擠	squeeze	磨	rub	洗	wash
擦	wipe	拉	pull	推	push	扔	throw
繫	tie	縫	sew	計	count	說	say
唱	sing	玩	play	浮	float	流	flow
凍	freeze	腫	swell。				

（3）形容詞

多	many	少	few	大	big	長	long
寬	wide	厚	thick	重	heavy	小	small
短	short	窄	narrow	薄	thin	紅	red
綠	green	黃	yellow	白	white	黑	black

溫　warm	冷　cold	滿　full	新　new
舊　old	好　good	壞　bad	腐　rotten
髒　dirty	直　straight	圓　round	尖　sharp
鈍　dull	滑　smooth	濕　wet	乾　dry
對　correct	近　near	遠　far	右　right
左　left。			

（4）代　詞

我　I	你　you	他　he	我們　we
你們　you	他們　they	這　this	那　that
這裡　here	那裡　there	誰　who	什麼　what
哪　where	其他　other。		

（5）副　詞

何時　when	如何　how	不　not	所有　all
一些　some。			

（6）數　詞

一　one	二　two	三　three	四　four
五　five。			

（7）介詞連詞

在　at	裡　in	與　with	和　and
若　if	因　because。		

2、鄭張尚芳〈華澳語言比較三百核心詞表（徵求意見稿）〉（*號者為最核心的百詞表）

（1）名　詞

天、日*、月*、星*、風*、雨*、雲、霧*、煙、火*、灰、塵、土、地*、田、洞、山*、谷、河*、水*、沙、石*、鐵、銅、金、銀、左、右、上、下、中、裡、外、晝（晨、午）、夜、年（歲）、樹*（柴）、林、竹、禾（穀、米）、草*、葉*、根、芽（苗、筍）、花、果、籽、馬*、豬*、牛*、羊*、狗*、熊、虎、猴、鹿、鼠*、鵰、鷹、鴉、鳥*（雀）、鳩（鴿）、雁（鵝）、鴨（鳧）、雞*、

魚*、蛙、蛇*、蛭、蟲、虱*（蚤）、蟻、蜂、蠅、翅、角*、蛋、殼、尾*、毛*（羽）、髮、頭*、腦、眼*、鼻*、耳*、臉（頰）、鬢、嘴*、牙*、舌*、喉、頸、肩、手*（臂、肘）、指、爪（甲）、腳*（腿、膝）、尻、身、乳*、胸（肋）、腹（胃）、腸、肺、肝（膽），心、血*、肉*、皮*、骨*、屎*、尿*、涎、膿、人*、男人、女人、孩*、婆（祖母）、父、母、子、女、夫（婿）、婦（媳）、弟、孫、布、衣、帽（笠）、繩*、線、針、藥、酒、飯、油*、鹽*、鍋（灶）、碗、臼、帚、席、刀*、斧、矛、棍、弓（箭）、房*、門、村、路*、船、病*、夢、鬼、聲、話、名*、度。

（2）動　詞

看*、聽*、嗅、知*、咬、吃*、喝*、含、舐、叫*（吠、鳴）、罵、說*、笑、哭、愛、怕、痛、死*、生（孵）、飛*、涉、泅、浮、沉、落、走*、進（入）、出、回、來、去、站*、坐*（跪）、住（在）、睡*、捉（拿）、扔、砍、殺*、挖、拭、洗、燒、沸、曬、編（織）、縫、捆、脫（解、松）、剝、裂、扛（背）、擔（抬）、蓋（掩）、埋（藏）、找、偷、給、換、畫（畫紋，寫）。

（3）形容詞

大、小、高*、低、圓、長*、短、厚、薄、多、少、輕、重*、利（銳）、硬、軟、彎*、直、深、滿、窄、寬、肥、瘦、好、壞、忙、懶（怠）、快、慢、遠、近*、新*、舊、亮、暗、冷、熱、乾、濕、老、生、熟、飽、餓、臭、香、甜*、酸*、辣*、鹹、苦*、紅*、黃*、藍*、綠*、黑*、白*、半。

（4）代　詞

我*、你*、他、這*、那。

（5）副　詞

不*。

（6）數　詞

一*、二*、三*、四*、五*、六*、七*、八*、九*、十*、百*、千。

（7）介　詞

先、後。

3、金理新〈漢藏語核心詞表〉

（1）名　詞

頭、腦、髮、耳、目、鼻、嘴、舌、齒、頸、手、爪、腳、肘、膝、乳、腹、臍、皮、骨、肉、心、肝、血、日、月、星、雨、風、雲、霧、煙、雷、電、夜、火、水、土、石、山、母、父、人、路、屎、灰、魚、鳥、豬、狗、蛇、鼠、虱、蚤、毛、翼、角、尾、蛋、油、樹、根、葉。

（2）動　詞

吃、喝、吸、咬、看、哭、笑、聽、睡、夢、死、殺、飛、走、來、坐、站、給、燒。

（3）代　詞

我、你、這、誰、何。

表二　三種核心詞彙詞義分類比較表

義類	斯瓦迪士〈百詞表〉		鄭張尚芳〈華澳語言比較三百核心詞表（徵求意見稿）〉	金理新〈漢藏語核心詞表〉
身體	腹　belly、頸　neck、背　back、乳　breast。		尻、身、乳*、胸（肋）、屎*、尿*、涎、膿。	乳、腹、臍、屎。
頭部	髮　hair、頭　head、耳　ear、眼　eye、鼻　nose、口　mouth、牙　tooth、舌　tongue。		髮、頭*、腦、眼*、鼻*、耳*、臉（頰）、鬚、嘴*、牙*、舌*、喉。	頭、腦、髮、耳、目、鼻、嘴、舌、齒。
四肢	指甲　fingernail、腳　foot、腿　leg、膝　knee、手　hand、翅　wing。		頸、肩、手*（臂、肘）、指、爪（甲）、腳*（腿、膝）、翅。	頸、手、爪、腳、肘、膝。
行止	走　walk、來　come、躺　lie、坐　sit、站　stand。		走*、進（入）、出、回、來、去、站*、坐*（跪）、住（在）。	走、來、坐、站。
言語	說　say、唱　sing。		罵、說*、話。	
動作	喝　drink、吃　eat、咬　bite、吸　suck、嘔　vomit、吹　blow、呼吸　breathe、笑　laugh、看　see、聽　hear、知　know、想　think、嗅　smell、怕　fear、睡　sleep、住　live、死　die、殺　kill、鬥　fight、獵　hunt、擊　hit、切　cut、分　split、刺　stab、撓　scratch、挖　dig、游　swim、飛　fly、轉　turn、落　fall、給　give、拿　hold、擠　squeeze、磨　rub、洗　wash、擦　wipe、拉　pull、推　push、扔　throw、繫　tie、縫　sew、		看*、聽*、嗅、知*、咬、吃*、喝*、含、舐、叫*（吠、鳴）、笑、哭、愛、怕、痛、死*、生（孵）、飛*、涉、泅、浮、沉、落、睡*、捉（拿）、扔、砍、殺*、挖、拭、洗、燒、曬、編（織）、縫、捆、脫（解、松）、剝、裂、扛（背）、擔（抬）、蓋（掩）、埋（藏）、找、偷、給、換、畫（畫紋，寫）、聲。	吃、喝、吸、咬、看、哭、笑、聽、睡、夢、死、殺、飛、給、燒。

	計　count、玩　play、 吐　spit。		
數量	一　one、二　two、 三　three、四　four、 五　five。	先、後、一*、二*、三*、 四*、五*、六*、七*、八*、 九*、十*、百*、千。	
人稱	我　I、你　you、他　he、 我們　we、你們　you、 他們　they、女　woman、 男　man、人　Man、 孩　child、妻　wife、 夫　husband、母　mother、 父　father、名　name。	我*、你*、他、人*、男人、 女人、孩*、婆（祖母）、父、 母、子、女、夫（婿）、婦 （媳）、弟、孫、名*。	我、你、誰、 母、父、人。
指稱	這　this、那　that、 這裡　here、那裡　there、 誰　who、什麼　what、哪 where、其他　other。	這*、那。	這、何。
形態時態	在　at、裡　in、與　with、 和　and、若　if、 因　because、何時　when、 如何　how、不　not、 所有　all、一些　some、 多　many、少　few、 大　big、長　long、 寬　wide、厚　thick、 重　heavy、小　small、 短　short、窄　narrow、 薄　thin、溫　warm、 冷　cold、滿　full、 新　new、舊　old、 好　good、壞　bad、 腐　rotten、髒　dirty、 直　straight、圓　round、 尖　sharp、鈍　dull、 滑　smooth、濕　wet、 乾　dry、對　correct、 近　near、遠　far、 右　right、左　left、 浮　float、流　flow、 凍　freeze、腫　swell、 燒　burn、夜　night、 晝　day、年　year。	大、小、高*、低、圓、長*、 短、厚、薄、多、少、輕、 重*、利（銳）、硬、軟、彎 *、直、深、滿、窄、寬、 肥、瘦、好、壞、忙、懶（怠）、 快、慢、遠、近*、新*、舊、 亮、暗、冷、熱、乾、濕、 老、生、熟、飽、餓、臭、 香、甜*、酸*、辣*、鹹、 苦*、半、沸、左、右、上、 下、中、裡、外、晝（晨 午）、夜、年（歲）、病*、 夢、不*、度。	

雜物器物	繩　rope。	布、衣、帽（笠）、繩*、線、針、鍋（灶）、碗、臼、帚、席、刀*、斧、矛、棍、弓（箭）、房*、門、村、船、鬼。	
天文	日　sun、月　moon、星　star、雨　rain、雲　cloud、霧　fog、天　sky、風　wind、雪　snow、冰　ice、煙　smoke、火　fire。	天、日*、月*、星*、風*、雨*、雲、霧*、煙、火*。	日、月、星、雨、風、雲、霧、煙、雷、電、夜、火。
地理地物	水　water、河　river、湖　lake、海　sea、鹽　salt、石　stone、沙　sand、塵　dust、地　earth、灰　ashes、路　road、山　mountain。	灰、塵、土、地*、田、洞、山*、谷、河*、水*、沙、石*、鐵、銅、金、銀、路*、鹽*。	水、土、石、山、路、灰、油。
植物食品	樹　tree、森　forest、枝　stick、果　fruit、種　seed、葉　leaf、根　root、樹皮　bark、花　flower、草　grass。	樹*（柴）、林、竹、草*、葉*、根、芽（苗、筍）、花、禾（穀、米）、果、籽、藥、酒、飯、油*。	樹、根、葉。
蟲魚	動物　animal、魚　fish、虱　louse、蛇　snake、蟲　worm。	魚*、蛙、蛇*、蛭、蟲、虱*（蚤）、蟻、蜂、蠅。	魚、蛇、虱、蚤。
禽鳥	動物　animal、鳥　bird、蛋　egg。	鵰、鷹、鴉、鳥*（雀）、鳩（鴿）、雁（鵝）、鴨（鳧）、雞*、蛋。	鳥、蛋。
獸畜	動物　animal、狗　dog。	馬*、豬*、牛*、羊*、狗*、熊、虎、猴、鹿、鼠*。	豬、狗、鼠。
器官	膚　skin、肉　meat、血　blood、骨　bone、脂　fat、角　horn、尾　tail、羽　feather、腸　guts、心　heart、肝　liver。	角*、殼、尾*、毛*（羽）、腹（胃）、腸、肺、肝（膽），心、血*、肉*、皮*、骨*。	心、肝、血、皮、毛、翼、角、尾、骨、肉。
顏色	紅　red、綠　green、黃　yellow、白　white、黑　black。	紅*、黃*、藍*、綠*、黑*、白。	

表三　《說文解字》語原義類常用訓釋字詞表

序號	語原義類	訓釋常用字詞	最常用訓釋字（未收入此欄者為次常用字）
1	凡茂盛之義	盛、茂	「盛」、「茂」
2	凡眾多厚重之義	多、厚、重、肥、眾	「多」、「厚」、「重」、「肥」、「眾」
3	凡增益飽滿饒富加之義	滿、益、飽、饒、溢、富、猒、增、加	「滿」、「益」、「飽」、「饒」、「溢」、「富」、「猒」、「增」
4	凡叢聚積鬱藏緝之義	叢、凝（冰）、聚、積、藏、會、績、緝、（鬱）	「叢」、「凝」、「聚」、「積」、「藏」、「績」
5	凡高大廣博豐寬之義	寬、大、高、廣、廡、長、豐、丘、苛、敷（尃）	「大」、「高」、「廣」、「長」
6	凡粗疏之義	粗、疏	「粗」
7	凡長久深遠幽冥之義	長、冥、深、久、遠、隱、幽	「長」、「冥」、「深」、「久」、「遠」
8	凡癰腫之義	腫、癰	「腫」、「癰」
9	凡虛空溝谷之義	空、谷、通、溝、虛、孔、洞	「空」、「谷」、「通」、「孔」
10	凡顛頂極棟之義	棟、頭、首、極、顛（顚）、頂	「極」、「顛（顚）」、「頂」
11	凡疾速趨走之義	疾、趣、走、趨、急	「疾」、「走」、「急」
12	凡跳躍之義	跳、躍、躍	「跳」、「躍」
13	凡堅強剛健之義	彊、健、堅、勇	「彊」、「堅」
14	凡完全之義	完、全（仝）	「完」、「全」
15	凡雜亂狂妄疑惑譁譁煩擾之義	亂、擾（擾）、雜、謹、狂、惑、譁	「雜」、「亂」、「狂」
16	凡覆蓋裹裹之義	覆、裹、蓋（葢）	「覆」、「蓋」
17	凡開張釋解袒裼之義	張、解、開、袒	「張」、「開」、「袒」、「解」
18	凡會合共同糾并皆俱之義	合、會、皆、同、共、併、竝、結	「合」、「會」、「同」、「並（并）」
19	凡縫補連綴續接之義	縫、連、綴、續、補、繼	「縫」、「連」
20	凡分裂析判剝坼辨別之義	分、判、坼、裂、別（刏）、剝、析	「分」、「判」、「裂」、「別」

21	凡刻鏤切剝之義	鏤、刻	「刻」、「切」、「剝」
22	凡斷絕殺斫刈折之義	斷、殺、斫、絕、截（戳）、折、摧	「斫」、「斷」、「殺」
23	凡傷害敗壞破碎毀缺之義	敗、傷、毀、弊（獘）、壞、缺、害、賊、謗、誹、破、碎	「敗」、「傷」、「毀」、「害」
24	凡貫穿之義	穿、貫	「穿」、「貫」
25	凡敲擊舂擣之義	擊（撃）、擣、舂、推	「擊」、「擣」、「推」
26	凡推排擠抵之義	推、排、擠	「排」、「擠」
27	凡噬齧噍之義	齧、噍	「齧」、「噍」
28	凡把握扒持之義	握、持、撫、捽	「持」、「把」、「握」
29	凡捕捉取得收獲掇拾提挈之義	取、得、捕、拾、收	「取」、「捕」、「拾」
30	凡約束纏繞回轉之義	約、纏、束、斂、收、轉、回、絜（潔）	「束」、「回」、「轉」
31	凡挹抒之義	挹、抒、杼、捾	「挹」、「抒」
32	凡抽舉援引登進突出之義	舉（擧、攑）、出、引、進、上（丄）、登、援、突、曳	「舉」、「引」、「進」
33	凡細小微少柔弱減損之義	小、短、細、少、弱、微、薄、損、柔、減、淺	「小」、「少」、「細」
34	凡耑末芒之義	耑、末、芒（芺）	「耑」、「末」
35	凡銳利之義	利、銳	「利」、「銳」
36	凡輕浮飛萍之義	飛、輕、浮	「飛」、「輕」、「浮」
37	凡美好嘉善精巧之義	好、美、善（譱）、巧	「好」、「美」、「善」、「樂」
38	凡和說快樂歡喜之義	說、樂、喜	「說」、「喜」
39	凡莖直之義	莖、直	「直」、「莖」
40	凡交錯文章之義	文、交、錯、章（彰）	「交」、「文」
41	凡安定之義	安、撫	「安」
42	凡屈曲戾之義	曲、屈、戾、詘	「曲」、「屈」、「戾」
43	凡偏衺傾側不正之義	側、傾、不正、仄、衰、旁（旁）	「不正」、「傾」、「側」
44	凡痛恨憂愁之義	痛、憂（惪）、愁、怒、恨、惡、怨	「痛」、「憂」
45	凡驚懼惶恐之義	驚、懼、恐	「驚」、「懼」

46	凡呼號吹鳴之義	呼（評）、吹、鳴、號	「呼」、「吹」、「鳴」
47	凡落下陷沒之義	流（淶）、下（丁）、入、陷、落、「垂」、「沒」	「下」、「垂」、「流」、「落」、「沒」
48	凡初始根基本原之義	基、初、始、根、本	「基」、「根」、「本」、「始」
49	凡恭敬謹慎警戒之義	警、誡、謹、敬、肅、慎（愼）	「敬」、「慎」、「謹」
50	凡待止礙不行之義	止、待、不行、礙	「止」、「待」、「礙」、「不行」
51	凡順從服循之義	隨、從（从）、服、順、循	「隨」、「從」、「順」、「循」
52	凡治理之義	治、理	「治」、「理」
53	凡燒灼溫熱乾燥之義	炙、熱、灼、乾、燥、燒	「炙」、「燒」、「熱」、「溫」、「乾」
54	凡洒滌淅瀄之義	洒、滌、淅、瀄	「洒」、「滌」、「淅」
55	凡蹈踐之義	踐、蹈	「蹈」、「踐」
56	凡搖顫振動不定之義	顫、搖、動、不定	「動」、「搖」、「不定」
57	凡視察望見之義	視、見、望（覍）、省、察	「見」、「視」、「察」
58	凡關閉之義	閉、關	「閉」
59	凡黑暗昏晚之義	黑、冥、莫	「黑」
60	凡不明不見之義	（目）不明、（目）不見	「不明」、「不見」
61	凡鮮白光明之義	白、鮮、明（朙）、光	「白」、「明」、「光」
62	凡癡愚之義	癡、騃、愚、戇	「癡」、「愚」
63	凡行之義	行	「行」
64	凡兼重二之義	兼、二、重	「兼」、「重」
65	凡寒凍之義	寒、凍	「寒」
66	凡器缶之義	器、筥、缶	「器」
67	凡囊篋柙匱櫎櫳倉庫之義	藏、匱、囊、室、篋（匧）、柙	「匱」、「囊」、「藏」
68	凡邦城牢苑之義	邦、苑、國、圈	「苑」、「邦」、「國」
69	凡壅塞遮蔽屏藩之義	窒、塞、遮、垣、隔、蔽	「塞」、「蔽」、「隔」
70	凡棄除刮去之義	棄、除、拭、刮、去	「棄」、「除」、「刮」、「去」
71	凡終盡死滅之義	盡、滅、死、終	「盡」、「滅」、「平」
72	凡齊平等之義	齊、平、等	「齊」

73	凡朱赤之義	赤	「赤」
74	凡牾屰之義	牾、屰、不順	「逆」、「屰」、「不順」
75	凡邊厓之義	厓、崖、邊（邊）	「厓」、「邊」、「崖」
76	凡輔助之義	助、輔、左	「助」、「輔」
77	凡吉福之義	吉、福	「吉」、「福」
78	服网罟之義	网、罟	「网」、「罟」
79	凡跋跂頓仆之義	頓、絆、跋、跂	「頓」、「跋」
80	凡寄託之義	寄、託	「寄」、「託」
81	凡踰越之義	越、渡	「越」、「渡」
82	凡繩索綵縷之義	索、繩、縷、絲、絮、維	「絲」、「縷」、「綏」、「索」
83	凡變更之義	更、變	「更」、「變」
84	凡去違之義	違、乖（茊）、去	「違」、「去」
85	凡貪欲之義	貪、欲	「貪」、「欲」
86	凡調和之義	和（龢）、調	「和」、「調」
87	凡至到之義	至	「至」
88	凡醜惡之義	醜、惡	「醜」、「惡」
89	凡半之義	半	「半」
90	凡參差不齊之義	差、不齊、參（曑）	「差」、「不齊」
91	凡迎遇之義	遇、迎、逢	「遇」、「逢」、「迎」
92	凡次比階陛之義	次、比、階、陛	「次」、「階」、「比」
93	凡含銜嗛之義	銜、嗛、含	「銜」、「含」、「嗛」
94	凡喘息之義	息	「息」
95	凡污濁之義	污、濁	「濁」、「污」
96	凡飲食歠嘗之義	歠、食、飲（歙）、嘗、歃	「歠」、「食」、「飲」、「嘗」
97	凡芳香之義	香、芳	「香」
98	凡穜植立之義	穜（種）、立、植	「穜（種）」、「立」、「植」
99	凡圓圜之義	圜	「圜」
100	凡數量計算之義	量、數	「量」、「計」、「數」

表四　語原義類常用訓釋字詞彙編

　　「盛」、「茂」、「多」、「厚」、「重」、「肥」、「眾」、「滿」、「益」、「飽」、「饒」、「溢」、「富」、「猒」、「增」、「叢」、「凝」、「聚」、「積」、「藏」、「績」、「大」、「高」、「廣」、「長」、「粗」、(「長」)、「冥」、「深」、「久」、「遠」、「腫」、「癰」、「空」、「谷」、「通」、「孔」、「疾」、「走」、「急」、「跳」、「躍」、「彊」、「堅」、「完」、「全」、「雜」、「亂」、「狂」、「張」、「開」、「袒」、「解」、「合」、「會」、「同」、「並（并）」、「縫」、「連」、「分」、「判」、「裂」、「別」、「刻」、「切」、「剫」、「斫」、「斷」、「殺」、「敗」、「傷」、「毀」、「害」、「穿」、「貫」、「擊」、「擣」、「推」、「排」、「擠」、「撋」、「嚄」、「持」、「把」、「握」、「取」、「捕」、「拾」、「束」、「回」、「轉」、「挹」、「抒」、「舉」、「引」、「進」、「小」、「少」、「細」、「耑」、「末」、「利」、「銳」、「飛」、「輕」、「浮」、「好」、「美」、「善」、「樂」、「說」、「喜」、「直」、「莖」、「交」、「文」、「安」、「曲」、「屈」、「戾」、「不正」、「傾」、「側」、「痛」、「憂」、「驚」、「懼」、「呼」、「吹」、「鳴」、「下」、「垂」、「流」、「落」、「没」、「基」、「根」、「本」、「始」、「敬」、「慎」、「謹」、「止」、「待」、「礙」、「不行」、「隨」、「從」、「順」、「循」、「治」、「理」、「炙」、「燒」、「熱」、「溫」、「乾」、「洒」、「滌」、「淅」、「蹈」、「踐」、「動」、「搖」、「不定」、「見」、「視」、「察」、「閉」、「黑」、「不明」、「不見」、「白」、「明」、「光」、「癡」、「愚」、「行」、「兼」、「重」、「寒」、「器」、「匱」、「囊」、「藏」、「苑」、「邦」、「國」、「塞」、「蔽」、「隔」、「棄」、「除」、「刮」、「去」、「盡」、「滅」、「平」、「齊」、「赤」、「逆」、「屰」、「不順」、「匡」、「邊」、「崖」、「助」、「輔」、「吉」、「福」、「网」、「罟」、「頓」、「跋」、「寄」、「託」、「越」、「渡」、「絲」、「縷」、「綏」、「索」、「更」、「變」、「違」、「去」、「貪」、「欲」、「和」、「調」、「至」、「醜」、「惡」、「牛」、「差」、「不齊」、「遇」、「逢」、「迎」、「次」、「階」、「比」、「銜」、「含」、「嗛」、「息」、「濁」、「污」、「歠」、「食」、「飲」、「嘗」、「香」、「穜」、「種」、「立」、「植」、「量」、「計」、「數」。

表五 《爾雅・釋詁》同爲被訓與訓釋字詞表

常用字詞	訓釋「常用字詞」的字	一起被訓釋的字詞	「常用字詞」所訓釋的字詞
祖	始也	初、哉、首、基、肇、祖、元、胎、俶、落、權輿，始也。	祫、祪，祖也。
首	始也	初、哉、首、基、肇、祖、元、胎、俶、落、權、輿，始也。	元、良，首也。
道	直也	桰、梗、較、頲、庭、道，直也。	迪、繇、訓，道也。
業	大也	弘、廓、宏、溥、介、純、夏、幠、厖、墳、嘏、丕、弈、洪、誕、戎、駿、假、京、碩、濯、訏、宇、穹、壬、路、淫、甫、景、廢、壯、冢、簡、箌、昄、晊、將、業、席，大也。	烈、績，業也。
	敘也	舒、業、順，敘也。	
	緒也	舒、業、順、敘，緒也。	
	事也	績、緒、采、業、服、宜、貫、公，事也。	
尼	止也	訖、徽、妥、懷、安、按、替、戾、底、廢、尼、定、曷、遏，止也。	即，尼也。
	定也	尼，定也。	
安	止也。	訖、徽、妥、懷、安、按、替、戾、底、廢、尼、定、曷、遏，止也。	豫、寧、綏、康、柔，安也。
	坐也。	妥、安，坐也。	
	定也。	貉、嗼、安，定也。	
維	侯也。	伊、維，侯也。	伊、維也。
臻	至也。	迄、臻、極、到、赴、來、弔、艐、格、戾、懷、摧、詹，至也。	薦、摯，臻也。
	乃也。	郡、臻、仍、廼、侯，乃也。	
存	察也。	在、存、省、士，察也。	徂、在，存也。
使	從也。	俾、拼、抨、使，從也。	俾、拼、抨，使也。
亂	治也。	乂、亂、靖、神、弗、淈，治也。	縱、縮，亂也。
功	勝也。	犯、奢、果、毅、剋、捷、功、肩、堪，勝也。	績、勳，功也。
	成也。	功、績、質、登、平、明、考、就，成也。	

察	審也。	覆、察、副，審也。	在、存、省、士，察也。
歷	傅也。	歷、傅也。	歷，傅也。
	相也。	艾、歷、覛、胥，相也。	
嘉	善也。	儀、若、祥、淑、鮮、省、臧、嘉、令、類、綝、穀、攻、穀、介、徽，善也。	衛、蹶、假，嘉也。
	美也。	旼旼、皇皇、藐藐、穆穆、休、嘉、珍、禕、懿、鑠，美也。	
弛	易也。	弛，易也。	矢，弛也。
定	止也。	訖、徽、妥、懷、安、按、替、戾、底、廢、尼、定、曷、遏，止也。	尼，定也。
			貉、嗼、安，定也。
寡	罕也。	希、寡、鮮，罕也。	鮮，寡也。
間	代也。	鴻、昏、於、顯、間，代也。	孔、魄、哉、延、虛、無、之、言，間也。
愼	誠也。	展、諶。允、愼、亶，誠也。	恀、神、溢，愼也。
愼貉	靜也。	忥、謐、溢、蟄、愼貉、謐、顗、顧、密、寧，靜也。	
已	此也。	茲、斯、咨、皆、已，此也。	卒、猒、假、輟，已也。
相	導也。	詔、亮、左、右、相，導也。	艾、歷、覛、胥，相也。
	勴也。	詔、相、導、左、右、助，勴也。	
	視也。	監、瞻、臨、涖、頫、相，視也。	
遇	遻也。	遘、逢、遇，遻也。	遘、逢，遇也。
	見也。	遘、逢、遇、遻，見也。	
遻	見也。	遘、逢、遇、遻，見也。	遘、逢、遇、遻也。
治	今也。	治、肆、古，故也；肆、故，今也。	乂、亂、靖、神、弗、淈，治也。
故	今也。	肆、故，今也。	治、肆、古，故也。
言	我也。	卬、吾、台、予、朕、身、甫、余、言，我也。	話、猷、載、行、訛，言也。
	間也。	孔、魄、哉、延、虛、無、之、言，間也。	

止	待也。	頢、俟、替、戾、底、止、徯，待也。	訖、徽、妥、懷、安、按、替、戾、底、廢、尼、定、曷、遏，止也。
法	常也。	典、彝、法、則、刑、範、矩、庸、恆、律、憂、職、秩，常也。	柯、憲、刑、範、辟、律、矩、則，法也。
落	始也。	初、哉、首、基、肇、祖、元、胎、俶、落、權輿，始也。	隕、磒、湮、下降、墜、摽、蘦，落也。
徂落	死也。	崩、薨、無祿、卒、徂落、殂，死也。	
多	眾也。	黎、庶、烝、多、醜、師、旅，眾也。洋、觀。	裒、眾、那，多也。
眾	多也。	裒、眾、那，多也。	黎、庶、烝、多、醜、師、旅，眾也。洋、觀。
速	疾也。	肅、齊、遄、速、亟、屢、數、迅，疾也。	革、駿、肅、亟、遄，速也。
數	疾也。	肅、齊、遄、速、亟、屢、數、迅，疾也。	麻、稀、算，數也。
敘	緒也。	舒、業、順、敘，緒也。	舒、業、順，敘也。
喜	樂也。	怡、懌、悅、欣、衎、喜、愉、豫、愷、康、妉、般，樂也。	鬱陶、繇，喜也。
動	作也。	浡、肩、搖、動、蠢、迪、俶、厲，作也。	娠、蠢、震、戁、妯、騷、感、訛、躟，動也。
勞	病也。	痛、瘏、虺、頹、玄、黃、劬、勞、咎、悴、瘅、瘵、瘰、戮、瘋、癏、瘝、痒、疧、疵、閔、逐、疚、痱、瘥、痱、痯、瘝、瘼、瘽，病也。	倫、勩、邛、敕、勤、愉、庸、瘅，勞也。
	勤也。	勞、來、強、事、謂、勤、篤，勤也。	
勤	勞也。	倫、勩、邛、敕、勤、愉、庸、瘅，勞也。	勞、來、強、事、謂、勤、篤，勤也。
虛	間也。	孔、魄、哉、延、虛、無、之、言，間也。	墍、阬阬、滕、徽、隍、漮，虛也。

憂	思也。	悠、傷、憂，思也。	恙、寫、悝、盱、繇、慘、恤、罹，憂也。
循	自也。	遹、遵、率、循、由、從，自也。	遹、遵、率，循也。
從	自也。	遹、遵、率、循、由、從，自也。	俾、拼、抙、使，從也。
從	重也。	從、申、神、加、弼、崇，重也。	
右	導也。	詔、亮、左、右、相，導也。	亮、介、尚，右也。
右	勴也。	詔、相、導、左、右、助，勴也。	
右	亮也。	左、右，亮也。	
導	勴也。	詔、相、導、左、右、助，勴也。	詔、亮、左、右、相，導也。
亮	信也。	允、孚、亶、展、諶、誠、亮、詢，信也。	左、右，亮也。
亮	導也。	詔、亮、左、右、相，導也。	
亮	右也。	亮、介、尚，右也。	
誠	信也。	允、孚、亶、展、諶、誠、亮、詢，信也。	展、諶。允、愼、亶，誠也。
于	曰也。	粵、于、爰，曰也。	爰、粵，于也。
于	於也。	爰、粵、于、那、都、繇，於也。	
于	代也。	鴻、昏、於、顯、間，代也。	
匹	合也。	敀、郶、盍、翕、仇、偶、妃、匹、會，合也。	仇、讎、敵、妃、知、儀，匹也。
合	對也。	妃、合、會，對也。	敀、郶、盍、翕、仇、偶、妃、匹、會，合也。
續	繼也。	紹、胤、嗣、續、纂、緌、績、武、係，繼也。	賡、揚，續也。
遠	遐也。	永、悠、迥、遠，遐也。	永、悠、迥、違、遐、邈、闊，遠也。
遐	遠也。	永、悠、迥、違、遐、邈、闊，遠也。	永、悠、迥、遠，遐也。
緒	事也。	續、緒、采、業、服、宜、貫、公，事也。	舒、業、順、敘，緒也。
服	事也。	續、緒、采、業、服、宜、貫、公，事也。	悅、懌、愉、釋、賓、協，服也。
寀	官也。	寀、寮，官也。	尸，寀也。

予	賜也。	賚、貢、錫、畀、予、貺，賜也。	台、朕、賚、畀、卜、陽，予也。
	我也。	卬、吾、台、予、朕、身、甫、余、言，我也。	
事	勤也。	勞、來、強、事、謂、勳、鷟，勤也。	績、緒、采、業、服、宜、貫、公，事也。
強	勤也。	勞、來、強、事、謂、勳、鷟，勤也。	鷟、務、昏、暋，強也。
身	我也。	卬、吾、台、予、朕、身、甫、余、言，我也。	朕、余、躬，身也。
勝	克也。	勝、肩、戡、劉、殺，克也。	犯、奢、果、毅、剋、捷、功、肩、堪，勝也。
正	長也。	育、孟、耆、艾、正、伯，長也。	董、督，正也。
殺	克也。	勝、肩、戡、劉、殺，克也。	劉、獮、斬、刺，殺也。
捷	勝也。	犯、奢、果、毅、剋、捷、功、肩、堪，勝也。	際、接、爇，捷也。
墜	落也。	隕、磒、湮、下降、墜、摽、蘦，落也。	汱、渾、隕，墜也。
於	代也。	鴻、昏、於、顯、間，代也。	爰、粵、于、那、都、繇，於也。

表六　《爾雅・釋言》同爲被訓與訓釋字詞表

常用字詞		訓釋「常用字詞」的字	一起被訓釋的字詞	「常用字詞」所訓釋的字詞
1	齊	中也。	殷，齊，中也。	劑，翦，齊也。 將，齊也。
		壯也。	疾，齊，壯也。	
2	還	返也	還，復，返也。	般，還也。
3	復	返也。	還，復，返也。	狃，復也。
4	眕	致也。	眕，厎，致也。	障，眕也。
		殄也。	眕，殄也。	
5	若	順也。	若，惠，順也。	猷，若也。
6	幼	稚也。	幼，鞠，稚也。	冥，幼也。
7	齊	中也。	殷，齊，中也。	劑，翦，齊也。
		壯也。	疾，齊，壯也。	將，齊也。
8	隱	占也。	隱，占也。	厞，陋，隱也。
				薆，隱也。
9	遏	逮也。	遏，遾，逮也。	戍，遏也。
10	逮	遝也。	逮，遝也。	遏，遾，逮也。
11	撫	撫也。	撫，敉，撫也。	撫，敉，撫也。
12	覃	延也。	覃，延也。	流，覃也。
13	茹	度也。	茹，虞，度也。	啜，茹也。
14	試	用也。	試，式，用也。	探，試也。
15	蓋	裂也。	蓋，割，裂也。	弇，蓋也。
16	徵	召也。	徵，召也。	速，徵也。
17	慄	慼也。	慄，慼也。	淩，慄也。
18	明	朗也。	明，朗也。	蠲，明也。
				茅，明也。
				翌，明也。
19	冥	幼也。	冥，幼也。	晦，冥也。
20	肆	力也。	肆，力也。	宨，肆也。
21	幽	深也。	濬，幽，深也。	瘞，幽也。
22	苛	妎也。	苛，妎也。	康，苛也。
23	賦	量也。	賦，量也。	班，賦也。
24	揆	度也。	揆，度也。	葵，揆也。
25	熾	盛也。	熾，盛也。	煽，熾也。
26	訊	言也。	訊，言也。	振，訊也。
27	纛	翳也。	纛，翳也。	翢，纛也。
28	皇	正也。	皇，匡，正也。	華，皇也。

表七 《爾雅·釋訓》同爲被訓與訓釋字詞表

	常用字詞	訓釋「常用字詞」的字	一起被訓釋的字詞	「常用字詞」所訓釋的字詞
1	肅肅	敬也。	穆穆肅肅，敬也。	
		恭也。	肅肅翼翼，恭也。	
2	眾			蓋蓋增增，眾也。
				栗栗，眾也。
3	敏	拇也。	履帝武敏，武，跡也。敏，拇也。	蹶蹶踖踖，敏也。
4	善		道盛德至善，民之不能忘也。	
			張仲孝友，善父母爲孝，善兄弟爲友。	
5	宿		有客宿宿，言再宿也。	
			有客信信，言四宿也。	
6	美		美女爲媛。	委委佗佗，美也
			美士爲彥。	
7	徐		其虛其徐，威儀容止也。	祁祁遲遲，徐也。
8	止		其虛其徐，威儀容止也。	藹藹濟濟，止也。
9	威			桓桓烈烈，威也。 赫兮烜兮，威儀也。 其虛其徐，威儀容止也。
10	微		既微且尰，骭瘍爲微，腫足爲尰。	式微式微者，微乎微者也。
11	徒		徒御不驚，輦者也。	
			暴虎，徒搏也，馮河，徒涉也。	
12	柔			晏晏溫溫，柔也。 籧篨，口柔也。 戚施，面柔也。 夸毗，體柔也。
13	昔			誰昔，昔也。

常用否定詞	不「某」、勿「某」	否定「對象」
不俟	不俟，不來也。	俟、來
不遹	不遹，不蹟也。	遹、蹟
不徹	不徹，不道也。	徹、道
勿念	勿念，勿忘也。	念、忘
暨	暨，不及也。	及
蠢	蠢，不遜也。	遜
不可	有斐君子，終不可諼兮。	諼
不能	道盛德至善，民之不能忘也。	忘
不辰	不辰，不時也。	辰、時

表八 《方言》通語詞表

卷次	一 般 通 語	方 言 通 語
卷一	好、憐、往（往，凡語也）、于（于，通詞也）	傷（自關而東汝潁陳楚之間通語也）
卷二	好、攎、摝	
卷三	詐、庸、恣、比、更、知	葉（葉，楚通語也）
卷四	履、絞	倒頓（楚通語也）、袀衸（楚通語也）、帞頭（皆趙魏之間通語也）、幧頭（皆趙魏之間通語也）、帤（皆趙魏之間通語也）、裺（皆趙魏之間通語也）、帴帶（皆趙魏之間通語也）、鬠帶（皆趙魏之間通語也）、幘巾（皆趙魏之間通語也）、承露（皆趙魏之間通語也）、覆髤（皆趙魏之間通語也）
卷五	梧、甖	
卷六		
卷七	逮、熟、逗	
卷八		
卷九		筏（筏，秦晉之通語也）
卷十	姡、姃、猾、嘅咩、矲、頤、闚	好（南楚之外通語也）、怫（揚楚通語也）、矖（揚楚通語也）、悅（楚通語也）、舒（楚通語也）、眠娗（楚郢以南東揚之郊通語也）、脈蜴（楚郢以南東揚之郊通語也）、賜施（楚郢以南東揚之郊通語也）、苶媞（楚郢以南東揚之郊通語也）、譠謾（楚郢以南東揚之郊通語也）、憛忚（楚郢以南東揚之郊通語也）
卷十一		蠀螬（四方異語而通者也）
卷十二		
卷十三	簏、麴	餳（自關而東陳楚宋衛之通語也）

表九　《方言》與《說文解字》字詞類型比較表

類　型	《說文解字》字例	《方言》字例	性質關係
音義相同而字構有別	奎	鼇	省形
	枎	橃	省聲
	㳯	恰	減少義符
	諦	謕	聲符別異
	貍	狸	義符通用
	觓	眖	
通行常體與罕用	楸	散	《說》罕《方》常
	螷	蜌	
	悖（誖）	憨	《說》常《方》罕
通行詞義與字位的異同	額（頟）	顙	義位不變，字位改變
	遇	逢	義位不變，字位改變
	迎	迎	義位與字位未變

表十　《釋名》與《說文解字》訓釋字詞比較表例

《說文解字》	《方言》	性質關係
田，陳也。	田，塡也。	「陳」引申，「塡」假借
光：明也。	光，晃也。	「明」引申，「晃」假借
紀：絲別也。	紀，記也。	「絲別」本義，「記」假借